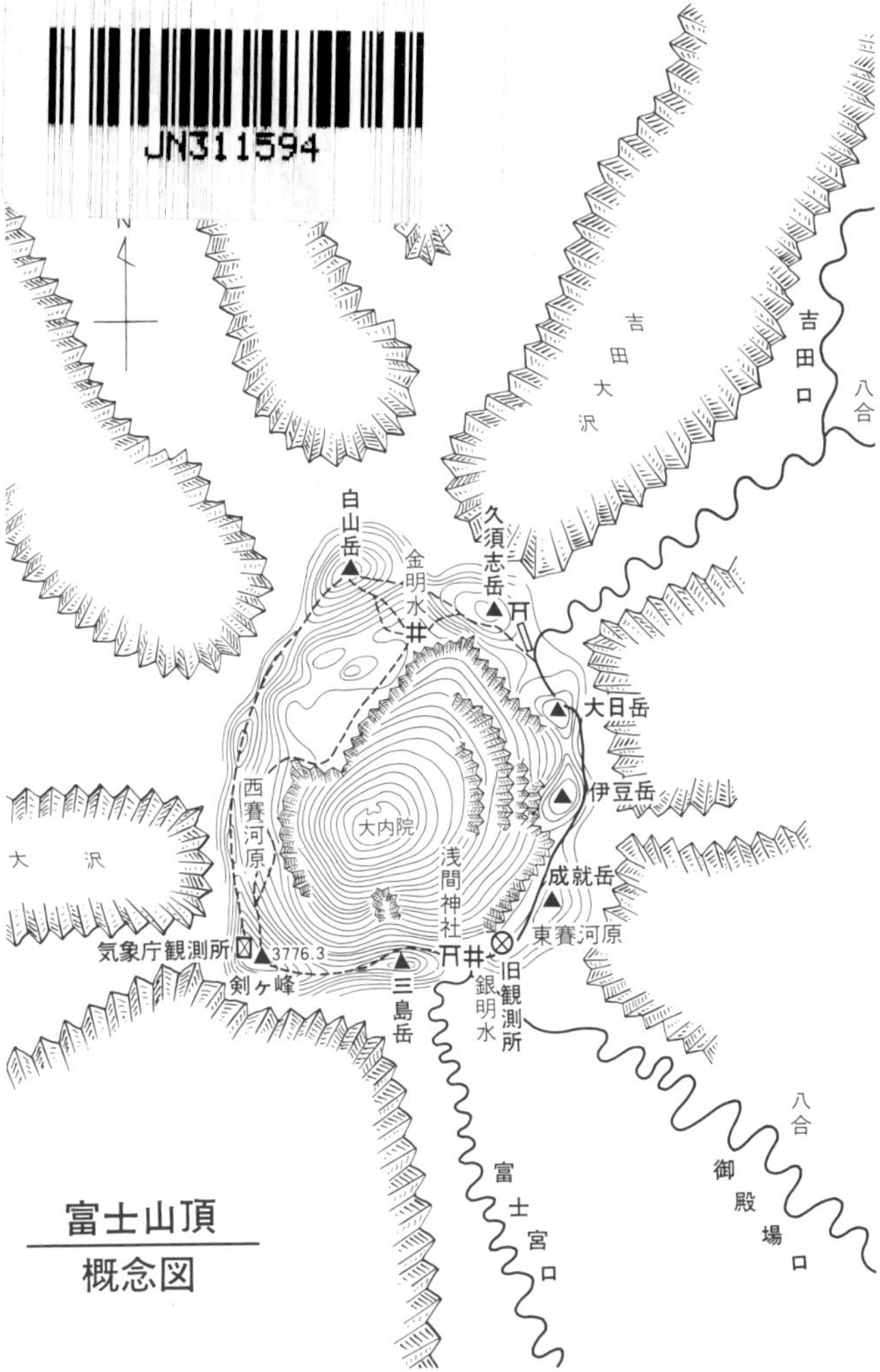
N
吉田大沢
吉田口
八合
白山岳
金明水
久須志岳
大日岳
伊豆岳
西賽河原
大内院
大沢
浅間神社
成就岳
東賽河原
気象庁観測所
3776.3
剣ヶ峰
三島岳
銀明水
旧観測所
八合
御殿場口
富士宮口

富士山頂
概念図

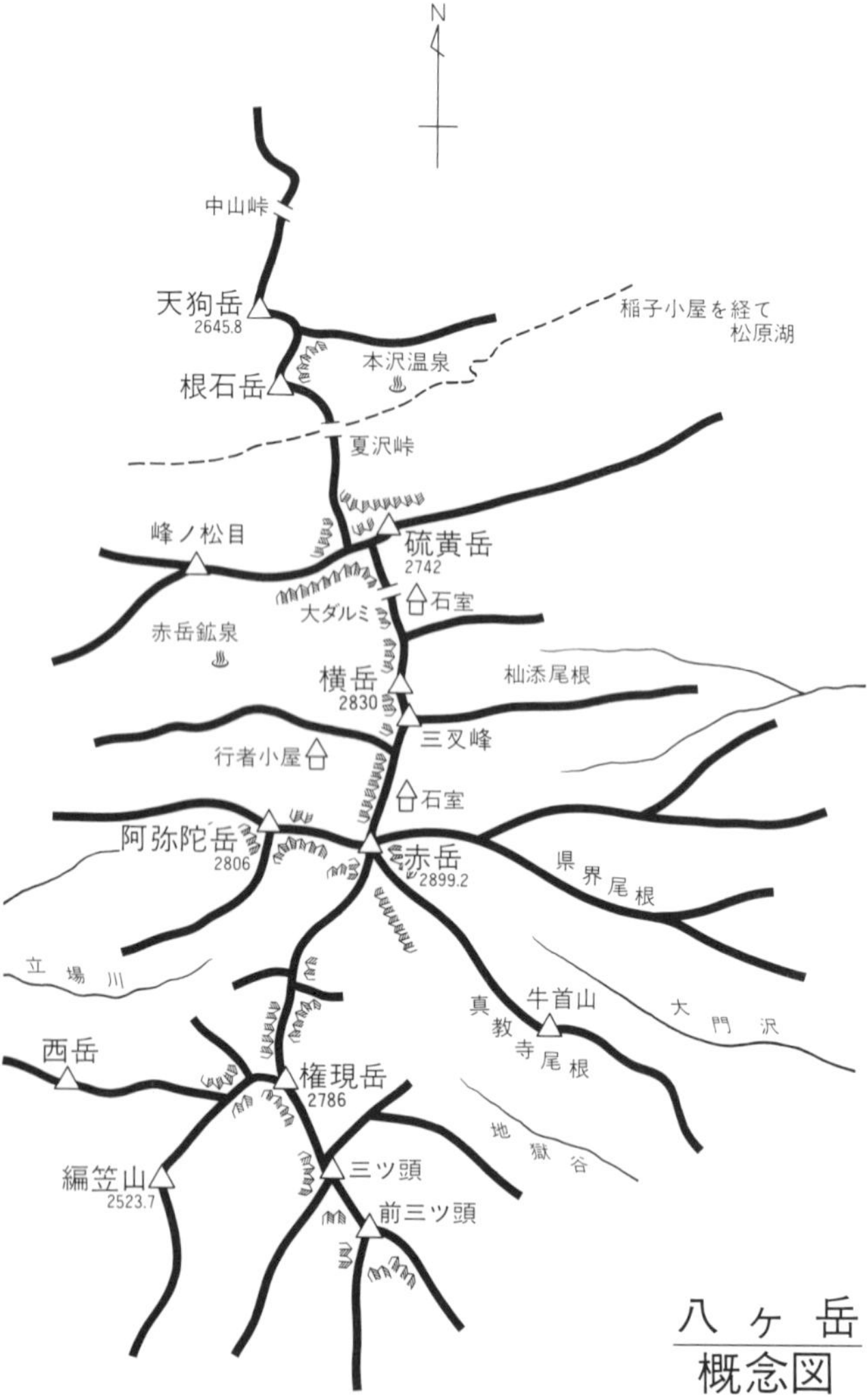
N
中山峠
天狗岳
2645.8
稲子小屋を経て
松原湖
本沢温泉
根石岳
夏沢峠
峰ノ松目
硫黄岳
2742
石室
大ダルミ
赤岳鉱泉
杣添尾根
横岳
2830
三叉峰
行者小屋
石室
阿弥陀岳
2806
赤岳
2899.2
県界尾根
立場川
真教寺尾根
牛首山
大門沢
西岳
権現岳
2786
地獄谷
編笠山
2523.7
三ツ頭
前三ツ頭

八ヶ岳
概念図

新潮文庫

蒼氷・神々の岩壁

新田次郎著

新潮社版

2204

目次

蒼氷《そうひょう》・神々の岩壁

守屋《もりや》紫郎《しろう》は、富士山頂観測所の狭い部屋のベッドの中で、暴風雪の音を聞きながら、日記を書いていた。

風の音は二様に鳴っていた。富士山頂の巌頭《がんとう》に衝突して起す轟音《ごうおん》と、観測所の遥《はる》か上空のあたりで作り出される鞭《むち》をふるような音である。風の呼吸と呼吸との間にしばらく続く間隙《かんげき》があると、その後に必ず襲って来る突風が、瞬間的にその付近の空気を引攫《ひきさら》って行く。その真空状態に向って、守屋の肉体に潜んでいる大気の圧力はバランスを要求する。その度に守屋は鼓膜に起る痛みを感じて眼《め》をつむって堪えねばならない。ほんの瞬間ではあったが、両眼の間に針先を擬せられたような気持だった。気圧の差に引かれて、ドアーがかたりと音を立てた。

外はそれ程の暴風雪であるのに、観測所の中は静かだった。観測所員は寝ていた。風速計の自記装置だけが、カチカチと性急な音を立てている。器械の音から守屋は、瞬間風速は三十米《メートル》以上だなと思った。突風のはげしいせめ合いがすむと、風の強さは一定になった。

(馴《な》れるということは恐ろしいことだ。吾々《われわれ》科学者は現象に馴れるべきではない)

蒼《そう》氷《ひょう》

守屋はそこまで書いてペンを置いた。吐く息が白い。枕《まくら》カバーに吹きつける息が凝結して薄い湿った膜を作っていた。彼は日記を閉じて電灯を消した。彼は眠りつく前の時間を、寝たまま外側に傾斜している二重ガラス窓を透して星を見ることにしていた。星が窓の端から端に位置を変える迄《まで》に眠りつく。それまでの時間が一日のうちで最も楽しい時間であるのだが、吹雪に荒れている夜は、日記をつけたら、ちぢこまって眼をつむるより法がなかった。

多様に唸《うな》り合う風には多様に応ずる共鳴がある。山頂全体が創作する咆哮《ほうこう》に対して、富士山頂観測所足下の噴火口は共鳴した。それは限りなく深いところから湧《わ》き上ってくる慟哭《どうこく》のように長い周期を持って続いていた。

音がした。風とは関係のない、窓のあたりに何か衝突した音だった。守屋は頭で考えられるものを一応考えてみる。見当はつかなかったが、気象測器類の故障だとすれば、手っ取り早い処置を取らねばならないと思った。やっと温まった身体《からだ》に再び防寒具をつけると、枕元の提電灯《ていでんとう》を取って、ベッドを下りて中央の広間に出た。測器類はすべて順調に激しい風を自記している。

守屋が再びベッドに入って天井を向くと、何かが屋根に這《は》い上るような音がした。続いて屋根の上を滑り落ちる音がした。

守屋は起き上って、すぐ隣室に寝ている強力《ごうりき》の小宮正作の部屋をノックした。

「小宮君、起きてくれ、変な音がするんだ」

守屋は防寒具をつけ、ベッドの下のアイゼンとピッケルを持って廊下に出た。

ザイルで身体を結び合った守屋と小宮は注意深く観測所の外壁にそって進んでいった。風に対する不自然な突起物である観測所に対して、容赦なく風が攻め立てていた。瞬間的な風陰が出来たり、雪の渦動《かどう》が出来ていた。一方の風圧をこらえていると、不意に逆風に胸を突かれた。

守屋の部屋の外は窓から屋根にかけて雪の吹き溜《だま》りのスロープが出来ていた。その中に黒いものがじっとしている。

提電灯を向けるとウィンドヤッケを着た人間が雪の中にうずくまっていた。声をかけたが返事がない。向けた提電灯の光にかすかに首を上げただけだった。肩を押すと、くずれるように雪の中に倒れて、頭だけはしきりに持ち上げようとしていた。ピッケルをしっかりと握っていた。

小宮が男の脇《わき》の下に手を入れて抱え起して、提電灯を顔の真正面に向けると、呻《うめ》くような声と共に光を払いのけようと手を振った。どっと吹き寄せて来る吹雪に抱き合ったままの二人がよろめく。寄せ合った力が解けると、男は棒のように倒れた。

小宮の肩に担《かつ》がれた男は観測所の中央広間の電灯の下に連れて来られても口が利《き》けなかった。眼は閉じたままだった。アイゼンの片方とルックザックを失《な》くしていた。雪眼鏡の中に雪がたまっていて、眼鏡を除くと、ばさりと雪の塊が落ちた。ピッケルは握りしめたまま、なかなか離そうとしないので、小宮が一本ずつ指を離してやった。男は殆《ほとん》ど意識を喪失していたが、抱き起して首を持ち上げてやると、うつろな眼を開いて、すぐがくりと首を垂れる。それでも、ブランデーのコップを口に持っていくと、飲むだけの元気はまだ残っていた。守屋は遭難者の首を抱きかかえるようにして耳元で叫んだ。

「ひとりですか、あなた一人ですか……」

すると男は、遠い記憶の片隅《かたすみ》から魂を呼び返されたかのように、初めて意識を持った顔を上げた。ぞっとするように青い顔であった。

防寒具が完全であったために、男は凍傷からは免《まぬか》れていた。

ストーブの消えている広間の中へ凍った風が吹き込んでいた。

「僕《ぼく》のベッドに寝かせよう、今迄寝ていたんだから、まだ温かいに違いない……」

守屋は主任の窪沢《くぼさわ》に同意を求めた。

風は一定の速度に変りつつあった。風の強さと方向が絶えず変化している間はその生長期にあったが、一定な強さと方向になってくると、やがて治まることは分っていた。守屋は自分のベッドに眠っている遭難者に眼を向けた。運のいい男だと思った。彼の登って来た方向が、ほんの一メートル数十センチだけ北の方へそれていたら、噴火口へ落ちていただろう。自分がもう数分早く日記帳をとじたら、彼は観測所の窓の外でおそらく凍死しただろう。彼が生きていたのは偶然でしかない。吹雪になってから、頂上観測所へたどりつくまでの十時間の間、男のたどった道は分らないが、単独行を敢《あ》えてした男だけあって、装具はかなりしっかりしたものをつけていた。

遭難者はベッドの中で時々うめき声を上げて、身体を反転した。その度に、かけてある布団《ふとん》がずり落ちそうになる。守屋は中央広間から椅子《いす》を持って来て、掛布団が落ちないようにつっかい棒をしてやった。男の顔に赤みが出ていた。最早、危険なものはなにもない。ベッドの下に登山靴《ぐつ》が揃《そろ》えてあり、毛糸の靴下が押しこんであった。壁にウィンドヤッケが掛けてあった。小宮が整理して置いたのだ。

部屋を出ようとして、守屋は男の穿《は》いて来た白い靴下に眼を止めた。赤い毛糸で編みこんだ頭文字が見えたからだった。それは守屋が、椿理子《つばきりこ》から贈られたものとあまりによく似ていた。赤い蝶《ちょう》が羽搏《はばた》きをしているように見えた。

者のものである。

（これもなにかの偶然なんだろう）

守屋は部屋を出た。中央広間で、ひとりで寝るつもりだった。

守屋は男の寝ている部屋のドアーを後ろ手で閉めながら、広間の向うの壁を見た。ピッケルが数本吊《つ》り下げてあった。その中に一丁だけ見なれないものがあった。遭難者のものである。

そのピッケルは幾分か長身の古風な型のもので、ピックを前にして、いくらか、お、、じぎをした格好で入口の方を向いていた。それはいかにもバランスの取れた、前進を続けている登山者の手に持たれている自然の姿にも見えた。

ピックの長さとブレードの幅などから見て、それが、日本で作られたものでないことは一眼で分った。

（見たことのあるようなピッケルだな）

守屋はそれを手に取った。重い手応《てごた》えのするピッケルだった。金属部品は黒く光っていて、十年、二十年と使いこんで出た、鉄の本当の色だった。守屋は電灯の下に持っていって更に細かく観察した。ピックの面に、シェンクの文字が小さく、刻みこんであった。それはかつて見たことのあるものとあまりにもよく似たものであった。

椿理子の家は三鷹《みたか》にあった。二階建ての洋館で、富士山の見える二階の一室が彼女の部屋になっていた。

〈このピッケル、伯父様の遺品よ〉

そう言って理子の見せてくれたピッケルがシェンクのピッケルだった。

〈とってもいい伯父様だったわ、でも無口で淋《さび》しがり屋で、山のこと以外はあまり話したことのない伯父様だったわ〉

椿家と古くから交際していた守屋紫郎も、この山好きの理子の伯父椿武男《たけお》についての記憶は、殆どなかった。ずっと前、彼が中学生だったころ、会ったことはあるにはあったが、椿家の応接間で、気むずかしい顔をして、パイプの煙をはいている横顔しか覚えていなかった。

〈あいつ変人だよと、うちの父は伯父様のことといつも言ってたわ。でも、わたしをとても可愛《かわい》がって下さったし、もし、俺《おれ》が死んだら、このピッケルは理子にやるよと言っていたの。伯父様がスイスに行っていた時、買って来てから、死ぬまで持っていたピッケルなのよ、これ〉

椿武男は数年前の冬、奥穂高で行方不明となり、遺体の発見されたのは、夏になってからであった。彼の山への生涯《しょうがい》は単独行に始まって、単独行に終った。

彼と運命を共にしたピッケルは、シェンクの晩年の作であった。本来このピッケルは椿武男がシェンクに注文して作らせたものではなく、シェンクが晩年の頃《ころ》、山案内人のために作ったもので、その男は客を案内してウェッターホルンに登った時、雷に打たれて死んだ。落雷を予測して、数米先の岩かげに置いたそのピッケルには落雷しなかった。

シェンクの作品としては、いささか細身のもので、シェンクの若い頃の作品のように、がっちりしたものではなく、道具としては、むしろ優美に過ぎていた。老いたシェンクの精魂をこめた芸術品としての品位を認めて椿武男が買い求めたものであった。椿武男が理子にやろうと遺言したのも、彼女が、将来山登りをするために言ったのでは勿論《もちろん》なかった。本来の目的に使われなくとも、美しい理子と共にあることが、このピッケルにふさわしいと直感したものであろう。

守屋はそのピッケルに関心を示した。これほどのものを持って見たいという気持は、守屋に限らず、山登りなら誰《だれ》でも考えることであった。

〈すばらしいものですね〉

守屋は何度もそれを言った。下さいとは勿論言えないし、富士山頂の冬期勤務の際に一度でいいから使って見たいからと申し出ることも遠慮して、ただ機会あるごとに、この逸品を讃《ほ》めることは忘れなかった。

（あれとこれとは別物だ）

守屋はシェンクのピッケルを壁に掛けた。シェンクの作品が、何本か日本に来ていることは知っていた。理子の持っているシェンクとこれとが同一だという証拠はなにもなかった。

桐野《きりの》信也がベッドを出たのは十一時に近かった。雪に埋められた窓は掘り出され、そこから青い空が見えた。風は相変らず吹いていた。中央の広間は八畳敷ぐらいの面積があり、広間を囲んで個室があった。広間の中央にストーブが燃えていた。

「どうです気分は……」

観測所員は時々声をかけたが、それ以上なにも聞こうとしなかった。ひどく忙しそうに立廻《たちまわ》っていた。

桐野はストーブの傍《そば》の椅子に腰をかけて、頭の中のことを整理しようとした。太郎坊を出発した時のことは覚えている。新雪の上にまぶしく太陽が輝いていた。三合の小屋の上でアイゼンをつけた。その頃から風が出たが、頂上はよく見えた。五合目あたりから吹雪になり、下ることも登ることも困難になった。そこで桐野は山を登る場合と、下る場合の危険性を比較した。富士山の麓《ふもと》は広い、吹雪の中に道を失ったら最後、太郎坊にたどりつくことは、絶望と見るよりなかった。頂上に向ってつめていけば、そこには必ず観測所がある。風は強いが、山登りにかけて、自信はあった。装備も完全だった。桐野は立ったまま、チーズとチョコレートを食べた。

そこまではっきり彼の記憶に残っていた。食べてから腕時計を見ると四時を過ぎていた。その時の時刻がはっきり焼きついたまま、頭の中で停止した。それからは時間の経過はなかった。唯《ただ》前進していることだけを意識していた。どこをどう歩いたかの記憶もさだかではなかった。重く足につきまとう雪をふみながら、登っているのではなく山を下っているのではないかと考えたこともあったが、雪が無いところになると、足にひびく固い感覚で氷壁であることを意識の底につかまえて、ピッケルを立てた。

幻聴はその頃から始まった。女の笑い声だった。いかにも楽しくてたまらないというふうな笑い声だった。登っても登っても女は彼よりも高位の場所に笑っていた。女が椿理子であることは、その笑い方で分っていた。彼は笑いに引かれて、前進を続けていた。観測所に到着することが目的ではなくなっていた。富士山頂観測所を訪問して、理子の言う、すばらしい科学者たちに会って見ることなど、どうでもよくなっていた。まして、守屋紫郎という人物が、どのような男であり、その男の何処《どこ》に理子が牽《ひ》かれているかを確かめたいなどという、登山の動機はとっくに彼の心から失われていた。

それからはずっと空白だった。気がついた時には寝台に寝ていたのだ。

桐野は後頭部に痛みを感じた。寝不足の時の痛みと似ていた。彼は、手を頭に上げた。

「頭痛ですか、それは気圧のせいですよ」

髭面《ひげづら》の男がそう言って笑いかけた。山賊のような顔をした男だったが、きれいな眼をしていた。歯が白く光っていた。年齢は分らない。

「小宮君、昼食にしようじゃないか」

その男は手に小さいノートを持っていた。ノートの間に鉛筆がはさんであった。

(この男が、守屋紫郎だろうか)

桐野は、まだ観測所員の誰にも助けられた礼は言っていないことを気にしていた。

桐野は椅子を立とうとした。

「おうい、小宮君、守屋君はどこかね」

髭の男は廊下の方へ向って声をかけた。桐野は機会を失って椅子に腰を下ろした。

「ああ、守屋さんけえ、風力塔で氷を落していますよ」

そう言いながら出て来た小宮という男は、六尺近い背丈をした、たくましい男であった。

「もう起きて大丈夫かね……」

小宮はそう桐野に呼びかけて、にっと笑った。笑うと、鼻の上に皺《しわ》が寄った。図体《ずうたい》は大きいが、人の好《よ》さが顔中にあふれていた。

ドアーを明けて、広間に入って来た男は、手袋をはずし防寒帽を取ってから、ストーブに近づいて来た。きりっと引締った、冷たい程整った顔をしていた。

「窪沢さん、あの風速計はもう取りかえなきゃあ駄目《だめ》ですね……」

守屋は髭の顔にそういってから、坐《すわ》っている桐野に眼を投げた。が、なにも言わなかった。

「お客さん……あなたを助けたのは、守屋さんですよ……」

黙ったまま見詰めあっている二人の間に小宮が割り込んだ。遭難者をお客さんと呼ぶのも別にへんではなかった。桐野は椅子から立上って礼を言った。

「どうしてまあ、あの吹雪の中を……」

小宮は桐野に話のきっかけを与えた。

「冬にしては珍しい、天気の急変でしたね、きっと、あの暴風雪に四合目か五合目で出っくわしたんですね……」

窪沢が、腰を下ろして言った。桐野をいたわっている言葉付きであった。

「すみませんでした……」

桐野は頭を下げた。乱暴きわまる登山をして、観測所に迷惑をかけたことに対する全般的な詫《わ》び言葉であった。それ以上、道中のことは聞かれても言わなかった。無我夢中でしたという言葉で、その状況を説明した。

「守屋さんが起きていたからよかったんですね」

小宮はそう言い残して食卓の準備に掛った。

「シェンクのピッケルをお持ちなんですね」

守屋は、ずっと頭に持ちつづけていた疑問をそのまま前に出した。

「そうです、シェンクです、シェンクの晩年の作だそうです」

桐野は守屋の顔を真直《まっす》ぐ見て答えた。思ったとおり守屋の顔にわずかながら動揺が見えた。だがまだ、ピッケルが、理子の物だとは気がついては居ない顔だった。

〈このピッケルを守屋さんに見せたら、とても欲しそうな顔をしていたわ〉

理子が言った言葉を桐野は思い出していた。その相手は前に居るが、自分と理子のことについては何も知らない。危険を冒してまで、ここへやってこようとした自分の気持など知る筈《はず》もない。

「シェンクって、スイスのシェンクのピッケルなのかい」

窪沢が驚いたように、壁を見た。ピッケルはなかった。明け方、小宮が、桐野の持物を全部まとめて、守屋の私室、つまり、桐野の臨時宿泊所に運び込んだのである。

桐野の食欲は全然なかった。ちょっと箸《はし》をつけただけだったが、お茶は何杯も飲んだ。これからどうしたらいいのか、桐野の頭の中は、まとまったものがなかった。アイゼンの片方とルックザックを失ったことは、登山家として大変な失敗だった。ルックザックはなくても歩けるが、アイゼンのないかぎり、冬富士から下ることは出来なかった。降雪の後を襲った風は、綺麗《きれい》に雪を吹き払って、つるつるの蒼氷《そうひょう》の壁となっていることも、彼の常識の中で、危険信号を送っていた。

「山の方はそうとうやっておられるようですね」

窪沢は桐野をなんとかして、話の渦中《かちゅう》に引きこもうとするように見えた。冬期富士山頂観測所を訪れる登山者は数こそ少ないが、それぞれが山にかけての経験の深い者が多かった。誘い水をかけさえすれば、一日でも二日でも山の話を、自分では自慢だと意識しないで話すのが通例だった。

ところが、桐野は問いかけられた事項に対して、イエスかノウかを答える他《ほか》、余計なことはいわなかった。

それが窪沢には、敗軍の将、兵を語らずの一種の美徳にも見えて、それ以上は山のことを聞かなかった。小宮は桐野が黙っているのは、疲労しているからだと解釈した。守屋紫郎は全然違ったところから桐野を見ていた。

守屋は、風力塔から降りて来た時、自分に向けて来た桐野の眼をただの眼だとは思わなかった。自分を守屋紫郎と知っている眼に見えた。黙って坐っている桐野信也の向うに椿理子の姿が見えた。シェンクのピッケル、毛糸の靴下、理子、桐野、四つの要素で守屋は一つの方程式を組立てようとした。

午後になって、小宮が、ルックザックを八合目の岩の陰から探し出して来た。

「風に飛ばされねえように、かくして置いたのけえ……」

小宮はそう言って、重いルックザックを桐野の前に置いた。桐野にはそういう記憶は全くなかった。理子の幻聴に襲われながら登っている途中、一度だけ、不思議に頭がはっきりした時があった。その時には既にルックザックは背にはなかった。ルックザックの中身は、頂上観測所を慰問する食糧が主なものだった。

〈守屋さんたちは想像も及ばないような苦労をしているのよ〉

理子が、もっともらしく首をかしげて言った時に、桐野は、

（ではひとつ、なにか持ってその大変な仕事ぶりを拝見に行こうじゃないか）

そんな気持になった。冬の富士登山が楽でないことは知っていたが、理子がいうほど大変なことだとは思っていなかった。だから、冬富士はまだやってはなかったのだ。その説明を理子にしたところで理子には分るものではなかった。

〈登って見ようかな〉

そう理子に言う前に桐野の心は決っていた。

〈登るって富士山へ？　あなたが、危険だわ、この次、守屋さんの登る時、一緒に連れてって貰《もら》ったら……〉

それが桐野には侮辱に聞えた。守屋の山の経験は富士山しかない、俺は富士山以外の多くの山を知っている。

〈冗談じゃあないですよ、理子さん、ひとりでちゃんと登って来ますよ〉

〈強力をつけずにひとりで……〉

驚いて、眼を見張る理子の顔は美しかったが、桐野には面白《おもしろ》くなかった。彼は理子の部屋の窓から見える秀麗な富士山へ怒りの眼を向けた。

〈ほんとに行くんだったら、わたしの大切なピッケルを貸して上げるわ〉

そういう理子の顔に桐野は、

〈無事にひとりで行って来たら、このピッケルを僕にくれますか〉

と難題をかけた。

〈だめよ、貸して上げるだけよ、これを上げる人はまだ決めてないの……〉

理子の深い笑窪《えくぼ》の中に、かくされたものが、桐野を軽く突放した。

「きっとなにもかも捨てたくなっていたんだね、その時は……」

桐野はそう言いながら、小宮の拾って来たルックザックの口を開いた。山頂での四十日に一度の交替期でさえも見られないものが、次々とルックザックから現われた。洋菓子、洋酒、果物、すべて高級の物ばかりであった。凍結を防ぐために、マスクメロンは綿に包んで、箱の中に入っていた。

「どうぞ、つまらぬものですが……」

桐野はそれ等の品物を前に押し出しながら、今となったら本当につまらないものだと思った。天気さえよかったら、正面から観測所の門を叩《たた》いて、守屋紫郎を呼んで、椿理子の紹介で頂上慰問にやって来たのだと名乗りを上げる。ルックザックの口を開いて、土産だと差出す。それから煙草《たばこ》に火をつけてゆっくり守屋の顔を見てやるのだ。だが、今は違っていた。桐野は遭難者として保護された登山者でしかなかった。

「わざわざ用意して来られたんですか」

窪沢は、観測所始まって以来の贈り物を、不審の眼を持って受取った。未《いま》だ一度も、土産物を持って訪れた登山者はなかった。

頂上に行けば観測所があるからなんとかなるという気持で、食糧さえ持って来ない者もある。登山者は下界の人としての珍しさで歓迎される以外では、山頂観測所の食糧を食べて下山する、浮浪者の類《たぐ》いでしかなかった。

「桐野さん、あなたはなにか私達に用があって登って来たのでは……」

窪沢の質問に桐野はいささかあわてて、

「なんでもないんです、ただの思いつきなんですから、気にしないで下さい」

桐野は横を向いた。守屋が自分と土産物を等分に較《くら》べながら、なにを想像しているか分るような気がした。桐野はストーブにかけた石油缶《かん》の中で溶ける霧氷の塊に眼をすえたまま動かなかった。

守屋紫郎は、自分の部屋のルックザックの中から理子から貰った毛糸の靴下を持って来て、ストーブで暖めた。外に出るための準備である。

「外出するんですか……」

桐野は言ってしまって、外出ということばが、ちょっとその辺へ買物かお茶でも飲みに出るあり合せのことばで、とても富士山頂の氷雪の中へ出るというひびきがないのに気がついた。

「噴気孔の温度を観測に行くのです」

守屋は桐野の方を見ずに答えた。

「遠いんですか」

「いやすぐそこです」

守屋はそう答えてから桐野の眼がストーブで暖めている白い靴下の赤い編出しの頭文字にそそがれているのを見て取った。

「僕も外へ出て見たいのですが……」

アイゼンがないのでとはさすがに言い渋っている桐野に、

「そうですね、あなたの靴に合うかどうか知りませんが、観測所の予備のアイゼンをつけてみますか」

守屋は廊下へ出た。寒い風が吹きこんで来て、暖まった広間の空気をかきまわした。

「どれかが合うでしょう」

引返して来た守屋は持って来た数組のアイゼンを無造作に桐野の前に置いた。一組がぴったり合った。桐野はウィンドヤッケ、雪眼鏡、手袋、ピッケル、靴、アイゼンを前に置いて、靴下をストーブであぶった。守屋と桐野が靴下を見せ合っているような形になった。桐野は、きっと守屋が、靴下についてなにか言い出すだろうと待っていたが、守屋は靴下が暖まると、黙ってそれを穿《は》いた。

「桐野さん、雪眼鏡は要りません。もう夕方ですから」

そのちょっとした忠告が、桐野にこたえた。山の常識をからかわれたように感じた。

氷を踏むきゅっきゅっという音は桐野の身体をしゃんとさせた。多少、疲労はあったが、このままで、大ていのところなら歩けそうな気がした。ピッケルを振ると、かろやかな音がした。アイゼンの歯は磨いてあって、氷によく立った。

二人は並んで成就岳《じょうじゅだけ》に向ってゆっくり歩いていった。日は背後にあって、影は前に延びていた。風はあったが、音のするほどのものではなかった。山雲が眼から下の空間をゆっくり移動していた。

観測所は霧氷にしっかり固められて、氷で組み立てられた殿堂のように見えた。中央に高く突出ている風力塔の上に風速計が夕陽《ゆうひ》を受けて、金色の車となって廻っていた。

「静かですね、嘘《うそ》のように」

桐野がひとりごとのようにつぶやいた。

「静かなときもあります。その間が十分の時も一時間の時も、稀《まれ》には一日の時もあります。冬の富士山はこういう時がむしろ異例なんです」

守屋は先に立って成就岳の東の斜面を降りていった。氷の一部分がぽかんと口を明けていた。砂と岩の地肌《じはだ》が見えていた。硫黄の臭気がした。一条の噴気が岩の間から吹き出していた。

「噴気孔です。富士山がまだ死んでいない証拠なんです」

守屋は噴気孔に近づいていって鎖に下げた温度計を持上げに掛った。

富士山の中腹から下は雲で蔽《おお》われていた。能動的な雲が頂上目指して来ては途中でくずれ落ちていた。それ等の雲の頭を太陽が多彩に彩《いろど》っていた。雲の上下運動は一時ほぼ水平な雲海を作って収まっていたが、直ぐ一部分が何かの衝動を感じたようにむくむくと頭を持上げると急斜面にそって、頂上目指して濃い霧を吹き上げて来た。早い山雲の先端は、頭を何ものにも押えられずに、二人のいる成就岳の下面一体に集まって渦《うず》を巻いた。烈風が剣《けん》ヶ峰《みね》から噴火口を越えて成就岳の鞍部《あんぶ》に吹き出した。それに押えられて、山雲は頭を持ち上げかねて迷っていた。鞍部を吹き抜ける風が突然ぴたりと息をついた。

押えられていた雲は、一様に平衡を取返そうとして傾きかけた頭を再び持ち上げた。そして見事に成就岳から或《あ》る距離を離して、白い雲の大きな衝立《ついたて》を作り上げたところで運動を停止した。

上空には地形の影響によらない一般流の西風が吹いているに違いない。白い衝立の巓《いただき》は外側に傾いたまま裏側に巻き落されていった。そこで雲の衝立は全体から見て安定の位置に暫時《ざんじ》固定したように見えた。光が雲の衝立に溶け込んで桃色に彩っていた。

桐野はその測り知れない厚みを持った雲の壁の奥に何か蠢《うごめ》く黒い影を見た。忽《たちま》ち影は煙霧の壁を破ってもう影ではなかった。巨大な人の姿が白い雲の衝立を背にして突然現われた。声を発する間のない出現であった。巨人は五つの虹《にじ》の光環《こうかん》を背負って立っていた。

五色に輝く五つの光環が先に出来たのか、巨人の出現が早かったのか、桐野は唯《ただ》恐ろしいと思った。脳髄に冷気が走った。

幻想を見ているのかと思った。

桐野はしきりに頭を振ってその幻影から逃れようとした。噴気口の温度を読み終った守屋は桐野が左肩を幾分か引いて、何かに恐れて逃げようとする姿勢を見て取った。守屋は桐野の視線を追いながら立上った。守屋もその影を見た。

雲の中の巨人は二人になった。およそ人間の何十倍にも当るような、巨人は唯平面的に壁にうつる影ではなかった。ふかふかとやわらかい雲の厚みの中に、巨人は充分な立体感を持っていた。血も肉もある空中の巨人は、五つの同心円の光環の中に超然と立っていた。虹の環《わ》は色彩のいかなる配列よりも、純粋な美と絶対な崇巌《すうごん》さを持って、巨人の背後で輝いていた。

桐野は恐れから、畏怖《いふ》、そして身体中が慄《ふる》えるような感動に打ちのめされていた。耳を澄ますと雲の中に巨人の胸の鼓動がどきんどきんと音を立てていた。光環が前よりも一層鮮やかに光り輝いた。と五つの光環の外側が薄れて消え、続いて次の環も消えた。寄り添って二人の巨人はしばらく三重の光環の中に立っていた。巨人が雲の中で咆哮《ほうこう》した。しばらく休止していた風が霧を追払った。咆哮と共に巨人の姿は忽然《こつぜん》としてこの世から姿を消した。

稀にしか現われない光学現象であった。太陽を背にして前方に霧の壁が適当の距離を隔ててあった場合、霧粒の組成の状態と関係して、複雑な自然の法則のいくつかが偶然に結合されたとき、出現する現象であった。

ブロッケンの妖怪《ようかい》という光学現象のあることは桐野も知っていた。だが眼《め》の前のそれは彼の想像していたものとは違っていた。

急に暗くなった噴火口のあたりで風が鳴った。それに呼応するように富士山頂目指して山雲は一斉《いっせい》に総攻撃に移っていた。濃い霧が永劫《えいごう》に消えたブロッケンの巨人の呪《じゅ》詛《そ》のように二人を取囲んだ。突風が続いて起った。噴気口に止《とど》まっている二人だけを目指して氷のつぶてがバラバラ飛んで来る。噴気口のすぐ上の岩陰が眼についた桐野はピッケルを構え、腰をかがめた。

「動くな」

低いが切りつけるような守屋の声がそれを制した。守屋は桐野の肩を抱くと噴気の濛々《もうもう》と立昇っている一角に向ってころがり込んでいった。

桐野は異様な臭気に顔を背けた。じっとしていると腹から胸にかけてほんの僅《わず》かなほとぼりを感じて来る。背中を吹き抜いていく風が冷たかった。風は出鱈目《でたらめ》の方向から勝手に吹き過ぎていった。穴に伏していてさえ、強い風が吹くと吸い上げられるように身体が浮き上った。大きなピストンが往復運動をするように、正と逆との風が同じような強さで交互に一点に向って打撃を加えている。突出した岩でもこうして交互に揺られたら、やがては根が抜けてしまうのではないかと思われた。

地熱で取残されたほんの一坪ほどの穴の中から見上げると、周囲を張りめぐらしている厚い氷の裏が見えた。暗い空洞《くうどう》がずっと奥まで続いていた。空洞の裏から見た氷《ひょう》肌《き》は砂礫《されき》に汚れていた。遠い処《ところ》で氷の割れる音がした。

動くなと守屋が言ってから何分かの時間が経過したが、二人は黙り合っていた。風は仲々止《や》みそうもなかった。

桐野は、こうした待ち合せの経験は数多く持っていた。あせらずに、じっとしていればやがて、風が息をつくことは充分知っていた。なにも考えずに、風の音だけ聞いていればいいのだ。桐野の傍に居る人間が、守屋以外の人間であったならば、桐野は彼の経験と判断で、その場がどう変っていても、たいして気にすることではなかった。しかし、彼は、守屋と対等の位置を認識したためにひどく相手に対して批判的になっていた。守屋がどう動くか、ピッケルをどう持って、足をどう動かすか、それをさせてみたかった。

守屋に動くなと命令されそれに従った時から、リーダーとしての主権は守屋に奪われていた。

それが桐野に一つの反撥《はんぱつ》を試みさせようとしていた。

「風は大したことはない……」

桐野はピッケルをかまえて、穴から出ようと守屋に誘いかけてみた。

「穴から出たら吹き飛ばされる」

守屋は、伏せたままで答えた。桐野はそれにはかまわず、頭を穴の外へ出して見た。氷のカケラが飛んで来て、彼の頭を打った。桐野は亀《かめ》の子のように頭を引込めた。

「待てないんですか……」

守屋は桐野の腕を引いた。桐野の身体がよろめいて、持っていたピッケルの先が、守屋のピッケルに触れて冷たい音を立てた。

「三十分か一時間も待てば風は息をつく……」

守屋が続けていった。

「……でも歩いて、歩けないことはないでしょう。これだけの風ですから」

穴の外と無関係に、地面に伏して話し合っている二人の声ははっきり聞えた。

「あなたは持っている道具に期待しているのでしょうが、それと風圧とは別問題だ」

守屋は桐野の動こうとする気配に釘《くぎ》を打った。

「なんですって」

桐野は守屋の表情を見ようとした。薄暗い穴の中に固定した顔があった。

「此処《ここ》は富士山の頂上です。シェンクのピッケルだからといって、あなたを、この強風の中にささえ止めて置く筈《はず》はない。──昨夜は奇蹟《きせき》的なんです。降雪があなたをささえたのであって、ピッケルがあなたの生命《いのち》を守ったのではない」

守屋の吐く息で、鼻先にある彼と桐野のピッケルを曇らせた。

「妙にこのピッケルにこだわっていますね、あなたは──」

「いや別にこだわっているつもりはないが、貴方《あなた》が、なにかしでかそうとしている心の底に、このピッケルがちらちらしているのを黙って見ているわけにはいかない。此処では、貴方は大切なお客様だ。僕《ぼく》は守るべき義務がある」

「大切なお客様という意味は……」

桐野の頭に椿理子が浮び上った。理子が傍で二人の会話を聞いているような気がした。

「理子さんのピッケルを持っている以上、貴方は僕の大切なお客様だ」

守屋は、自分の言葉に絶対の確信はなかった。桐野が、理子という名に妙な顔をするかも知れないという不安が幾分かはあったが、夕べから、ずっと持ちつづけている疑問を解決する機会はこの時以外にないと思った。守屋は桐野の答えを耳を澄まして待った。長い沈黙が続いた。桐野が黙っているかぎり、想像は事実となって守屋の心の中で固形していった。

「僕が此処へ来ることを理子さんから聞いていたんですね」

桐野の低い声だった。なにか、大きな期待はずれに会った時のような、沈んだ声であった。

「いや、理子さんからはなにも聞いては居ません。予感が、此の風の中で、実感となったまでのことです」

風がぴたりと止んだ。

守屋は起き上ると、ピッケルを振り上げて穴の外へ出るための足場《ステップ》を氷の上にきざんだ。掘られた三日月型のステップの上を落日の瞬間の夕陽の一矢が貫いた。

守屋が先に立って穴の外へ出た。すばらしく早い動作だった。

「他《ほか》の山は知りませんが、冬の富士山ってのはいつもこうなんです。風の吹き方にむらがあるんです。……明日の朝あなたが下山する時も、こういう風があるかも知れません。途中まで、小宮君に送らせましょう——」

後のほうは、守屋のひとりごとだった。明朝下山と勝手に決めている守屋のやり方に、桐野はちょっと、むっとした。もう少し、頂上の観測所に泊っていたかった。

「余計の者は、さっさと山を降りた方が、よさそうですね」

桐野はいくらか皮肉をこめて言った。

「誤解しないで下さいよ。桐野さん、観測所はホテルではありませんから」

「いや、分っています、この山に関しては、僕はなにも言えなくなった。生命の恩人ですからね、貴方は、……しかし、守屋さん、山は此処だけではないし、これから先僕と貴方の間には、色々のことが起るでしょうが、とにかく、きれいな、御交際をお願いすることにいたしましょう」

観測所の前で桐野は手袋のままで手を出した。守屋は、冷たく一瞥《いちべつ》しただけで手は出さなかった。

「山は此処だけで結構です。僕は登山のために、此処へ来るのではありません、気象観測をするために来るのです。仕事を通して、この富士山という、気むずかしい山が、たまらなく好きになっただけのことです。他の山へ登ってみたいとは思いません。従って、貴方のお供をして、何処《どこ》かの山へ登る機会もないでしょう。……それから桐野さん、あらたまって、御交際を願いたいと、手を握るほどの、大げさなことをする必要もないようですね。僕は本来、そういった、当てにもならない約束は、あまりしないことにしているのです」

守屋はくるっと桐野に背を向けて、観測所の中へ入っていった。

交替員と強力《ごうりき》の到着は予定より一週間遅れていた。天気のせいだから誰《だれ》も文句は言わなかったが、四十五日という頂上生活は彼等を疲労させていた。いくらかむくんだ顔に眼が光っていた。

強力は、荷物を下ろすと直《す》ぐ油紙に包んだ手紙の束を出した。彼等は観測所員が何を一番待っているかをよく承知していた。守屋あての手紙は三通あった。二通が理子で一通が桐野からのものだった。守屋は鋏《はさみ》で封筒の端を糸のように細く切ってから私室に入っていった。日付の先の方から手紙を開いていく。ひやっとする程紙が冷たかった。四つに折り込んだ厚い紙を拡《ひろ》げると中から映画の切符の半分が現われた。理子の手紙にはよくそんなものが入っていた。花びらや、木の葉や、新聞記事の切り抜きだったり、時には白い糸が一本挟《はさ》んであって、

(洋裁なんかつまらないことね……)

そんな書き出しであったりする。小さい美しく整った理子の文字は、罫《けい》のないレターペーパーに程よくまとめられていた。

(あなたは今何を考えているかしら、この頃《ごろ》よくそんな事を思うの、あなたの手紙には嵐《あらし》のことや、氷のことや、雪のことや、こまごまと大自然の美しさが書いてありま

すけれど、その他に富士山頂の観測所には何がありますかしら、きっと真理に溢《あふ》れているとでもあなたは仰言《おっしゃ》いますでしょうが、それが私には分っているようで分りません。私には風よりも雲よりも太陽よりも愛情だけが絶対のもののように思われます。生きていることが大切な理由は、愛したり愛されたりすることが出来るからだと思います。あなたともう一度見たい映画だったので切符の半分を同封しました。御免なさいね、生意気なことばかりいつも書いて）

守屋は理子を愛していた。愛していてそのまま手紙に激情を書き表わせない腑甲斐《ふがい》なさもよく承知していた。

（あなたは今何を考えていますかしら）

ずばりと彼の気持の奥を突き上げて来る、理子の手紙にも守屋を愛するとは一言も書いてない、よく読むと全部が一般論として通ずることであった。理子は金持の娘で、利巧で、美しくて総《すべ》ての条件に輝いている女であった。当然理子を取巻く多くの男達があった。その男達が理子のごく通俗な誘いの手紙に引懸ると一たまりもなく裸を見せて彼女に軽蔑《けいべつ》される、それも守屋は知っていた。男に選《よ》りを掛けるのも女性の本能に違いない。守屋は理子の選りに掛けられながら、恐る恐る、確実な足取りで近づいて行った。苦しいことであったが、当って砕け散るような無惨《むざん》な敗北は喫したくないと思っていた。

第二の手紙には桜の蕾《つぼみ》が入っていた。

(私、弟の俊助《しゅんすけ》と熱海《あたみ》に来ているの、此処からは山の陰で富士山は見えないけれど、あなたが毎日見ている大島も初島もよく見えます。だから間接にはあなたと毎日顔を合わせていることにもなりそうです、本当はあなたのいる富士山の見える庭にいつも居たいと思っているくらい……。もうそろそろ下山する頃ね、帰りにお寄りにならない? 実はそれを言いたい為《ため》にこの手紙を書いたの)

桐野の手紙にざっと眼を通したが、理子のことについてはなにも書いてなかった。平凡な謝礼の文句を羅列《られつ》したあとで、

(偶然か必然か、あなたと友人になれたことが、お互いの負担にならなければいいが)

ねばりつくような、桐野の眼つきが思い出される。短い文章だが、桐野が無理矢理、負担を押し売りしようとしているようで不愉快だった。

月の光が窓から差し込んでいた。丸く掘り空けられた窓の霧氷が白く縁取られて輝いていた。寝たまま見ると霧氷の窓は枕元《まくらもと》に飾られた青い光の輪のようだった。自記

器械の歯車の嚙《か》み合う音、回転の音、摩擦の音、摺動《しょうどう》の音、それ等の音が混然となって、観測所の深夜を思わせていた。様々の器械の作り出す音は気になり出すと益々《ますます》高くなっていくようだった。守屋は眠ることをあきらめて、外に出て見ようと思った。起き上ると付き纏《まと》っていた総ての器械の音響がぱたっと消えた。装具をつけながらふと守屋は、或《あ》るいは再びこの部屋に戻《もど》れないのではないかと思った。こんな気持になるのは始めてだった。出て行くことが危険に感じられたが、月の光は彼を誘ってやまなかった。彼はこうした気持になったのは理子のせいだと考えた。彼女の手紙が自分を落着けなくしたのだ。彼は壁にかけてあるピッケルを取った。鋭い切先は窓の光で青白く光っていた。

全身に月の光を浴びて一歩を踏み出した時、氷にささるアイゼンの音が静まった空気を引裂くような音を立てた。かっと神経に応《こた》えた鋭い響きは一瞬にして守屋の思考の方向を変えさせた。一歩二歩、確実に食い込んでいくアイゼンの歯の下から一面に湧《わ》き出て敷き拡げられている真珠の一粒一粒はそれぞれの輝きと影を持っていた。どの宝石も彼に選択の自由を与えられたもののようであった。ピッケルで氷面を突くと青い真珠が噴水のように飛び散った。

満月が太平洋にかかっていた。伊豆七島が一つ一つ数えられる程手近に、誰かの落し物を遠くに望むように浮いていた。月の光の届く限りが海の広さであった。伊豆の島々を大きく取り巻く波紋までがはっきり見える。伊豆半島、愛鷹《あしたか》山塊、箱根山塊、すべては月の光を引き立てるために、黒く行儀よくその地形の輪郭を写し出していた。新しく岩に付着した霧氷は月の光のもとに奇《き》怪《かい》な風丰《ふうぼう》を現わしていた。ある岩は光る玉を噛み砕いていた、ある岩は泣いていて、ある岩は髪の一筋一筋が怒りに燃えていた。富士八葉の一つ一つの頂巓《ちょうてん》が静かに対坐《たいざ》していた。剣ヶ峰は超然と高貴であった。白山岳《はくさんだけ》は愛情に満ちて山肌が乳のように滑らかであった。大日岳《だいにちだけ》は憤然と西に向って口を開いて青い吐息を洩《も》らしていた。富士八葉の巓《いただき》はそれぞれの個性を全部さらけ出していた。あらゆる感情はどれかの峰に表われていた。だが総体を通じて一つのものは死のような青い色を湛《たた》えた静寂であった。

　安定の法則で築き上げられた観測所を更に安定な形に掩《おお》い隠したのが霧風の仕業であった。一夜にして城楼を作る魔法使いは霧風として立派に現存している。観測所は一夜にして数倍の厚みを持った大理石の城壁を作っていた。

　月の投げた宝石は観測所全体を飾ってはなやかに輝いていた。月が登るにつれて宝石の一つ一つは沈黙の音を立てながら座を譲っていた。翳《かげ》もあった、翳もその位置を変えることによって、美しく見えた。

激しい光景に射落された鳥のように守屋は突立っていた。もし手袋を通して痛く感ずるピッケルの冷たさが現実に引戻さなかったならば、彼は魅《み》せられたまま、蒼氷の死の絨毯《じゅうたん》に腰を下ろしたかも知れなかった。ピッケルの石突きを氷から離し、アイゼンの歯を空に向けたら、それが最後である。そのまま、富士の氷壁を麓《ふもと》まで滑り落ちて、その形骸《けいがい》さえも残さないだろう。彼は顔にも痛い寒さを感じていた。吐く息が睫《まつ》毛《げ》に凍りついて、まぶたが重かった。そんな感覚が僅《わず》かに彼を平静に保っていた。

突然理子の手紙の一節が浮び上った。

(生きていることが大切な理由は、愛したり愛されたりすることが出来るから)

これは対象を守屋に置いて言っている言葉のようにも思えるし、何となくそう書いてしまった、ありふれた言葉のようにも思えてならない。考えれば考えるほど、何故《なぜ》理子が突然この文句を手紙の中に挿入《そうにゅう》したのか分らなくなる。彼は理子に対して自分の立場を有利に解釈したり、遂《つい》に悲観的な解析を試みる。結局はなにも得られなくなる。守屋は頭上を仰いだ。

月は高く上っていた。今迄《いままで》黒く固まっていた下界の山々は灰色に全体が浮び上って、その間に芦《あし》の湖《こ》と山中湖が二つの蛇《へび》の眼《め》のように青く光っている。彼の吐く息がそのまま細かい氷片になって、月に向って白い虹《にじ》を吹いていた。富士山塊を中心として万象はすべて彼だけのために静寂を保っているようだった。眼界に一点の雲もない、一ダイン(ものを動かす力の単位)の風の力もない、月の光はすべての狂暴を押えつけたまま少しずつ影を移していった。

ひとりで立っているには強烈すぎる美しさが、守屋の苦痛になった。誰かと、この美しさの中に居たい。想像だけでも、その境地になるために、寝室を出たのだと考えてもいい。彼は理子をそこに立たせる。全身が月の光で濡《ぬ》れる。だがそれだけで彼女は動かない。話しかけても来ない。凍ったまま立ち尽している。此処は風と氷と山男の場でしかない。美しい女の来るところではない。

(熱海の旅館の窓にも月はさしかけているに違いない。おそらく理子は彼女から三七七六メートルも高いところで、眠れないで苦しんでいる自分のことは知らないだろう)

熱海は山の陰で見えない。海岸線に沿って、灯台の灯《ひ》が点滅している。

「眠れないのは月の光のせいなんだ」

守屋は自分の影を見つめながら言った。

一カ月半の富士山頂の生活から解放される髭面組《ひげづらぐみ》と、噂話《うわさばなし》とポマードの匂《にお》いを持ち上げて来た交替組とを対照すれば、黒と白程の違いが見える。下山組は雪を掘り抜いた、観測所の洞穴《どうけつ》のような通路から差し込む光に向って背を丸くして一人ずつ進んでいく。ざっくざっくと鳴るアイゼンの音が全部消えると、観測所の中はしいんとして、人が居るか居ないか分らない程静かになる。怒ったような顔をして向き合っている滞頂組は言い合わしたように深い呼吸をつく、そして頂上へ着くまでの寒気と風とぞっとするような蒼氷《そうひょう》の肌などを思い出しながら、次の交替員の来るまでの四十日間の第一日目が始まったことを自覚する。

誰かが立っていって前の組の書き残してある黒板の文字を綺麗《きれい》に拭《ぬぐ》う。これが新しい五人のグループの動き出した瞬間のようである。守屋の一行は頂上の平坦部《へいたんぶ》から離れて、東の稜線《りょうせん》に向っていった。アイゼンの歯が氷に食いこんで、膝《ひざ》の反動となって返ってくる。頂上の尽きるところに大きな岩が突き出ていて、そこから下界が眼の前に拡がる。此処まではまだ頂上の領域である。

守屋は岩を背にして立止るとしばらく眼下に拡がる雲海に見入っていた。

(雲海は果てしなく続いて、丁度富士山の中腹にもう一つの海が出来たようだ)

誰かがこんな言葉を洩らしたとすれば、必ずこれに抗議の眼を向ける人があるに違いない。海の平面をそのまま、富士山の中腹に持ち上げたとしても、雲海とは似ても似つかないものになる。けれども、持ち上げた海の上面にふかふかした真綿を隙間《すきま》なく浮べたら、いくらか雲海に似てくるかも知れない。厚く敷き拡げられた真綿が、波に感じて動き出したら、やっと雲海らしくなってくるに違いない。重い液体の海と軽い気体の雲海とは重力を平等に受けている平面である以外には相似点は一つもない。

雲海の上に浮び出た太陽からまぶしい光の道が真直ぐに守屋に向って続いた。光の道の両側に耕地整理されたように、長い雲のうねが、平行な起伏の陰影を見せている。雲海は瞬間的には化石した海を思わせる。しかし一つ一つの雲は別々の意志を持って絶えずぐるぐる回転し、逆巻き、浮きつ、沈みつ、複雑な動作を繰返している。そして一定の高さからは頭を持ち上げられない不思議な空の掟《おきて》の棒に支配されて平らにならされていて、全体的には高度を上げたり、水平に動いたりしているのだが、大きさに誤魔化された眼には唯《ただ》じっとしている雲の面しか見えなかった。

遠くに眼を水平に配ると箱根山塊の上になだらかな雲の丘があったし、その麓には丸い雲の隙間が雲の野原にある湖水のように見えていた。だだっ広い雲の平野は眼の届く限りに拡がって、丘もあるし、池もある、小川のように見える細長い影もある。木がないから砂漠《さばく》の広さには見えないが、どことなく軽い感じのするのは、初めから雲だと思って見るからではなくて、確かにそれは一つ一つの雲が、ごく僅かずつ、むくむく浮き上ろうと努力している運動を眼に感ずるからであろう。

守屋の立っている尾根の頂点から見ると、吹き曝《さら》された尾根の岩根には風の方向に霧氷がついていた。頂上付近一帯にわたって、なめらかな氷の肌の輝きがあるのに、東の御殿場口《ごてんばぐち》になだれ落ちているこの一つの尾根だけは岩が混《こ》み合って雑然としていた。風当りは当然強いけれども、氷肌《こおりはだ》の登山道路より、岩根の陰から陰を迂回《うかい》していけば、もし万一突風に当っても、身を隠す岩場のあることが冬期登山路として選ばれている一つの理由でもあった。

雲海は七合目付近を境としていた。見下ろすと、雲海の平面と富士山との接線は乱れていた。雲海の一部は山肌に沿ってのし上ろうとしては一部が千切れて、引延ばされた先端がまくれ返っていた。

その謀叛者《むほんしゃ》の霧雲も雲海から幾らも離れることが出来ずに、放されたり、引戻されたりあやとりの糸のようになって、緩慢な動作が繰返されていた。

謀叛者の山雲が山肌を犯すいたずらをやめると、雲海と富士山の斜面の境界が妙に静かになって、白い雲と白い山肌の接線が口を開けてはっきりした黒い帯の隙間が出来る。雲の隙間を透《とお》してびっくりする程遠くの景色が見えたりする。やがてその隙間が綺麗に整理されると、大きな飛び石のような雲がずらっと山肌との接線にそって並ぶ。雲の石と石がぶっつかったり離れたりしているうちに新しい乳のように濃い霧が隙間を埋めて又元通りの厚い雲海が下界との境界をつける。

「さて、いよいよ雲の下にもぐり込むか……」

先頭の窪沢が振返って守屋に言った。

雲の下には理子がいる。守屋は、理子に会ってまず最初になにを言うべきかを考えた。言いたいことを言えたためしがない。努力しても無駄《むだ》なことである。言えるとすれば、桐野のことだ。桐野が吹雪を冒して頂上を目ざして来たことの裏に、理子が控えているに違いない。それをまず確かめてみたいと思った。守屋の身体《からだ》の位置が下ればば下るほど、桐野の存在が重く肩にのしかかって来た。

熱海の駅から急な坂道を海に向って下っていくと膝ががくがく痛かった。守屋は坂の途中で立止って両足を交互に動かして見る。

何時間か前迄足につきまとって離れなかったアイゼンの重さも、手に握られているピッケルの信頼感もない。そのせいか両手両足が妙に空虚で、それが膝の安定しない原因になっている。朝はまだ海抜三七七六米《メートル》の富士山頂に立っていた自分が、海抜百米にも達しない坂の中途にまで引き降ろされている。膝の痛みと腿《もも》の疲れが凝り固って、靴《くつ》の裏を透してくる大地の反響が妙に頭にこたえてならなかった。

守屋は胸一杯に濃い空気を吸いながら、おそろしい程の勢いで此処《ここ》まで突進して来た自分を顧みて微笑した。

御殿場について、風呂《ふろ》、床屋、着換えと、はらはらするような惜しい時間を過したのも、早く理子に会いたい為だった。理子の泊っている旅館の赤い屋根を越して初島が見えていた。

庭に入ると咲き初めた桜が手の届きそうな処《ところ》に枝を差し延べていた。真赤なボケの花が庭石を囲むように咲いていて、丁度その上の当りに二階の硝子《ガラス》窓が光っていた。開け放された縁側の籐椅子《とういす》に寄って背を向けて本を読んでいる女の姿が桜の枝の間に見えている。白いセーターにグリーンのチェックのスカートがよく似合って、豊富な髪の先をカールした横顔が美しかった。理子であった。

吸い込んだら全身に浸み込むように漂って来る草や花の生々しい春の匂いの刺激の中に、守屋は立ちすくんだまま、理子の後ろ姿を見上げていた。

富士山頂は匂いに欠けていた。空気の量に飢えているように、匂いに飢えていた守屋の嗅覚《きゅうかく》は旅館の庭に充満している春の匂いにたじろいだ。

理子は白い足にスリッパを穿《は》いたまま組み合せていた。彼女が背延びをするとスリッパの片方が落ちた。彼女は残った片方のスリッパを脱いで白い可愛《かわい》い足を組んだ。理子は本を置くと両手で髪を掩《おお》った。

素直な黒い髪が細い指の間から溢《あふ》れでている。

籐椅子にそり身になって、上半身を自由にまかせ切った理子の姿は守屋に近づき難い程、放縦《ほうじゅう》な姿にも見える。

「やあ、守屋君じゃあないか？　こんなところに突立っていて、さあ上り給《たま》え、もう下山する頃だと理子のやつ、毎日のように待っている……いつ下山したんだね？」

宿のどてらを着た椿泰三が立っていた。

「今朝、夜明けと共に頂上を立ちました」

「ほう、今朝出てもう此処へ着いたのか、飛行機みたいに速いんだね、一瀉千里《いっしゃせんり》で駆け降りたってわけだね」

泰三は心から守屋を迎えるように彼の肩に片手を掛けた。およそ守屋の体重の倍もある程肥満した泰三の油切った身体から受ける威圧感のようなものと、父親のような体臭とに守屋はまごまごした。

肩を並べて二階の廊下を歩きながら泰三は、

「ひとつ理子を驚かしてやるか」

とひとりごとを言い乍《なが》ら、ドアーを開けると、理子はちゃんと、そこに立って待っていた。

「なあんだ知っておったのか」

「だってお父さまのどら声、筒抜けよ」

待ち設けていた理子の視線に会うと守屋は突上げられるような胸の鼓動を感じた。誤魔化そうとするとぎごちなく身体が固くなる。瞬《まばた》きもせず、見詰めている理子の視線は、固くなった守屋を追いつめる、頰《ほお》の中央に、鉛筆の芯《しん》で押したような笑窪《えくぼ》が動くと、表情は急に変る。清楚《せいそ》な美しさの中からはなやかな笑いが始まり、魅力だけを撒《ま》き散らしている女に見えて来る。

「いつなの?」

「今朝早く頂上を発《た》って……」

「まあ!」

雪焼けした守屋の顔は健康に張り切ってはいなかった。富士山頂の生活が影響するのか幾分むくんだ顔に強《し》いて微笑を浮べると、かえって悲しそうな顔に見えた。

「君の顔は益々《ますます》君の親父《おやじ》に似て来るね、こうして君と向い合っていると亡《な》くなった君のお父さんを思い出す。長い間、山に籠《こも》って出て来ると、君のお父さんも、そんな風な妙にまぶしいような眼をしていたものだ」

泰三は籐椅子からはみ出るように坐《すわ》って守屋の顔をしげしげと見ていた。

「君のお父さんは日に焼けた顔で何枚かの山の画《え》を持って来ると、一枚一枚丁寧にその画について説明するんだ、一体君は命を賭《か》けて山の画を描いて何が面白《おもしろ》いんだと何度も言ってやったものだ。それ程苦労しても先生の画はさっぱり売れないんだ、大部分が僕《ぼく》が買い手になってやる。或《あ》る時、三、四枚程も持って来て、どれが一番君の気に入るかと聞くんだ。そのうちで一番下手だと思った画をわざわざ選んで、これがいいと冗談に言ってやったら、先生、急に眼を輝かせて、君には俺《おれ》の画が分ると言って涙さえ浮べて喜ぶんだ、内心薄気味が悪かったが、それから後も、持って来た画の内で一番下手に見えるのを、これがいいと讃《ほ》めると先生が喜ぶ。この嘘《うそ》は君のお父さんの亡くなるまで辛抱強く押し通したんだ、処が今になってみるとそれが嘘でない、私の持っている画の中で何時《いつ》までたっても飽きない、何と言ってよいかな、いつも新鮮なものを湧《わ》き出させてくれる画は、その嘘で選んだ画なんだね、ははは。あの八ヶ岳を描いた十号などは一人でじっと見ていると雲が動いているように見えるんだね

「……」

「そう――ね、守屋さん、知ってるでしょう、ほら応接間に、ね、あれよ、あれはいいわ、私も大好きよ、画の分るお客様が時々いらっしってね、椿さんにこんな深い趣味があるとは思わなかったなどと言うと、お父様ったら、直ぐあなたのお父様の話をするのよ」

「ははは、家宝だよあれは、君のお父さんの画は、誰にも譲らないんだ、いいものは何時まで経《た》ってもいいものだ……」

泰三は急に話をやめて遠い昔を回顧するように眼をつむった。

泰三が無造作に投げこんだ煙草《たばこ》の吸いがらが灰皿《はいざら》の底に燻《くすぶ》って、紫の煙がもつれながら、立ち昇っていた。それを眼で追っていた守屋の視線が偶然のように理子と会った。

「理子さん、手紙を有難《ありがと》う、桜の蕾がすばらしかった。富士山の頂上ではあれだけでも呼吸《いき》を吹き返す程嬉《うれ》しいものです」

「ほほう、桜の蕾はよかったね、理子、今度はどうだ、草花の鉢植《はちう》えでも、頂上に上げたら――、駄目か、枯れるかねえ、草も枯れるような処に住む人もつらいだろうね、守屋君、君は死んだ親父さんの血をそっくり引継いで、山の画を描くかわりに、富士山のてっぺんで気象の観測をする、君の血統には人の世から超越した何かを激しく求める欲求が脈を打って流れているようだ、——いいなあ、君のお父さんにしろ、君にしろ、とにかく一筋に生きられる人は幸福なんだ……そう、これから出掛けなけりゃあいけない、ゆっくりし給え、湯はどう、なんだったらこの宿で一泊したら、じゃあ夕食は一緒にしようね」

泰三が出て行った後、二人の間にはしばらく妙な固ぐるしさが続いた。広い庭から小鳥の声が聞えて来る、玄関に自動車の止る音がした。それを合図のように理子はつと立上ると両手を腰に当てて幾分顔を傾けて言った。

「さあこれから何をするの、守屋さん？」

「何をって？　何もない——」

「ほんとに……ほほほほほ」

理子はあたりかまわず響くような声を立てて笑った。

「そう、いいことがある。守屋さん、錦《にしき》ケ浦《うら》、知っているでしょう、あそこよ、ほら、あの出っぱった岩のところ、自殺の名所よ、行って見ない、……いいの、あのすぐ下まで車がいくから、ね、行こうっと！」

理子は卓上電話機を取り上げていた。

海に突き出した岬《みさき》の頂上を幾分か平らに削り取って、中央に小屋が建ててある。吹き曝《さら》しの柱といわず、ペンキの剝《は》げた腰掛けにまでぎっしり落書がしてある。蜜柑《みかん》の皮や紙屑《かみくず》が足の踏み場もない程に散らばっている小屋の中に、一組の男女がひそひそと話し合っている。山を背に三角型に突き出た断崖《だんがい》の直下に黒い海が迫っている。断崖に沿って眼かくしでもするように危なっかしい柵《さく》があって、木の枝を折らないで下さいとか、ちょっと待てとか、やっとそれだけが読み取れる程古びた立札が立てかけてある。その立札にまで念の入った俗っぽい落書がしてある。

「此処が自殺の名所?」

「そうなの、この崖《がけ》から海に向って、どぶんと飛び込むのよ」

理子の白いゆびが海を指した。

「どぶんとはいかないでしょう、途中の岩にぶっつかって海には入れない、痛い目に会うだろうな、何だってこんな処が有名になったんだろう……」

守屋は崖の下を覗《のぞ》き込みながら厭《いや》な顔をした。

「守屋さん、あの人達、心中するのかしら、いやにしんみりしているのね」

理子は小屋の中の男女を見て言った。

「きっとあの人達も、同じようなことを言ってるでしょう、あの黒い顔の男から先に飛び込むよなんてね……」

守屋はそんな冗談がひょいと自分の口から出たことに驚いていた。陽気のせいだろうか。清々とした気持だった。

「まあ、いやだ！」

理子は崖から身を引いて、身体を左右にゆすって笑った。クリーム色のダスターコートから香水の匂《にお》いが煽《あお》りだされて守屋を包む。守屋は急に理子を身近なものに感じながら、あわてて笑いに追従《ついしょう》した。もの足りないものが後に残った。

静かな海だった。船が通るとその跡はいつまでも白く消えなかった。鏡の面の曇りのように処々に白く澱《よど》んだ斑点《はんてん》や、流されていく大きな潮の縞《しま》や、時には赤潮が波打《なみうち》際《ぎわ》にかたまって流れていたり、静かな海だけに夕陽《ゆうひ》が投げた海面の色は多様であった。

「理子さん、海の色が色々に違っているでしょう、あのわけが分る？」

「分らないわ……」

「海水の密度が違うんですよ、その為《ため》にあんなに海の色が変って見える……」

先を続けようとすると理子がさえ切った。

「そうお、面白くないわそんなこと……守屋さん、あなたが奥さんをお貰《もら》いになる、新婚旅行に此処へ来たとするのよ、あなたはこんな風にしゃちほこばって、あの海に渦《うず》がある、何故《なぜ》だか分る？　あの山の雲をご覧、下が平らだ、何故だか分る？　……こんなことを言うに違いないわ、ほほほほほ。あなたって人はどんな時でも、そんなことしか言えないような人なんだわねきっと、それでも悪くはないと思うわ、でもね、海は美しいだけでいいの、密度だなんて鉄の塊みたいな言葉……」

　理子の視線を右の頬に痛い程感じながら、守屋はそれに答えられなかった。遠慮なくものを言う理子の癖にはもう馴《な》れっこになっていたが、それでも守屋には理子の言葉が冷笑に聞える。守屋は桐野もこんな目に幾度か会っていたのではないかと思った。そんな時、桐野がどんなふうに理子に答えたか知りたいと思った。桐野は山にくわしい、登山家であるかぎりはあまり上手な口をきける筈《はず》がない。そんなふうに思われた。

「何を考えているの、守屋さん」

「猛吹雪の夜でした。あの人の来たのは……」

　守屋はぽつんといった。

「え？」

「吹雪がめくら滅法暴れ廻《まわ》っていた……」

　守屋の眼は山にかくれた富士山の方角に向けられていた。

「どうかしたの、急に、ね、守屋さん」

理子は守屋の腕を引いて言った。

「桐野信也という人を知ってるでしょう、理子さん」

守屋は理子の顔を真直《まっす》ぐ見て言った。

「桐野信也さん？　父の会社の大株主の息子さんよ、どうして知ってるの、あのひとのこと？」

「富士山に一人でやって来たんです、それが吹雪の夜にね」

「まあ……」

理子は、食い入るような眼で守屋を見詰めた。一瞬の瞬きもしない、どんな秘密でも見すかして仕舞うように覗き上げている眼が怖かった。守屋は理子の胸に光っている大きな象牙《ぞうげ》のボタンに眼をそらした。

「でもおかしいわ……守屋さん、初めて桐野さんにお逢《あ》いになったんでしょう？　どうして私のことがあなた達の話の中に出たのでしょうか？」

「おかしいことはないでしょう、桐野さんはあなたのピッケルを持って来たんですよ、あなたが大事にしている、シェンクのピッケルをね、……」

「それで……」

だからどうしたというのです、貸したければ誰《だれ》に貸してもかまわないでしょうと、彼女の眼が言っていた。

「なんのために桐野さんはあの危険な目に会わねばならなかったんです。僕はそれが聞きたい……」

理子の顔に冷笑が浮んだ。

「本人に訊《き》けなかったんですか、あのひとのことだから、なにも言わなかったかも知れないけれど、たいした理由でもなさそうね、冬の富士山に登ってみたいから登ったまでのことでしょう、きっとそうよ」

なんでもなく、やり過そうとする理子の態度に、守屋は語気を強めて言った。

「理子さん、桐野さんはもう少しで死ぬところだったんですよ、そう簡単に片付けられる問題ではなさそうです」

「では守屋さん、わたしが、桐野さんを、そんな危険な目に合わせたとでもいうの、違うわよ、わたしはただ、ピッケルを貸して上げただけの関係でしかないのよ」

守屋にはそれが上手な嘘に聞えた。桐野について話し出した時、異常の関心を示した理子の態度が守屋のしこりとなって奥深く沈んでいった。

なめらかな頰のあたりから、波を打って流れ落ちている理子の髪が、海から吹き上げて来る風に揺れて乱れると彼女の顔は別人のように冷たいものに変って見えた。山を越して海に投げかける夕陽の残光に斜めに切られた熱海の町の屋根と窓が白く光っていた。

ふくらみかけた桜の枝を風が揺すっている。その幹をわざわざナイフで削って、

（これが遺言だ——消える頃《ころ》、みんなも忘れる）

と書いてある鉛筆の生々しい跡を見ながら、

「帰りましょう」

守屋が言った。本当のことはなにも言ってくれないのだ。守屋は理子との間に打ち込まれた桐野というくさびが、ちょっとこじったぐらいでは取れそうもなく固いものだと思った。理子という女が遠のいていきそうだった。

「誰も居ないのね」

理子が突然立止って言った。

「え？」

「誰も見ていないって言っただけ……」

そして理子はくすっと妙な笑い方をして急に黙ってしまった。守屋は理子の表情の変化を確かめたい気持に誘われて、坂を下りかけた姿勢から一歩理子の方へ近づこう

とした。理子の身体が動いた。

「ここ滑るわ、守屋さん、手、手を貸して……、あっ！」

はずんだ理子の身体が守屋に向ってぶっつかって来た。守屋は胸の中に深く飛び込んだ毬《まり》を抱きしめようとした。そうせざるを得ない立場だった。しかし理子は彼の腕の中で身を沈めながら、巧みに守屋の抱擁をかわすと、両手で守屋の胸を軽く押しのけて、しゃんと立直った姿勢のままで笑い出した。理子の笑い声が裏山に響くように伝わっていった。守屋は両腕に残った力の遣《や》り場所に困惑した表情で理子を見上げたが、彼女はずるそうな笑いの眼の中に、拒絶の表情をはっきり浮べながら、

「誰も見ていなかったわね」

と言った。


旅館のホールではレコードに合わせて、三組ばかりの男女が踊っていた。隣の撞球《どうきゅう》場《じょう》では、ドテラの袖《そで》を気にしながら年輩の男達が球を突いていた。レコードが一枚終る度に次のレコードをかけている女中がお面のような表情をしていた。

「守屋さん踊らない？　このひと、とても上手なんですよ、紹介しましょう……」

理子の弟の俊助が学生服の金ボタンを光らせて、自信あり気な腰付きで踊りなが

近寄って来て言った。

「駄目、駄目、僕踊れないんです」

守屋はソファーに固くなったまま手を振った。

「わけないさ、ダンスなんか、姉さんに教わればいい、姉さん！　何してるの、守屋さんに教えたら？」

俊助は守屋と並んで坐っている理子に向って顎《あご》をしゃくってから、パートナーの着物の裾《すそ》とからまり合いながらくるくる廻っていった。

「どう、守屋さん踊る？」

「いや駄目です、そんな器用なことはとても僕には出来そうもない」

「別にどうってことないわ、音楽に合わせて軽く身体を動かすだけ、リズムだけの問題よ、でもこんなこと守屋さんの趣味には合わないかしら……」

理子は守屋を誘うのをあきらめて、踊っている人達の足下に眼をやっていた。背の高い、その場所には不向きのような、りゅうとした背広姿の男が、すっすっとスリッパの音を立てながら、ホールの中央を横切って、レコード係の女中の処へいくと、手早く二、三枚のレコードを選んで女中に指図してから向き直った。

タンゴの曲が鳴り出すと男は理子の処へ滑るようにやって来て、軽く一礼してどうぞと言う。理子はちらっと守屋の方を見て眼で笑うと、ずっと前から約束でもしているように立上って男と組んだ。高慢ちきな顔をした男だった。ひどく真面目《まじめ》くさった顔をしていて、ステップでも間違えると、それが理子の失敗であってさえも、殊更《ことさら》に慇懃《いんぎん》に理子に謝る。無暗《むやみ》にくるくる廻ることの好きな男だった。左手をぴんと張って、右手を深く理子の背に廻して、守屋のすぐ眼の前で回転を連続してやって見せる。その度に理子のスカートがふわりとなびく、それが守屋には故意のあてつけか、見せびらかしに思えてならない。回転する度に男の顔と理子の顔が交互に守屋の方を向く、守屋ににっと笑いかけたり、片眼をつぶったり、そんな理子の茶目がかえって守屋を刺激した。

俊助が踊って来ては守屋の前で足ぶみでもするように同じステップを繰返しながら話しかけてくる。

「守屋さん、思い切って姉さんと踊りなさいよ」

そんなことを言うかと思うと、

「あいつね、姉さんと踊ってるの、姉さんにこれなんです、つまらないやつ、……」

これなんだと言う時に俊助が頭の上でくるくるっと円を画く、その円のすぐ向うに理子の汗ばんだ顔が光って見える、紅潮した頰の色が毒を持った花弁のようにも見える。男が妙にこみ入ったステップをするのに、懸命に従《つ》いて行こうとする理子の足さばきが守屋の存在を忘れたかのように活発に動く。理子の背を抱いている男の手に力が入っても、理子は別に厭な顔をしない。

(誰も見ていないわね)

森の小道で理子が言ったことが思い出されて、あの、ほんの、はずみのような守屋の抱擁さえも、はっきり拒絶した理子が、それから何時間も経《た》たないうちに、眼の前で別の男と相擁して踊っていることが、守屋にとっては単に比較だけの問題でなく、理子から遠まわしに加えられている侮辱の鞭《むち》のようにさえ思える。

ダンス音楽が身体中ぞくぞくする程不潔な雑音に聞えてならない。

「守屋さん、今度いつ富士山に登るの、五月?　そう、僕もその頃登ろうかな……」

俊助がやって来てそんなことを言う、うるさい奴《やつ》だが、可愛《かわい》い奴だと守屋は思った。理子とは母親が違うせいかあまり似ていない。生白いのっぺりした顔を天井に向けて、いかにも得々として踊っているのだが、俊助より体格のいいパートナーに、実際はリードされているようであった。理子は疲れたのか男の胸に幾分寄りかかった姿勢で踊っている。

守屋はそっと立上って玄関へ出た。何一つ持物もない、言っておくこともない。何《ど》処《こ》へ出て行っても、どうしてもかまわない。東京に帰るには八時の急行が間に合うと思った。庭に出ると黒々とした山の上に星がきらめいていた。山から吹きおろす風が快く肌《はだ》に触っていく、レコードがワルツに変ったらしい。守屋は庭石を一つ置きに飛び越えて逃げるように道路へ出た。急に静かになった暗闇《くらやみ》の中に立っていると総《すべ》ての人に見捨てられたような悲哀が押し寄せてくる。泣きたいような気持をぐっとこらえて、海を見ると、ずっと遠くに漁火《いさりび》が一列に並んで揺れていた。

五月の暖かさは麓《ふもと》にやって来ても、富士山頂はまだ雪が消えない。五月の山頂の平均気温は零下四度、それに平均十数米《メートル》という下界では大騒ぎするような風が吹き続けているのである。

富士山頂から見える限りの下界ではどこにも春の光が溢《あふ》れて、すぐ眼の下にまで萌《もえ》黄色《ぎいろ》の春が押し寄せて、どの峰、どの岡《おか》の上にも、ふわふわとした雲が漂い、時にはその雲の一片が春に酔ったように下界の山から離れて、手の届きそうな処までやって来る。こんな日には上昇気流に乗って、時たま春の匂いがそのまま頂上にふいと訪れることがある。

守屋は頂上に立ってその匂いを嗅《か》いでいた。晴れた夜、頂上から東京の灯《ひ》を長い間見ていると、美しさよりも、光の明滅が妙に物悲しく神経にこたえて感傷のとりこになるのだが、眼《め》よりも、春の匂いは遥《はる》かに強く心の底をくすぐって、春に置き去りを食っているような焦燥と、急に中から燃え出す、声を立てて叫びたいような情熱がやりどころなく凝り固まってそれが激しい郷愁となる。

春の匂いは文字通り風の便りのように、頰を撫《な》で上げて忽《たちま》ち消えると、その後から強い西風が刃《やいば》のように冷たく刺してくる。

守屋は熱海で、踊っている理子の後ろ姿を見ていた時、ふと漂って来た春の匂いを嗅いで、反射的に身体のどこかがその後に吹きまくる風にでも怖《おそ》れて身構えるように固くなったことを思い出した。

富士山頂での自然現象の急変に敏感になればなるほど、山頂の生活が下界にまで延長されて、少しでも環境に静けさがあると、後に続いて起る怖ろしい轟《とどろ》きを想像する――いつも身がまえて歩いているような生活を振り返って見る。枯れた野原をおびえたような眼を周囲に配りながら歩いているけものが頭に浮んですぐ消えた。

守屋はそう言った習慣をいつか身につけだして居ることをよく承知していた。塩町は富士山勤窪沢、守屋、小宮のメンバーの中に新しく塩町が加えられていた。

務は始めてであったが、大学時代に山岳部に居ただけあって、山のことはくわしかった。

彼はその若さと彼の登山の経験から、富士山頂観測所員の登山技術に対していささか見識を異にしていた。

何故アンザイレン（登山者がたがいに、一本のザイルに結ばれて登ること）をしないのか、これが塩町の第一の疑問だった。

雪解け水が日向《ひなた》の岩から落ちる音が消えて、夜になると、塩町はこの問題を持ち出した。彼の理屈は登山の法則から少しも外れては居なかった。窪沢も守屋も小宮も黙って聞いていた。だがそれをやろうとは誰も言わなかった。

「どうしてなんです。なぜ、アンザイレンをしないんです」

彼は窪沢にまず意見を求めた。窪沢は髭《ひげ》の中で笑っていた。

「どうしてなんです守屋さん」

塩町はいつも血色のいい赤い顔をしていた。彼は自分の説に乗ってこない先輩達に対していささか腹を立てているようだった。

「自分自身で守ることが一番大切なことなのだ。それに御殿場口では、アンザイレンをする必要もあるまい」

守屋は、塩町に一本のザイルに繋《つな》がれての登山法は、その法に、きわめて熟達しているパーティー以外は採用すべきでないことを説明した。一人が滑ったら、一枚鏡のような氷の氷壁で確保《ホールド》することは非常に困難であり、犠牲はそのザイルに繋がれた人の数だけになる可能性を説明した。

「僕等《ぼくら》は山登りの専門家ではない、ただの観測員に過ぎない、ザイルの結び方も、つなぎ方も知らないズブの素人《しろうと》なんだ。僕等の出来ることは、耳で風の方向とその速さを知って、突風が来たら、ピッケルを氷に立てて自分だけの身を護《まも》ることでせい一杯なんだ。登山路を、御殿場に取ったのも、岩尾根にかじりついて登ることが出来るからなんだ」

それだけでは塩町は納得出来なかった。

「でも守屋さん、アンザイレンをやっても見ないで、一方的に断定はできないでしょう」

塩町は食いつくような言い方をした。

「そうかも知れない。僕は経験はしない。だがこの眼でアンザイレンしたパーティーの遭難を見たのだ。一昨年《おととし》の一月に、僕は単独で吉田口から登ったことがある。公務ではなく、ただの登山者として冬の吉田口を登ってみたかったのだ。その時、僕の前をアンザイレンしていった三人のパーティーの一人が八合目と九合目の間で滑ったために、三人ともザイルに繋がれて、氷の上を流されていった。七合目の岩に衝突して高くはね上ったのを、鎌岩《かまいわ》の出鼻で見たのだ。身震いのするような思いだった」

守屋は言葉を切った。その時の光景を頭に浮べた。一人が岩にぶつかって抛《ほう》り上げられたのが動機でザイルはうまく岩に引懸《ひっかか》った。二人は岩の西側、一人が東側に振り分けられて止った。

岩の西側に止った一番と二番はザイルにつながれたままもがいていた。一番は服が破れて背中が見えていた。二番は折れた手をぶらぶらさせて、起き上ろうとしていた。岩の東側には三番がからだ中血に染まって倒れていた。

「一昨年の吉田口の遭難ですね、あの時守屋さんが見ていたとは知りませんでした。……でもあの時死んだ三人のパーティーの属する山岳会は、冬山には実績のない言わば、素人の寄り集りみたようなものだったから……」

塩町が口を出した。

「死んだ人の悪口を言うのはやめよう、要するに、僕はアンザイレンは余程の熟練者でないと危険だと言ってるんだ。僕等はいつまでたっても、素人でいいんだ、山登りのために、此処《ここ》へ来ているんじゃあない……」

守屋の声は低かったが、力がこもっていた。それ以上塩町がこの問題で抵抗を試みたら、ちょっと、収まりのつかないことになりそうな空気だった。

「塩町君、その遭難のあった夜のことだよ、僕は、今君の使っているベッドに寝ていて、気味の悪いことに出合わしたんだ」

窪沢が話を横取りにした。上手に場の空気を変えたのだ。電灯は暗い。外はそう強くないが相変らずの風だった。


窪沢は胸を力一杯押えつけている鉄のような手からのがれようと思うのだが、身体はベッドにしばりつけられたように動くことが出来なかった。鉄の手の重圧に息がとまりそうだった。彼は叫び声を上げて、眼を覚ました。暗い部屋には誰も居ない。窓から星の光が差し込んでいるだけである。額に汗をかいていた。激しく動悸《どうき》をつづける胸のあたりには、まだ押しつけられたままの痛みが残っていた。

窪沢は眠れないままにじっと耳を澄ませて風の音を聞いていた。滝壺《たきつぼ》の傍《そば》に住んでいる人が滝の音の中で人の囁《ささや》きが聞き分けられるように、彼は外のすべての音と、広間の中から聞えて来る器械の音をちゃんと区別して聞いていた。

カチッカチッとペンを動かす風速計の自記器の音を聞いて、外は三十米ぐらいの風が吹いているだろうと思っていた。窓から差しこむ星あかりで、彼の吐く息が白かった。白い呼吸の棒をゆっくり延ばしていると、胸の動悸はいつか落着いて来た。夕食の乾燥野菜の不消化が悪夢の原因かも知れない。彼は勝手な理屈をつけて眠ろうとした。その時であった。吐き出した彼の白い呼吸の棒が突然消えた。何かが、窓から差し込む光をさえ切ったに違いない。——彼の窓から覗《のぞ》き込んででもいるような黒い影が、窓を斜めに横切って消えた。と、殆《ほと》ど同時に観測室の風速計の回数自記器が、狂ったような速さでカチカチ鳴り出した。この電接音は一秒毎《ごと》に一回の割合で鳴っても秒速百米の風が吹いていることになるのだから、もし風速に直せば何百米という風が突然吹き出した事になる。

彼は反射的に飛び起きていた。器械の故障としか思えない。急いで防寒具をつけて提電灯《ていでんとう》を持って風力塔へかけ登って行った。提電灯の光を受けた風椀《ふうわん》は平常と少しも違いのない回転を続けていた。回転を伝える幾つもの歯車は全部揃《そろ》ってきちん、きちんと十進法に従って回転数を次の歯車に送っている。電気接点にも異常がない。窪沢は鉄梯子《ばしご》を降りて、広間に戻《もど》って電接自記器を見ると、いつの間にか平常通りの動作を続けている。念のために自記紙を見ると、彼の錯覚ではない、さっきの途方もない風の記録がちゃんとそこに鋭い爪《つめ》で引掻《ひっか》かれた後のように記録されていた。

こんな現象がこの器械に起ることは今迄《いままで》かつてない事であり、文献にもそんな報告は出ていなかった。彼はもう一度風力塔によじ登っていった。前よりも詳しく調べたが異状はない。その間中、秒速三十米の風が彼の身体中を刺し通していた。彼は風速計から眼を放して周囲を見廻した。一人ぼっちで星の中に抛り出されたように、どちらを見ても冷たい星の光にかこまれていた。それ程澄んだ無数の星にかこまれていながら、彼は何故か美しいとは思わなかった。彼はこの時程ひとりだということの怖ろしさを感じたことはなかった。一段ずつ鉄塔を降りていった。

もう一段で屋上に立つことが出来る位置で、何となく右手の提電灯を上げて風速計を照らして見ようとした。その瞬間連続した風にかくれてでもいたように例の突風がヒューンという音と共に襲って来て、右手の提電灯を奪い取った。提電灯は鬼火のように吹き飛んで行って黒い口を開けている噴火口の中に吸い込まれた。と同時にその暗黒の洞穴《どうけつ》の中からあきらめ切れないで死んで行く人の絶叫のように長く余韻を引いた悲鳴が聞えた。

「自分を取り戻して来ると右の掌《てのひら》が非常に痛いんだ。見ると掌の皮が引きはがされて血が垂れ落ちている。提電灯を吹き飛ばされた時に手袋をもぎとられたんだね、怖ろしさの為《ため》にそれに気がつかず夢中で鉄の手摺《てすり》に伝わって降りて来たわけなんだが、外は零下三十度に近い寒さだ。直接手で金属を握ったから、手の皮がむけたというわけなんだ」

窪沢は言葉を切って右手の掌を開いた。三角形の疵跡《きずあと》が残っていた。

「確かに人の悲鳴なんでしょうか、それ」

塩町が幾分青ざめた顔を突出して言った。

「たしかにそう聞えたんだ」

「……まさか……」

「まさか？　そうだね塩町君、話は全部信じてはいけない、頂上の風は偉大な創作者だからね、笛の音も太鼓の音も、動物の咆哮《ほうこう》も作る、だから場合によると人の叫び声さえ……けれども自記記録されている異常現象は信じなければなるまい。その自記紙はちゃんと保存されてあるし、僕の手の怪我《けが》を包帯した小宮君もちゃんといる……、おや小宮君はどうした？」

窪沢が眼で探す。

「さっきまでここにいたんだが」

空いている椅子《いす》を指して守屋が言った。

「こんなに遅く氷を取りに出たのかな、便所にしては長すぎる……」

窪沢は不安な眼で周囲を見廻した。九時は過ぎていた。飲料水の氷を取りに出るには遅すぎる。風は相変らず吹いている。曇っているせいか外は真暗だった。

いつも小宮の私室の出口に立てかけてある小宮の自慢のピッケルが無かった。外に出たには違いないが、何だってこんな夜更《よふけ》に黙って外へ出たのだろうと三人の眼はお互いの顔をしばらくさぐり合った。

カチッと風速の回数自記器が鳴った。続いてカチッと鳴る。間隔が短い。風はせいぜい十数米の筈である。三人は一斉《いっせい》に南側の窓側に置いてある器械のテーブルに眼をやった。と同時に回数器は火花でも散らすような速度で激しく動き出した。窪沢が話した通りのことが眼の前で始められたのである。六つの眼が異常に乱打をつづける器械に向けられていた。

「……おうい……さん」

遠くで誰かを呼ぶ声が聞えた。小宮の声ではない。風に吹きちぎられたその声は二度聞えた。そしてしばらく間を置いて今度は前よりもいくらかはっきりと守屋の名を呼んだ。

「ああ……俊助さん、あなただったのか」

声の方へ歩いていきながら守屋は椿俊助《つばきしゅんすけ》の他《ほか》に誰《だれ》かがいるのではないかと思った。提電灯を俊助の顔から足もとに向けると、俊助は光の中によろけ込むような足取りで守屋の手もとに近づいて来た。俊助の息使いが荒い。

「大丈夫?」

「大丈夫ですよ、守屋さん」

そして俊助は観測所の窓から洩《も》れる電灯の光を指して言った。

「まるでホテルのように明るいんだね」

「連れは?」

「あとです……」

守屋は俊助の顔をさぐるように見てから、すぐ遠くに眼をやった。御殿場口の稜線《りょうせん》から頂上に出るあたりに光が見える。守屋が提電灯を上下に振ると、相手はゆっくり円を描いて答える。守屋はほっとした。小宮がするいつもの合図であった。もし何かの事故があったなら、激しく左右に振る筈《はず》であった。守屋は俊助に観測所の入口を教えておいて、急いで光に近づいていった。声をかけると小宮の元気のいい返事があった。

ルックザックを背負った長身の男が精も根も尽き果てたような格好で歩いていた。突風が来る度にピッケルにもたれかかってこたえている姿が危ない。男の足もとを斜め後ろから小宮が照らしてやっていた。

「もう大丈夫ですよ、あそこが観測所ですから」

小宮は男をはげますように言ったが、男は放心したように、雪と氷の中に明るく浮び上っている観測所を眺《なが》めていた。

「黙って出て来てしまって、……どうもすみません、へへへへ」

小宮は提電灯を持った手をそのまま頭に上げた。何かというとすぐ頭を掻く癖のある小宮は防寒帽をつけたままでも頭を掻いた。提電灯の光でアノラックを被《かぶ》った男の横顔がちらりと見えた。

「なにね、氷を取りに出ると九合目あたりに人の声がするんでね」

「それで直《す》ぐ下っていったってわけか……」

「風ですよ、風の吹き廻《まわ》しで、ずっと遠くの音がすぐそこのように聞えることがあるでしょう、あれです」

「まあ、よかった、この方《かた》の荷物を持ってあげればよいのに……」

「それがね、守屋さん……」

一息入れていた男はその時急に動き出した。男は頂上観測所の灯に目標を取るともう二人には用はない、とでもいったように、きゅっ、きゅっと二、三歩は確実なアイゼンの音を立てて踏み出したものの、吹きつける風に直ぐ足もとが乱れてよろよろっとする。守屋は腕を延ばして男のルックザックを摑《つか》んでやった。すると男はぐいっと上体を振っていった。

「大丈夫です、ひとりで……」

何処かで聞いたことのあるような声であるが直ぐには思い出せなかった。小宮が守屋さんと呼んだ時から、男は非常に疲れていながら近寄っていく守屋に急に身構えたようだ。頂上にもう少しという登山者に援助を与えようと申出ると殆ど拒むのが当り前のことであった。それは余力を残している人達が勝利の最後の瞬間まで人の助けを借りたくないという当然な心理から出るものであって、のびかかっている登山者は別であった。守屋は長身の男をもう一度見直した。のびたと言われる程のびてはいない。だがもし富士山がもう二百米も高かったら、とてもこの腰付きでは登れそうもない程度にはのびていた。

観測室に着いて靴《くつ》からアイゼンを取ろうとするのだが、手がこごえているのか、アイゼンの締め金具が凍りついているのか、仲々取れそうもない。小宮が見兼ねて手を出すとそれも拒んだ。膝《ひざ》がふらついて、今にも廊下につんのめりそうになるのをこらえている男の尻《しり》に、小宮が空箱を持って来て当てがうと、それだけは素直に受けて、やっと靴からアイゼンを外すことが出来た。ルックザックを下ろし、アノラックを脱いで、男は廊下に差し込む電灯の光を全身に浴びながら、広間の入口に近づいて来た。

「守屋さんでしたね、突然伺いまして、……僕杉中《すぎなか》です……いつかお眼に掛ったことが……」

杉中はなめし皮のジャンパーから名刺入れを取り出しながら言った。守屋は杉中がアノラックを取った姿を見て誰だかはっきり思い出した。熱海の宿で、理子の弟の俊助が、あいつ姉さんにこれなんですと変な紹介の仕方をした男に間違いないと思った。

「そうでしたね、確か熱海でお眼にかかりましたが……」

妙な気まずいものが二人の間をさえぎっていた。守屋はさあどうぞと心から歓迎の言葉が出て来なかった。杉中の着ている皮の臭《にお》いが鼻孔の奥を刺激して、くしゃみが出そうだった。

「俊助君に誘われましてね、さすがに富士山の風はすごいんですねえ」

風はすごいんだが俺《おれ》はへたばっては居ないぞ、と言わんばかりに杉中は笑うのだが、彼の身体《からだ》は壁に支えられてやっと立っていた。杉中がどの程度の山の経験者だか、守屋には一眼で分った。守屋に限らず富士山観測所員は、登山者の服装と歩き振りで直感するのだが、まず狂いはない。守屋は虚勢を張り続けている杉中を見ていると、彼の挙動が滑稽《こっけい》にさえ見えた。その虚勢が自分に対してであることがほぼ見当つくと、すぐ頭に浮んで来るのは、腰に手を当てて、冷たい微笑をたたえながら二人の男を見《み》据《す》えて立っている理子の姿であった。

屋上の風力塔に続く階段を窪沢と塩町が、叫び合うような大声で話し合いながら降りて来た。

「何かあった?」

「何もない、全く原因がわからない」

窪沢は両手に持っているペンチとドライバーを軽く打ち合せながら、暗い廊下に立っている杉中を認めると、

「大変だったでしょう、さあどうぞ中へ……」

杉中は風力塔の階段を降りて来た窪沢の、眼ばかり光っている髭だらけの顔を見ると、ぎょっとしたように眼を見張った。廊下の壁に背を持たせかけている杉中の身体が揺れた。

「あなたは？」

「窪沢さんです、ここの主任です」

窪沢の後から下りて来た塩町が口をはさんだ。

「僕、杉中です。一晩とめて頂きたいのですが、食糧は持っています」

そんな切り口上の挨拶《あいさつ》をする杉中に、守屋は少し変だぞと改めて彼の顔を見直した。

一日で焼けたらしい杉中の顔は、酔ったように赤かった。絶えず何かにおびえるように、きらきら光る眼を見ていると、今にも杉中は叫び声を上げて、走り出す人のようにも見える。血の気《け》の引いた唇《くちびる》がわなわな震えている。

「食糧は持っています」

杉中はもう一度それを言うと、前に置いてある自分のルックザックに手を掛けようとして膝を折ると、そのまま前に倒れてしまった。

「なんだ、だらしがないぞ……」

俊助が助け起そうとすると、

「食糧はちゃんと持っているんだ」

杉中は又それを言った。守屋は冷やかな顔で全部を見つめていた。杉中がルックザックの上に倒れるのを見ると、ちょっと当惑したような眼を窪沢に送ったが、直ぐ杉中を横抱きにして、ホールを引摺《ひきず》りながら自分の部屋へ引張っていった。杉中の叫ぶ声が二、三度聞えたが、直ぐ静かになった。

守屋が杉中を自分のベッドに寝かせて、広間に引返すと、塩町が杉中の持って来たピッケルを電灯の光の下で眺めていた。

「シェンクだ、シェンクのピッケルですよこれは」

塩町は彼の大発見を観測所員に見せびらかすような大声を上げた。窪沢はちょっと身体をよじって見ただけで、観測のデーターを整理していた。小宮はお客様のためにお茶を用意するのに忙しかった。

塩町は彼の発見と、彼の山にかけての知識を、誰かに認めて貰《もら》いたかった。彼は冷たい顔で遠くから眺めている守屋に向って言った。

「スイスのピッケル作りの名工、シェンクの作ですよこれは」

「シェンクは名工でもなんでもない、スイスの山村の唯《ただ》の鍛冶屋《かじや》のおやじなんだ。村の鍛冶屋の素朴《そぼく》な品位がそのピッケルを有名にしているだけのことだ」

塩町は守屋がシェンクのピッケルについて一応知っていることが意外だった。と同時に塩町は山の知識を皆の前で見せる機会を失ったことで、ひどくつまらなそうな顔をした。塩町はピッケルに向ってひとりごとを言った。

「これほどのピッケルを一度でもいいから持ってみたい」

塩町は黒光りする鉄の肌《はだ》をなでながら、この古びた業物《わざもの》の経歴について、勝手な冥《めい》想《そう》をくりひろげていた。


閉め切った狭い部屋に俊助の吸っている煙草《たばこ》の煙がこめられていく。二重硝子《ガラス》の隙《すき》間《ま》から吹きこむ、ほんのあるかなしかの風に動かされて、煙はゆっくりと縦に循環を続けながら、やがて部屋の隅々《すみずみ》まで濃い霧のように、行きわたると、煙草を吸わない守屋はさすがに息苦しさを感ずる。そのもやもやした煙草の中で、ベッドに腰かけて俊助が首を傾けてまた新しい紫煙を吐く。

「それで?」

「それだけなんです、守屋さん、杉中さんがどれだけ山の経験があるか僕は知らない。そう深く僕とは交際していないですからね。唯、杉中さんが山の写真に興味を持っていることは知っていましたが――」。

「結局理子さんが取組みをした臨時のパーティーというわけか」

「そうかも知れない」

「理子さんから何か?」

「僕には何もないけれど、杉中さんに頼んだかも知れません。とにかく杉中さんは守屋さんに非常な興味を持っているようですね」

「僕のどこに?」

「さあ、あなた全体に対してでしょう。例えばあなたの撮った富士山の写真を見てわざわざ美を見殺しにした写真だなんて言っていたからね」

「どの写真なんだね、それ」

「さあどれだったか、あなたから貰った写真は全部一つのアルバムに貼《は》ってありますから、そのうちのどれかでしょうが……」

椿家の贅沢《ぜいたく》な応接間が眼に浮んだ。ソファに杉中と並んで坐《すわ》っている理子の手に守屋が贈った部厚い皮表紙のアルバムが開かれている。守屋が富士山の勤務を始めてからの写真が、貼ってある。理子が写真を見ながら守屋について或《あ》る程度の説明をする、どの写真を杉中が批評したのか、或いは写真全体について言ったのかも知れない。

(大変なことだと思うわ、自然の脅威にいつも身を曝《さら》しながら、それに食べものだって……)

理子がこんなことを言ったに違いない。あんな無理をして缶詰《かんづめ》を持って来たのもそんなことが杉中の心の底にあったのかも知れない。強力《ごうりき》を頼めばよいのに、守屋はフト桐野のことを思い出した。理子が桐野にその後会ったかどうか分らないが、桐野が吹雪をついて頂上を訪れたことを杉中に洩らしたかも知れない。ありそうなことだ。

「つまらない——姉さんなんか……」

俊助は守屋の心に映っている理子に石でも投げつけるように言うと、窓に眼をやって大きなあくびをした。

「電灯を消せば星がよく見える。一晩中唸《うな》りつづける風も日本の最高点を吹く風だと思って聞くがいい、おやすみ——」

広間には塩町がまだ一人で起きていた。道具類や電池やメーター類が雑然と置いてあるテーブルの上で、風速計の風椀《ふうわん》を少しずつ手で回転させながら何か紙に書き込んでいる。

「摑めた?」

「皆目分りません、頭が痛くなるだけです……フッと頂上をかすめた、山雲のいたずらかも知れない。風、霧氷、電気絶縁、回転速度、歯車、……こんな組合せからあの謎《なぞ》を解こうとしているんですが、簡単な器械だけに突然起したあの現象はなんとしても不可解ですね、とにかく器械はそっくり取替えました」

「明日明るい所でよく見たら新しい発見があるかも知れない、寝たら？　もう遅いから」

「そうしましょう、でもおかしな事が起るものですね、窪沢さんの怪談程のスリルはなかったが、この現象を究明することが一種のスリルですね、分ってみれば簡単なことかも知れませんが……」

塩町は立上ってテーブルを片付けに掛った。

「全く人間ておなじようなことを考えるものだ、僕も誰か死んでやしないかという考えが咄嗟《とっさ》に頭に浮んでびくびくしていたよ。環境の影響かも知れない。特異すぎる生活の中に、何か神秘とでもいったものを期待しているのかな、――とすれば感傷のとりこになりかかっている科学者の敗北の姿だが……」

後の方を守屋は独白《ひとりごと》のように言った。杉中に自室を、俊助に予備室を譲った守屋はたった独りで広間の中央に毛布にくるまった。馴《な》れない枕《まくら》が固かった。脱いだジャケットを丸めて枕に替えた。自分の体臭の中に頭を突っ込んでいるうら淋《さび》しさがどっと守屋に襲ってくる。――熱海でのあの夜、心の奥を吹き去る風を意識しながら、じっと見詰めていた漁火《いさりび》のゆらめきが思い出される。追われるように理子の傍《そば》を離れて、どぎつく赤や青のネオンが輝いている雑踏の中を歩いている自分の姿。

(理子さん、何のために杉中さんを寄越《よこ》したのです)

守屋の問いに理子はこんなふうに答えるだろう、

(なんて理屈っぽく物事を考えるんでしょう、あなたは。杉中さんは富士山に登ってみたかっただけよ)

桐野の登山の理由を訊《き》いた時も、これと同じことを理子は答えたのだ。ピッケルのことを聞いても、貸してあげただけと答えるに違いない。

(では何故《なぜ》彼は虚勢を張るんです)

(知らないわ、男の人達のことは男の人達だけで考えたらいいわ……)

そして理子はぷいっとそっぽを向いてしまうに違いない。

桐野の登山の動機と杉中の登山の動機と全く同じではないかとも考える。動機とは——闇夜《やみよ》に突然狂ったように回転を始める風速計に、歴然とした結果だけが火花を散らしながら、ついに摑み切れない導因の不可解さのようなものかも知れない。いずれにしても、理子が彼等《かれら》の背後で指導権を握っていることは確かだと考えられる。

足を組んだままの姿勢で杉中はさっきからパイプの煙草に火を点《つ》けようとしているが、仲々うまくいかない、折角点いてもすぐ消えてしまう。

「空気が稀薄《きはく》だから燃えないってわけか」

杉中は独白《ひとりごと》をいいながらやっと火のついたパイプを咥《くわ》えて、眼《め》を細めながらぐるっと部屋中を見廻《みまわ》す。パイプの咥え方がなんとなくぴったり来ない。それにパイプも新しいものらしい。杉中は書棚《しょだな》に近づいていって、本の背文字に一々煙草の煙を吹っかけながら眺め廻す、抜き出してひらく本が全部洋書、それもぱらぱらっとまくって見て、ふんといったような顔でもとの処《ところ》へ収める。スイスで出されたアルプスの部厚い写真集を引き抜いて、音を立てながら荒っぽく頁《ページ》を繰っていたが、気に入った写真があったらしく、組んだ足の上に開いてしばらくはその頁から離れない。斜め横から守屋が見ると、それは一人の登山者が岩に腰かけて、パイプを燻《くゆ》らせながら氷河に見入っている写真であった。守屋が写真から眼を外《そ》らそうとすると、杉中の上げた眼にすばやく捉《とら》えられてしまった。杉中は横から覗き込んだ守屋の眼を失礼だぞととがめるように押えつけておいて、ぷいっと突っ放す。今度は顎《あご》をぐいっと前に出し、口先を尖《とが》らせて細い束にしたパイプの煙をゆっくり写真の上に吹きつける。アルプスの氷河も厚い霧に見えなくなっていく。本の冷たい頁に吐き出されたパイプの煙はそのまま、頁の上に吸いつけられていって、もやもやした一枚の不透明な板となって画面を覆《おお》ってしまった。杉中は頁を閉じた。本の間からぱっと白い煙が飛び出る。

「こういう写真集が富士山の頂上で見られるとは思わなかった」

そう言ってから杉中は、

「俊助君、さあ出ようか」

とすぐ傍で塩町と何か熱心に話し込んでいる俊助に呼びかけた。守屋を無視している態度であった。

守屋は杉中が見せている冷たい敵意に対して桐野を思い出して比較していた。成就岳の噴気孔で風をさけていた時の桐野の態度も、一口に言えば敵意でしかない。桐野にしろ、杉中にしろ、頂上観測所に救助された意味に於《おい》ては共通している。杉中は意識の底にそれを知っていながら、決して表面では肯定しようとしない。食糧を持っている、唯単に一夜の宿を乞《こ》うたまでだと、彼の顔にはちゃんとそれが書いてある。恐らく下山する段になると金を置いていくと言い出して観測所員を不愉快にするに違いない。杉中の守屋に示す敵意は理子を中心としたごくありふれた感情の表現かもしれない。だが下界でありふれたことであっても、富士山頂に持って来ると異常に誇張される。

杉中が立止った瞬間、強いなめし皮の臭《にお》いが守屋の鼻孔をくすぐった。守屋は、俊助と連れ立って出ていこうとする杉中に言わねばならないことだけは言おうと思った。

「杉中さん、写真を撮る時、足場に気をつけて下さい、四月から五月にかけての富士山頂は、或る意味では一年のうちで一番危険な時期ですから、固いように見えている氷が案外たわいなく崩れたりします、噴火口の近くには決していかないで下さい、あそこは特に危ないし、それに風だって……」

「わかっています。……山の写真ってのは仲々むずかしい、技術だけでもいけない、豊富なテーマに溺《おぼ》れすぎても、美しさに不感症になるだろうしねえ……」

杉中は口をゆがめて妙な笑い方をした。それが守屋には、理子に贈った自分の写真を遠まわしに揶揄《やゆ》している皮肉に聞えた。

観測所員が外へ出るときにはきまって胸に双眼鏡を下げて出る。見える限りの下界の景色を少しでも近くに見ることと、身近に起ったどんな小さい自然現象でも記録しようとするし、氷に包まれている黒い岩がその衣を剝《は》いだとしても、たった一つの氷の塊が山肌に跡をつけて噴火口に転がり込んだとしても、観測員は抜目なく見付けて話題にのせるのだ。

守屋は双眼鏡を持って外に出て深呼吸をした。さっき出掛けた二人の姿が成就岳に見える。岩に腰かけている俊助を杉中がカメラで狙《ねら》っている。俊助はパイプを口に咥えているらしい、煙まで見える。ちょっと首を傾《かし》げて考え込むような格好が気障《きざ》に見える。杉中が寄っていって注文をつけている。左手で頬《ほお》につっかい棒をするポーズだが、背が丸くなり過ぎて俊助には似合わない。俊助が笑った。笑窪《えくぼ》が見える。理子も笑うと美しい笑窪が出る。理子との間にこんな相似点があったのかと今更のように守屋は俊助の横顔にレンズの焦点を合わせて見た。立ったり、かがんだりして、俊助を色々の角度から撮ろうとして、唇を突き出した杉中の真剣な顔が妙に赤黒く見える。噴火口の氷をバックにして立体感を出そうとしているらしい。

「なあんだ……」

思わず守屋はつぶやいた。今朝、杉中が見ていたアルプスの写真集の中のポーズの模倣《もほう》ではないか、守屋はなんとなく可笑《おか》しさがこみ上げて来た。杉中という人物の底を見てしまったように軽い気持になった。

おい杉中君、とでも言いながら肩を敲《たた》くとそのまま友達になれそうな男に見えてくる。昨夜からのむしゃくしゃした気持は自分一人で醸《かも》し出した匂《にお》いに酔っぱらっていたのかも知れない。

双眼鏡を二人からそらせた途端に白いものがちらちらっと眼鏡を横切った。双眼鏡を外して見ると一羽の白い蝶《ちょう》が眼の前に飛んでいた。飛んでいるというよりも落ちて来たようだ。おそらくこの蝶は咲き乱れている花の上を何の屈託もなさそうに飛んでいて、何かのはずみに起った、小さいつむじ風に空高く巻き上げられ、そのまま山の傾斜に沿って吹き上げる上昇気流に運ばれて来たのに違いない。雪と氷に閉ざされている零下数度の寒さに縮こまって生きた気もしないだろう。二、三度羽を動かしたのが、守屋に対する最後の挨拶《あいさつ》のようであった。守屋は紙を三角形に折り畳んで蝶を入れ、上書きに日付けと時刻と場所を書いてから、

(白い蝶の死と共に富士山頂にも春が訪れた)

とつけ加えた。

「守屋君、あの二人、放《ほう》っておいて大丈夫かね」

感傷に落ち入ろうとしている守屋に窪沢が声をかけて来た。

「大丈夫だろうと思いますが」

「そうかね、僕《ぼく》にはあぶなっかしく見えてしようがない、山の写真を撮りながら遭難する人はうんと技術が上達した人か全くの素人《しろうと》かどちらかなんだそうだが、あの人達は……」

「素人ですよ……そんなふうに見えます……でも風は割合穏やかですし、それに注意はしておきましたから……」

杉中と俊助の姿は山にかくれて見えない。

「風がない時の方がつい気を許すからね、小宮君でもつけてやったらよかったのに、此処《ここ》には僕等以外は誰もいないってことをいつも考えていなければならない、観測所は登山者の見張り所でもないし、サーヴィスステーションでは決してないけれど、見て見ぬ振りも出来ない。時には僕等は出しゃばらなければならない、判断の問題と思うけれど……」

窪沢は胸のポケットから紐《ひも》についた懐中時計を取出して見ながら観測所へ入っていった。窪沢が言った判断の問題という言葉は守屋を不安にさせた。守屋は風力塔に登っていった。強い光線のために眼がくらくらする。手摺りにつかまってじっと眼をこらすと、二人は久須志《くすし》岳《だけ》の斜面を西側に下りて金明水《きんめいすい》の平《たいら》を歩いていた。どうやら二人の足の方向が金明水下の絶壁に向っている。二人は噴火口に懸っている氷の滝でも写真に撮るつもりだろうか。絶壁にぐっと張り出した氷の廂《ひさし》に乗って、それが落ちたら、深さ二百米《メートル》の噴火口に真逆様、絶対助かりっこはない。

長い冬の間噴火口の周囲に立並んでいる峰々に降り積った雪、風に送られて来て塗りつけられた霧氷は四月、五月にかけて溶け始める。その雪解け水は背を分けて、外面は下界に、内面は噴火口に向って多量の水を送り出す。その水が噴火口の断崖《だんがい》にそって流れ落ちる時、夜間の冷気にあって凍る。こうして出来る銀白の氷は絶壁の周囲約一キロメートルにわたって高さ数十米の氷の滝を殆《ほと》んど垂直に噴火口に垂れ下げ、生長した最後の頃《ころ》は、噴火口から見上げると華厳《けごん》の滝がそのまま化石して大氷柱《おおつらら》となって天に懸ったように見える。

化石した滝の生命は短い。

雪の溶ける日中の温度と、溶けた水を氷にする夜間の温度との差に適当な条件がある間だけこの壮観はつづく。

時期的の問題と足場の危険のためにこの巨大な滝の化石をうまく写真に収めた人はそう幾人もいない。完全に撮るには深さ二百米の噴火口の中空にやぐらでも組まない限りまずむずかしい。唯一カ所久須志岳の南西の急斜面に入り込んだ崖《がけ》に沿って身をもたせたならば、金明水の絶壁に懸った滝の化石を百米以内から狙うことが出来る。勿論《もちろん》幾人か掛って後からザイルで確保しない限り出来ない仕事であった。

金明水の崖に向った二人は立止って何か話し合っていたが、俊助だけが其処《そこ》に止って杉中は崖にそって東側に迂回《うかい》を始めた。足場の危険を知って多分杉中は引返すだろうと守屋は思った。ところが杉中は止《や》めようとしないばかりか益々《ますます》絶壁に向って近づいていく。日は高く上っていた。遠くから見ていても眼が痛くなるほどきらきら光る氷だった。やがてその氷もゆるみ出す時間である。絶壁に張り出した氷の庇に立てばおしまいだ。

「あぶない――」

　風力塔に立った守屋は思わず叫んだ。

「あぶないぞう、引き返せ！　引き返せ！」

　観測所から金明水までは直線距離で六百米もあった。それに静かだといっても十米ぐらいの西風は噴火口の上を吹いていたから、声は吹き千切られて届かない。飲料水の氷を取りに出ていた小宮が風力塔から叫ぶ守屋の声を聞きつけて走って来た。

「守屋さん、なんですか」

　下から呼びかける小宮に、守屋は黙って金明水の方を指《ゆび》さした。観測所の裏に出た小宮はすぐ対岸に起きようとしている危険を知ると声をふりしぼって、

「エイ、ホー……」

　と叫ぶ。口を両手に当て腰を落して、腹の底からしぼり出すような声はぶるぶる周囲の空気をゆすぶり、小さい山彦《やまびこ》があった。俊助に聞えたらしい、手を上げている。

小宮は叫ぶのを止めて両手を左右に激しく振ったり、どしんどしんと地響きを立てて宙に飛び上ったりして、差しせまっている危険を知らせようとした。守屋は眼鏡を俊助に当てた。俊助の怪訝《けげん》そうな顔がある。観測所の中から飛び出て来た塩町と窪沢が同じ動作を始めると、初めて俊助は何かが自分達の間に起きていることを悟ったらしい、一歩後にさがって、両手を口に当てて杉中に呼びかけた。杉中が止った。

杉中は俊助の合図で初めて観測所員の大騒ぎに気がついたらしい。ピッケルを前に立てて手をかざしている。杉中は危険だから止めろの合図をなんと感じているであろうか、杉中が断崖に近づくことを思い止《とど》まっていない証拠には、少しそり身になって傲然《ごうぜん》とかまえている全体の姿からよく窺《うかが》える。

何か叫びながら観測所にとび込んでいった小宮はザイルの束を肩にかついで、

「いって来ます!」

一声を振り捨てるように後に残すと、上体を幾分前に屈《かが》めながら成就岳に向って駆け登っていった。

杉中は写真機を取出した。そして斜め向うの金明水の絶壁近くに立っている俊助に前へ出ろと手で合図する。俊助は手を振ってそれを拒絶する。すると杉中は、それでは、といったようにそのまま横歩きに一歩二歩と絶壁に近づいていく。杉中はやがて自分が氷の廂の上に立つことになるのを気がついていないし、足場はしっかりした氷に見える、しかもほどよく氷がゆるんで来たからアイゼンの歯ががっちり食い込む、表面的な観察だけでは実に理想的な足場に違いない。俊助が危険だ危険だと叫ぶのも気にかけないらしい。

杉中は氷の廂の上に乗った。

ほんの僅《わず》かな間にどうにもならない処まで来てしまっていた。いくら声で制しても効目《ききめ》がない、そうかといって、ぐるっと迂回して行っても恐らく普通の足の速さでは間に合うまい。小宮正作の足の速さに一縷《いちる》の希望を掛けながら、呼び続ける三人の声が山頂の空気をゆすぶっていた。

守屋は最後の奇蹟《きせき》を祈った。小宮が久須志岳の頂上に出て彼に呼びかけ、得意のザイルを飛ばす、それも極めてむずかしいことだった。

小宮の姿が大日岳《だいにちだけ》を越えるのが見えた。逞《たくま》しい肩にかけたザイルがおどっていた。

「たのむぞ、小宮君!」

やがて小宮が大日岳を駆け下りて久須志岳の東の傾斜面をよじ登っていくのが見える、小宮が小脇《こわき》にかかえたピッケルが時々鋭く光る。もう少しだ、久須志岳の頂上に出れば、杉中に声が届くだろう。

杉中はゆうゆうと氷柱にカメラを向けた。立ったまま一度狙ったがどうもうまくないらしい、今度は腰を落してやり直そうとするが、足場が気に入らないのか、位置を少し変えて狙い直す。カメラを下げる為《ため》に出来るだけ足を開いて、腰だめに狙いをつける姿勢でやっと落ちついた。杉中の乗っている氷の廂の下から一塊の氷が落ちた。その音を聞いたのか、何かの異常な予感、或《あるい》は彼の重味で氷に入った亀裂《きれつ》の音でも聞いたのか、杉中はちょっとあたりを見廻した。まぶしい太陽の下に杉中の影がぐらっと揺れた。

久須志岳の頂上に立った小宮は手を口に当てた。

「危ないから引返せ、氷のひさしの上だぞう——」

小宮は怒鳴った。勿論、杉中に声は届いた筈《はず》だ。

すべてはほんの一瞬だけおそすぎた。小宮の声と、氷の引裂ける音とは同時に杉中の鼓膜に響いたに違いない。落ちた氷が直《す》ぐ下に懸っている氷柱の頭をたたいた。杉中はきらきら光る氷片の中へ黒い一つの物体となって消えていった。恐ろしい音がした。斜面を滑り落ちる雪崩《なだれ》と違って、断崖から一時に切って落した氷の巨塊は噴火口の底に砕けて物凄《ものすご》い音と煙を上げた。守屋はその音を足下に起った大砲の音のように聞いた。音は四囲の絶壁に轟々《ごうごう》と反響した。と、それに誘導されたのか、噴火口に懸っている氷柱の全部に異常が起きた。

底に捲《ま》き起った震動は不安定になりかけていた氷や雪を全部火口の底に揺り落そうとした。幾つもの崩壊の音がした。続いて大地震のような地鳴りと共に一斉《いっせい》に岩壁の氷が潰《つぶ》れ出した。火口から濛々《もうもう》と雪煙りが上った。二百数十年、休止していた噴火が突然始まったかと思われる程の音だった。白い煙は噴火口をみたし、連続して起る地鳴り震動に観測所はみしみし鳴った。

崩壊の音はやがて止んだが、小さい落氷や落盤が続いて起きていた。

雪煙りが収まると噴火口の相貌《そうぼう》は一変していた。あれ程見事な景観だった滝の化石は一つとして残ってはいなかった。あれ程の地鳴り震動にかかわらず氷の下から現われた岩肌《いわはだ》は、氷柱の出来る前に見た通りの、切り立った断崖をむき出していた。

火口は氷塊で埋もれていた。落ちた杉中の姿は見えなかった。守屋は俊助の姿を求めた。居ない。金明水の断崖寄りに確かに立っていた俊助の姿が見えない。塩町も窪沢もそれに気づいたらしい。俊助の立っていた足場は崩れ落ちてはいない。雪の上なら一眼《ひとめ》で黒点となって眼に飛び込んでくる筈である。双眼鏡を持つ守屋の手が顫《ふる》えて、落着かない。

「馬鹿《ばか》な、何故《なぜ》そんなところへ!」

守屋は思わず眼鏡の底で岩にかじりついて顫えている俊助に怒鳴った。俊助は恐ろしい崩壊に驚いて、もと来た方向へ逃げようとしたが突然吹き上げて来た雪煙りに方向を間違えて、白山岳と久須志岳との境目の窪《くぼ》みに踏み込んだ。その窪みの下には噴火口を取り囲む絶壁の続きが入り込んだ断崖になっていた。

夏山の登山者が霧にまかれてこの窪みにはまり込み、悪くもがいて絶壁から転落したことがある。

俊助はその断崖の一番突端の岩にかじりついた。恐らく窪みに踏み込んだ時、続いて起った落氷と断崖付近の雪崩に足をすくわれて流されたに違いない。ピッケルは持っていない。帽子もない。手袋さえなくしている。然《しか》もまだその辺では引続いて落氷が起きていた。大きな氷塊が俊助を打ったら一たまりもない。

岩にかじりついている俊助の手が顫えていた。


雪も消えて、富士山頂にもそろそろ夏が訪れかけている頃だ。六月の初めに富士山を降りて、梅雨に煙る山麓《さんろく》の緑の中を歩いてからもう一カ月は経《た》っていた。

守屋の心に焼きつけられたあの瞬間の映像は、氷柱のくずれる音を伴奏として眼の前に現われる。光の中に立ったまま、守屋は、杉中の悲惨な死に方に、遠くから囁《ささや》きかけてくる声を聞く、

(守屋！　杉中の死にお前は全然責任がないと言い切れるか)

その声は守屋だけに聞えて、俊助にも窪沢にも、塩町にも、小宮にも、そして確にその囁きを聞かされる資格を持ってもよいと思われる理子にさえも聞えないようだ。

〈お気の毒な人、杉中さんは……初めての富士山に無理をしたんだわ〉

理子はあの話を聞いた時も涙一つこぼさずに言った。

明るすぎるほどに輝いていた五月の富士山頂で氷に埋もれて死んでいった杉中は一面から見ると綺麗《きれい》な死に方であったと守屋は考えているが、一度《ひとたび》理子の冷たい横顔が重なって浮び上ると、杉中を包んでいた白いきらめきは全部黒く変り、氷のくずれる轟音が聞える。守屋はじっとしたまま追想の海を泳ぎ続けていた。

きらりっ、暗い海の向うから光るものがあった。前に坐《すわ》っている桐野の眼鏡だった。

奥の方から電灯が一つずつ消されていく。

「もうお時間ですから……」

ひどく疲れたような顔付きをした女が守屋の前から空《から》のコーヒー茶碗《ちゃわん》を下げながら言う。守屋と桐野は同時に腕時計を見た。十一時になっていた。二人の坐っている上の電灯が一つだけ残っている。入口のカウンターの女が帰り支度に掛っているらしい。二人の方にしきりに催促の眼を送る。

「さあ帰ろうか……」

守屋は立上った。

「どこか場所を変えましょう、飲み屋なら開いているが……」

桐野はまだ話したいらしい。守屋は疲れていた。早く下宿に帰って寝たかった。

「いやな梅雨だね、そろそろあけてもよさそうなものだ……」

守屋はレインコートのボタンをかけながら言った。

「梅雨もいいさ、見方によればこんな雨に煙った銀座が一番美しいんだ」

桐野は先に立ってネオンの輝いている角を曲って狭い小路《こうじ》に入ってゆく。両側から酔っぱらいの怒声や笑声が聞える。そこは入ったら出られそうもなく暗い。守屋は立ち止った。

「桐野さん、僕ここで失礼したいんですが」

「いいじゃあありませんか、お宅までお送りしますよ」

桐野は振向こうともしない。その押しつけがましい態度に守屋はむっとした。黙って帰ってしまおうかと、ためらっていると、二、三間先の飲み屋の入口から、

「ここですよ」

と桐野が声をかけた。

木の丸椅子《まるいす》が固くて落着けない。持っている洋傘《ようがさ》のやり場に困っていると、もう前に酒が運ばれて来ていた。守屋の左側のテーブルに酔っぱらった男が寄り掛って眠っている。時々何か言っているようだが、意味をなさない。

「……で、結局、俊助君は小宮さんに助けられたんですね、それから……」

「それから？　杉中さんのことですか、それは先程お話した通りです」

守屋には桐野が何を聞こうとしているかよく分る。杉中の死と関連して、理子がどんな心の動揺を守屋に見せたかそれが聞きたいに違いない。

言うものか、言う必要はない。

又理子は心の動揺を簡単に人に見せるような女ではない。守屋自身それは知りたいことであった。ふと守屋は桐野がさっきから理子と自分を跟《つ》けていたのではないかと思った。そう思うと背後から桐野に肩を叩《たた》かれたのは、理子と別れて間もなくである。背後から守屋であると判断される程桐野とは親しくしていない。二月の富士山頂で会

ったきりである。

理子と映画を見ている頃からずっと桐野は二人の後を跟けていたのであろうか。そんなふうにも考えられる。守屋は前の盃《さかずき》を取ってぐっと飲み乾した。

「その不慮の死に方をした杉中さんて人も、理子さんの知り合いなんですか」

「さあどうですか、よく知りません、俊助君が知り合いですから、おそらく理子さんだって知っているでしょう」

桐野は守屋が警戒し始めたことに気がついたのか、それ以上深くは聞かなかった。唯《ただ》酒を上手に守屋にすすめた。守屋は理子に関する以外のことならなんでも話したし、酒も飲んだ。二人は妙な腹の探り合いをしながら、表面は莫迦《ばか》に気の合った友人のようであった。守屋は酒に酔うと眠くなる癖がある。飲めば飲む程青くなって、眼鏡の底から油断なく監視している桐野の前で守屋は盃を握ったまま眼を閉じた。

白い一枚のレターペーパーが眼の前一杯に拡《ひろ》がる。その中から銀杏《いちょう》の葉がぱらりと落ちる。

庭に銀杏があるの

その葉よ、これ――

なんて、可愛《かわい》らしいみどりの手
いちょうの木は火を防ぐんですって
熱にあうと
水を吐きながら抵抗するの
でも結局は焼けてしまう……

噴火口に落ちて死んだ杉中のポケットから出て来た、守屋宛《あて》の理子の封書の中には詩と銀杏の葉が入っていた。杉中が何故すぐ守屋に渡さなかったか、それは別として、理子の詩が氷の下で死んでいる杉中のポケットから出て来た事はなんと皮肉だろう。その日の夕暮守屋は理子の手紙を握りしめたまま、空中に浮んだ影富士を眺《なが》めて立っていた。日暮れ時の一瞬間、浮泛《ふはん》する微粒子に映ずる富士山のイメージはそのまま、基礎を危うく立ち尽している自分自身の姿のように感じられてならなかった。濃い暗い紫色から、周辺が黒くあせていって、やがて暮色の中に消えていく影富士は美しいというよりも、可逆の表裏と二重の人格を目の前に実証しようとする自然の告白のように見えた。吹きつける冷たい風の中に守屋はぞっとする程の恐怖を感じて立っていた。

「だめですか、もう——」

桐野の眼がきらっと揺れた。

「だめです、もう、けっこうです」

守屋はもやもやした空気を一度に押しやぶるように立上った。坐っていた丸椅子が倒れたのをそのままにして、

「いくらです？」

守屋は大きな声を上げた。桐野が止めても守屋は自分で金を払うと言って聞かなかった。傍《そば》のテーブルに眠っていた客が顔を上げて、ピントの合わない眼でからまっている二人を眺めていた。

「あのピッケルは無事だったんですね」

自動車に乗ってから桐野が直ぐ言った。ピッケルが理子の手に戻《もど》っていることを知り切っての言い方だった。

「そうです、シェンクのピッケルは死んでも杉中さんの手首から離れなかった」

桐野が持って来た時は、真田紐《さなだひも》がついていた。杉中はそれを革のバンドにかえていた。手袋は脱げていたのに、革のバンドは杉中の手首をしめつけたままだった。ピッケルが無疵《むきず》だったことは奇蹟だとしか考えられない。それだけ杉中の死に方は痛々し

かった。

「守屋さん、杉中さんの追悼の意味で、あのピッケルを持って、夏の山をやりませんか」

「富士山ですか」

「夏の富士山にピッケルは要らないでしょう、僕《ぼく》はあなたを穂高にでも誘おうと思っています」

落着いた声だった。

「やめましょう、僕は貴方《あなた》と山登りをする程の自信はないし、本来があなたのような登山家ではないのですから」

「皮肉ですね、それ、……富士山でも、同じようなことをあなたの口から聞きました。僕をさけようとしているんですねあなたは」

桐野は身体《からだ》をよじって守屋の顔を見た。守屋は運転手の背を見たままで動かない。

「別にさけている気持はないが、あなたのねばりには蹤《つ》いていけそうもないからです」

「ねばりという意味は」

桐野の語気が強く響いた。少々言い過ぎたなと守屋は思う。酒のせいかも知れない。

「あの吹雪の中を頂上まで登って来たあなたのねばりと、その気持にさせたものは……」

「守屋紫郎という人とその生活を見たかったまでのことです。理子さんが賞讃《しょうさん》して止《や》まない英雄にお眼にかかるためにあの冒険をやったまでのこと……得心がいきましたか守屋さん」

ずばりと言ってのけた桐野は、まだ聞きたいことでもあるのかというふうにいくらかそり身になった。

「山登りの本領を発揮したというわけですね」

「そうです、僕はねばりますよ、なにごとによらずねばるだけしか、僕は能がない、それだけの人間なんですから」

成る程、理子と自分との後を跟けたのも、ねばりなのか、守屋はそう考えたが、口には出なかった。なにごとによらずねばるということは桐野の強がりに聞えた。

梅雨のあけ方は平年よりおそかったが、暑くなり方は急だった。七月の空は連日晴れて朝からむし暑い日が続いた。海まで歩いて五、六分の松林に囲まれた椿家の別荘は鎌倉《かまくら》としてはそう豪勢なものではないが、庭が広いのと、海が近いのが取得だった。

塩町と並んでベルを押すと、庭の方から理子が白い犬を連れて現われた。

「いらっしゃいませ、お手紙さし上げても、さっぱりお返事頂けませんでしょう。御病気かと思っていましたわ」

理子は守屋に一言いってから、

「塩町さん、しばらくでしたわ……」

と笑顔を向けた。塩町は顔を紅潮させながら、照れかくしに、持っていたボストンバッグを前後に大きくふって、

「俊助さんは?」

と言う。守屋は、理子が塩町と知合っていることが意外だった。あの山の事件があった時から俊助と親しくなったことは知っているが、理子とは挨拶《あいさつ》ぶりから見て一度や二度の面識ではなさそうである。理子は奥に向って、俊助の名を呼んだ。塩町が新しいハンカチを出して、額の汗を拭《ふ》いている。

「お疲れになったでしょう。少しお休みになってから海へ参りましょうね」

理子はクリーム色のワンピースに濃い茶色のバンドをつけていた。いつ見ても変らない美しさである。

黒い顔をした俊助が奥から現われた。

守屋は海岸の砂の中に立てた椿家のビーチパラソルを泳ぎながら眼で探していた。赤と白の波形模様が付近に林立したパラソルとちょっと違っている。近くにブランコがあって、大人や子供が群がっている。がぶっと一波かぶると眼の方向が狂った。再び探し当てたパラソルの下には水着をつけた理子と塩町とが並んで坐っていた。足元に白い犬がいる。理子が、いつ来たのかも、傍に泳いでいた塩町がいつ陸に上ったのかも気が付かなかったが、守屋は並んで坐っている二人がもうずっと前から、そんなふうにして砂に坐って海を眺めていたような気がした。

塩町と理子が並んで海の方へ近よって来るのを守屋はまぶしいものを見るように見詰めていた。理子が先に水へ入ろうとしている所へ俊助が海の方から走りよって水をかけた。

理子の叫ぶ声、俊助が海に逃げ込む水音。それを追う理子の白に赤玉を散らした帽子が水面を走る。すぐ向うに俊助の顔が出て沈む。理子の姿が水面から没した。

守屋は首まで水につかってその活劇を見ながら、大した腕前だと思った。今度はどの辺に浮き上るだろうと海面を見廻《みまわ》していると、ぐっと水の中から両足を引きさらわれた。全く予期しないことだったから、水の中で一回転して水をしたたか飲んでしまった。俊助だな、守屋は浮き上るとぺっぺっと塩からい水をはきながら髪を搔《か》き上げた。

「ほほ……」

意外にも其処《そこ》には理子がいた。理子は海を撫《な》でるような手付きをしながら、

「一緒に泳がない！」

と守屋を誘った。

沖に向って頭を並べると海は二人だけのもののように広かった。そのまま何処《どこ》までも泳いでいきたい、遠い水平線の雲を見ながら、フト守屋の頭をかすめたそんな考えも、おし寄せて来る波に水面が高くなって、それを越そうと頭を持ち上げようとする隙《すき》に息苦しさと共に流されてしまう。泳いでいる理子の横顔に微笑が浮んでいた。守屋はその微笑について行けそうもなかった。息が苦しく胸の動悸《どうき》が激しかった。これ以上泳いでいたら頭の中が赤くなって、そのまま波に呑《の》まれそうであった。

波に背を向けると急に前が暗くなった。あわててはいけない、あせってはいけない、守屋は息のつけない程の強風に襲われたまま、岩の陰でじっと待っている時のことを考えた。苦い唾液《だえき》を飲んで、身体を横にしたまま足だけで水を蹴《け》った。蟻《あり》のように人

が動いている砂浜がかたむいて見える。

守屋は、あせるな、あせるな、と心の中で叱咤《しった》しながら浜に近づいていった。白い犬が仰向けにひっくり返っている守屋の顔をのぞき込んでいた。老人のような顔だった。苦しい息を少しずつ整調していくと、白い犬がかすかに鼻音を立てているのが感ぜられる。背中が熱かったが起きられそうもなかった。ビーチパラソルの向うに青い空が輝いている。

砂浜に寝そべって飽きたところだといったふうな顔をして守屋は起上った。頭の芯《しん》から何かが抜き取られたようなたよりない気持だった。泳げない自分が何故あんなに無理をしたか、そんな反省と、傍を一緒に泳いでいた理子の微笑が同時に浮び上って心を冷たくした。溺《おぼ》れる一歩手前だったよと白状しそうに気が弱くなっていたが、その弱さを理子だけには隠しておきたかった。

守屋は理子の犬を抱きよせた。よく乾いた柔らかい白い毛が胸をくすぐる、そんな格好をしていると、やっと人間らしく呼吸《いき》がつけたが、苦い唾液はまだ咽喉《のど》の奥から湧《わ》き出ていた。理子が乗っているブランコを塩町が揺すっている。その付近に集まった二、三人の男達が交わるがわる理子に話しかけている。理子の小柄《こがら》なよく引きしまった身体は時計の振子のように光って揺れる。

「いいの、プッチーそんなに守屋さんにばかり甘えて……」

そう言いながら近づいてくる理子をまともに見ることが守屋には苦しかった。はち切れそうに輝く肉体の前に守屋は、まぶしいライトでも当てられたように顔をそむけてしまった。

「ずるいわ守屋さん、さっさと引返してしまうんだもの」

そして理子は守屋と並んで真直《まっす》ぐ足を延ばした。その足もまぶし過ぎて守屋には見て居られなかった。守屋は白い犬の垂れた両耳を引張りながら、

「プッチー、面白《おもしろ》い名前ですね」

そうしながら動揺している自分を少しでも落ちつけようとした。

「プッチー、面白い名前でしょう、フランス語のプッティね、あの意味だって、桐野さんがつけたんだわ、これ桐野さんの贈りものよ」

「桐野さんの?」

「ええそうよ、気になるの守屋さん」

笑いながら理子は素直にのびた自分の白い足に砂をかけはじめた。

守屋はむき出したままの自分の足にも、砂を盛った。理子の足と、守屋の足が間もなく平行の砂の土堤《どて》になっていく。土堤と土堤との間にも砂がこぼれて、その溝《みぞ》を理

子の方から埋めにかかる。やがて並んだ二人の腰からずっと足の先まで一つの小さな細長い丘になってしまう。

「桐野さんはちょいちょい見えますか」

「そうね、前ほどはいらっしゃらないわ、でも私の誕生日にはちゃんと忘れないでこのプッチーを贈って頂いたし……気になるのね、やっぱり……」

「気になります、僕はあなたの誕生日に何も贈っていないし……」

「そんな意味ではないの、守屋さんはもっと――」

「もっと？」

それには答えないで理子は深い笑窪《えくぼ》を作って笑った。

「ね、今度桐野さんをお招きするから、その時あなたもおいでにならない、来週あたりどう？」

「来週？　居りません。山へ登ります、ずっと秋まで、或《あ》るいは冬までもう降りて来ないかも知れません」

「あらどうしてなの？　何故そんなに長く？　お身体を悪くしないこと、実はね、私八月になったら富士山に登って見ることに決めたの、あなたがたがどんなお仕事しているか拝見したいわ」

理子は砂の中の足をゆすぶった。砂の丘が動いて、砂を伝わって理子の体温がとどいて来そうだった。

守屋は丸い理子の肩から胸のふくらみまで、砂の中に埋めてしまいたい衝動をじっとこらえて、両手に砂をにぎりしめていた。

背後で誰《だれ》かが砂を強く踏みつける音がした。振り返ると燃えるような視線を真直ぐ理子にそそいでいる塩町の姿があった。

水平線に白い雲が行儀よく背丈を揃《そろ》えていた。

その中の一つだけ頭を高く持ち上げている雲があった。全部の雲の中でその雲が一番美しい夏の雲であった。

ふわり小さい気球が飛んでいく。

富士山頂の噴火口をめぐっている、何《いず》れかの峰を越えようとするあたりで、急に方向をかえて噴火口の中へ吸い込まれて、再び姿を現わすこともあるし、噴火口に吸い込まれた時、岩に当って破裂するのもある。気流の乱れを突破してどうやら山頂から離脱出来た気球は、やがてけし粒のような一点となって視界を遠のいていった。

(何と、もの憂《う》い朝だろう)

守屋は望遠鏡で気球を追いながら、頭に重くかぶさって消えないもやもやしたものが日の高くなるにつれて一層やり切れなくなっていくように思われた。

一体、頂上生活をしている間、一日としてさっぱりした気持で朝を迎えたことがあるだろうか、いくら気圧に馴《な》らされてもこればかりはどうにもならない。ずっと身体の深いところで、いつも、ものたりないものがぶつぶつ小言を言っている。

日中の暑気を斥《しりぞ》けて夜中に登山する客や、途中の石室《いしむろ》に一夜を明かして早朝頂上を目指して登る登山者がひっきりなしに通っていく。その疲れ果てた姿を見るのも嫌《いや》なことだ。眼の前にひっくり返って死んだように一時間も二時間もじっとしている者がある。見ないように心掛けていても、蟻のように登ってくる登山者に取囲まれた観測所ではどうにもならなかった。観測所を見せてくれと言う者はごく僅《わず》かであった。便所をかせ、休ませてくれ、こういった人の為《ため》に観測所は登山期は非常な犠牲を払わねばならない。

山雲が急に視界を閉じてしまった。頂上は一時濃い霧の中に包まれる。守屋は気流観測の器械を片付けに掛った。外国人のグループが近寄って来て地図を出して御殿場口へ下山する道を尋ねた。外国人の姿が銀明水《ぎんめいすい》へ下る岩角に消えると殆《ほとん》ど入れ違いに白い、小さい運動帽と並んで、つばの広い塩町の帽子が見えた。グレイのズボンに白い半そで姿の理子が白木の金剛杖《こんごうづえ》をついて一歩一歩近づいて来る。

守屋は思わず声を上げた。窪沢が振り返る程、守屋の声は高かった。遅れて俊助がルックザックを背負って登って来た。

塩町が理子に何かいうと、理子は右手の杖を上げた。守屋が数十歩を迎えに来ることを期待している顔で笑いかけていた。が、守屋は急に理子の顔から眼をそらして、一面に張り出して来た巻層雲《けんそううん》にぼやけていく太陽に手をかざした。窪沢は不服そうな顔をして立っている理子と、その顔を見守っている塩町を等分に見較《みくら》べながら、低いが響きのこもった声で言った。

「守屋君！」

守屋はいつになく真剣な窪沢の眼に押し出されるように、それでも一応は鷹揚《おうよう》な態度で観測器械を整理すると、妙に手をぶらぶら振りながら三人の方へ近づいていった。

「驚いた？　守屋さん……」

理子の声が小さすぎて意外な気がした。理子は観測所までの距離と、まだいくらか残っている高さの余りを眼で測りながら、守屋の顔を見上げた。しかし守屋は当然、自分が腕を取るか、何かいたわりの言葉をかけるのを待っているかのような理子の顔を見ると、かえって平然とした素振りで、傍《そば》に立っている塩町に言った。

「驚くもんか、いつかは来ると思っていた」

しかし守屋の声は決して落着いてはいなかった。彼自身が今頂上に登りついた人のように声のどこかが震えていた。

「夜半《よなか》にでも戸を叩かれたら驚くかも知れません……幾分はね……。昨夜は八合目泊りですか？　夜掛けで登るのは夏富士の玄人《くろうと》のやり方なんですが、俊助さんの提案ですか？」

守屋は俊助にはずっと丁寧な言葉を使った。

「いや、違う、姉さんの発案なんだ、夜中歩き続けて、八合あたりの小屋で腰掛けたまま、ちょっと居眠りをするともう朝なんでね……、眠い、全く眠い……」

「それは大変でしたね……。とにかく観測所でしばらく休んだらいい」

守屋は一歩下って理子と同じ高さに並んだ。頂上で異性の匂《にお》いをこんなに間近に感じたことはなかった。守屋は更に一歩下って俊助と並んだ。

「姉さんの山登りの達者なのにはあきれましたよ」

俊助が汗を拭《ふ》きながらいう。

「わたしは、俊助さんのだらしのないことにあきれたわ、それに富士山て案外つまらない山だわね」
理子は赤い焼砂を踏みつけながら言った。赤い焼砂の反射のせいかうつむいている理子の顔に暗いかげが動いた。夏の富士山頂を訪ねる人が一人として明るい顔をしていないという原則に当てはめて考えると、理子にだって例外は認められる筈《はず》はない。守屋は彼女の顔色のさえない理由をそう解釈した。それにしても、今日来ることを塩町だけに知らせて、自分には黙っていた理子のいたずらは笑ってすまされるようなものではなかった。守屋はそんなことにこだわっている自分自身を不快に思って黙り込んでしまった。

守屋は観測所に二人を案内すると、直ぐ無線通信室へ入ってドアーを閉めた。気象実況の無線を受信するためである。

守屋の耳膜を打つモールス信号は痛い程だった。各地の気象実況が終って警報にかかってくると、受信しながらも、台風の生長と速度に神経が張った。広間にいる理子のことも頭から離れない。気象台からその警報を送信している無電技師も、台風襲来と同時に湧き立って来る気象台全体の昂奮《こうふん》に影響されているのかいつもより速度が早いような気がする。広間の理子のことが気になるとモールス信号をミスしそうになる。

守屋は鉛筆を握りしめる。台風の位置、進行方向、速度を受信して、幾分気が楽になった時、守屋のかぶっているレシーバーが外《はず》された。と同時に守屋の受信している紙の上に彼の手を押しのけて別の鉛筆が走り出した。

「外で理子さんが待っています……」

塩町はそういいながら椅子《いす》に坐《すわ》っている守屋を身体で押した。よけいなことをする、もうすぐ終るところだのに、守屋の耳はレシーバーの圧迫から解放されてじいんと鳴りつづけていた。塩町が仕事を替ってやろうとする好意の底が見えすいていて不愉快だった。

理子は観測所の入口に見学用に集めて積んである火山弾の標本と並んで立っていた。

「少しは休まれた？　頭はどう？　……」

「頭はまだ痛いわ、……でも随分楽になったわ……お忙しいの？」

理子は毛糸のセーターに着かえていた。

いつでも理子は反射鏡を隠して持っていて、突然、まともに光を反射させるいたずらを用意しているような女だった。着替えたのも突然だったし、着替えに塩町の部屋でも使ったかと想像することはいやなことだった。

富士登山を試みた女は例外なく、頂上でみじめな姿を現わす。飾っていたすべてのものをなくして、だらしのない姿を人の前で公開してはばからない。それ程女達は疲れて弱くなって登ってくるのだが、理子は例外に属していた。頂上で着替えて、化粧まで直す余裕を見せた彼女は立派だった。

「……此処《ここ》には自分の時間ってものがまるでないんです、隙間《すきま》のない仕事が毎日繰返されていて、忙しいといったものではないが、ひまではないようですね」

百葉箱《ひゃくようそう》（気象器械を入れてある箱）の前に年寄りの行者が一人、砂の上に正坐《せいざ》して何事か祈っていた。白衣もわらじも、鉢巻《はちまき》もきちんとしているのに、日焼けした、皺《しわ》のよった顔は疲れ果てていた。祈りもあえいでいるようだった。

「何してるのかしら、あのひと？」

「まさか百葉箱の中の寒暖計を拝んでいるのでもあるまいが、ああいったふうな人がちょいちょいやって来て、雨量計の中におさいせんを投げ込んだり、観測所に向って拍手《かしわで》を打ったりしていくので……。きっとあの人達には富士山の頂上のものが何でもかんでも神様に見えるのでしょうね——」

「わからないわ……」

「あの老人には分っているのです。僕はああいう人に好感を持っている……。夏山登山者の非常識きわまる連中に比べると、何かに真面目《まじめ》に立向っている誠実さが見える」

「守屋さん、登山者を一方的に責めるのはどうでしょうか……。私達が登ってくると太郎坊あたりからこわい顔をした強力《ごうりき》が従《つ》いて来て、とてもしつっこく案内させろって強要するし、それに途中の石室という石室では狭い通路に立ってまで、休んでいけ、泊っていけとそれはうるさい、頂上に近くなると此処で休んで気圧に馴れていかないと頂上に着いて動けなくなるなんて平気で嘘《うそ》をいうんだわ、それにあの不潔な……、あの印象が残っている限り二度と富士山に登る決心は起きないわ」

理子はぷっつり言葉を切った。理子は顔を顰《しか》めていた。不潔に対して激しく抗議する理子の率直な感情が一時でも彼女の美しい顔を乱したことが守屋には悲しかった。守屋は理子に責められている自分を感じて、頭を垂れた。あの不潔なといいかけて、理子が何を言おうとしているか守屋にはよく分っていた。便所だ、どの石室にも完全な便所がない、戸口がばたんばたんと風にあおられていたり、甚《はなは》だしいのは莚《むしろ》が吊《つる》してあったりする。一日に一万名近くも登ったり下ったりしても、たった一ツの完全な便所はどの登山口にもなかった。それは富士山の恥と共に日本の恥であった。

「……その通りです理子さん、夏の富士山には美しいものは何一つありません、けがされ尽した唯《ただ》の砂山です。一日に何千、時によると万という人が、富士山に登ったという、ほんのちょっぴりした、自慢の種を、丁度田舎者が浅草に行ったことを一生涯《いっしょうがい》鼻にかけるのと同じ理由で、そのために、わけもなくどっと襲《お》しよせて来るのです。富士山は一度登って二度登る山でないというのが、これ等《ら》の人の信条なんですね。だから手ぐすね引いて待っている商売人の中には、ゆすれるだけゆすってやろうとするのがいる……。だから本当に富士山を愛する人は夏山はやらない、もし理子さんが登山期の過ぎた秋口か、冬の富士登山を試みたら、今とはすっかり気持が違うと思うんですが……」

二人は成就岳に向って歩いていた。

「冬だったら――」

守屋はいう、冬だったら総《すべ》ての景観が、理子の想像もつかない程に変るのだが。理子が顔をしかめることは勿論《もちろん》ないだろうし、富士山に住む一員として肩身を狭くする必要もない。すばらしい霧氷の衣裳《いしょう》を着た岩を背にして美しい理子を立たせてみたい。

「冬だったら、この辺一帯は固い氷に閉ざされて、あの観測所だって氷で作られた白亜の殿堂に見えます。あの窓、ほら、あの角から二番目の窓、あれが僕の部屋です。あの辺に雪の吹き溜《だま》りが出来て、――そうそう、二月の吹雪の夜、あの窓の処《ところ》で桐野さんが倒れていたのです……」

理子の顔には何の感情の動きもない。守屋の指す方向に眼《め》を向けるだけだった。

「あの旗の立ててある石室が見えるでしょう、あれが金明水、あそこの断崖《だんがい》から杉中さんが……そしてあの入り込んだ割れ目の先に岩があるでしょう、あの辺で俊助さんが小宮君のロープに助けられたのです……」

「もっと前へ出ましょう……」

「噴火口を覗《のぞ》くんですか？」

成就岳を降りて断崖に近づくと、噴火口の内部は一望出来た。断崖の下に焼砂の大《おお》摺鉢《すりばち》が口をひらき、底に向って落ちこんでいる。

「降りていって見たいわ」

「噴火口へ？　剣ヶ峰からちょっと下ったあたりから降りられるんですが……今はいけない、噴火口の底は浅間《せんげん》神社の大内院になっているから、少なくとも夏の間は信仰に差支えるようなことは遠慮しなければ……」

噴火口を覗き込んだ理子の顔色は動かない。理子が、死んだ杉中のことを考えながら噴火口を見下ろしているかどうかは疑わしい。杉中の死は理子に原因がある。此処へ来るからにはせめて噴火口に一束の花でも投げればいい。そうもしない。せめて一《いっ》掬《きく》の涙なりと、それも見られない。睫毛《まつげ》の長い眼はじっと見開かれたまま噴火口を覗いていた。

「……深いのね、……世界一の墓穴のように偉大だわ……」

ぽつりと一言。忽然《こつぜん》と現われて忽然と死んでいった杉中の死の原因にほんのちょっぴりなにかの刺激を与えたのは、いつか何処かで、理子がこうして無意識な表情で一言洩《も》らしたことが大きく作用しているのではないだろうか。そんなことがあったに違いない。

天気はよかったが、絶えず消滅を繰返す山雲に視界はわざわいされて、冬のように静かに動かない広い雲海も現われないし、秋のように日本の半分も見えるような透澄な空気もない。山雲が頂上をかすめて通ると理子の髪には小さい露が出来て、何分かの後、霧がはれると理子の髪にぶらさがったダイヤの粒は、煙となって忽《たちま》ち昇天してしまう。

理子は守屋から数歩のところを跟《つ》いて来た。久須志《くすし》神社から、金明水、剣ヶ峰に抜ける道も一口も休もうなどと言わなかった。途中の石室で休んでいけとか、杖に焼印をすすめられても彼女は怒ったようにきっと口を引締めて、一瞥《いちべつ》を投げるだけだった。

守屋の顔見知りの石室の番頭が、

「奥さんですか？」

と守屋にぶしつけに掛けた声をとがめて、理子は番頭が恐縮して首を垂れるまで、男の顔を睨《にら》んだまま前を動かなかった。

剣ヶ峰の頂上に着くと待っていたように山雲が切れて隙間から駿河《するが》湾が見えた。

「まあ！　きれい！」

それはわざわざ理子の前に、下界の光景を披露《ひろう》するために試みられた天の好意のようであった。

理子は頂上の三角点の石と並んで立って帽子を取った。さえ切る処がない遠いところから吹いて来る風と正対して彼女の髪はそろって後ろに吹き流された。守屋はカメラをかまえた。

「どうぞ……、　私は今、富士山より更に五尺高いところにいるってことね、ほほほほほほ、……」

カメラを向けると理子はきっと口を引きしめた。手に持っている白木の杖が理子の姿と調和しなかった。守屋は杖に眼を止めてためらった。理子はすぐそれを察して杖を守屋の足許《あしもと》に置いて引返すと、両手を腰に当てた。守屋は真正面をよけて側面から狙《ねら》った。風に櫛《くし》けずられる髪の乱れは放縦《ほうじゅう》に委《ゆだ》ねられた滝のように一すじ一すじが光っていた。

窪沢と塩町がテーブルの上の天気図を挟《はさ》んで向い合っていた。少し離れた処に、気をつけの姿勢で小宮が立っている。俊助が心配そうな顔をして椅子に坐っていた。

「愈々《いよいよ》やってくるらしい……」

窪沢が入って来た守屋を振返って言った。

「……ほう……」

守屋はすぐ天気図に見入った。琉球《りゅうきゅう》列島の遥《はる》か東方の海上に進路を北北東に向けた台風が真黒に見える程密集した同心円となって画かれてあった。台風の中心から赤い鉛筆で書いた予想進路がずっと四国に向って延びていた。守屋は台風の中心示度が異常に低いのにまず驚嘆の眼を見張った。進路の予想はまだはっきりとは分らないが、更に北上した辺りで進路を北東に振れば、真ともに襲ってくることは必定だと考えられた。那覇《なは》では三十米《メートル》の風が吹いていた。

「来ますね……」

「くるよ」

そして、窪沢はどきっとするような大声を上げて笑った。長い間、待ちもうけていたものがついにやって来たぞというふうな笑いである。

「どっちみち、明朝からは相当な風が吹くぞ——」

笑いを引込めた窪沢の眼がきらりっと光って、観測所員の顔を掃いて通った。窪沢は腕を組んで塩町の肩越しに気圧計室のドアーを睨んだ。塩町は天気図の上にかぶさるように身をかがめて、書き込まれてある風の矢羽根を一つ一つ吟味していた。誰もまだ行動に移ってはいなかったが、準備について各人の頭の中は別々に働いていた。窪沢はもし台風の中心近くが通過した場合、観測所がその風速に堪《た》え得《う》るか否《いな》かの最初の試練に立たされたことについて考えていた。小宮は今夜中に飯をたいて用意しておかねばならない、握り飯の中身にいれる梅干を切らしたことを気にしていた。四人の顔には襲しよせてくる暴力を回避せずに、その正体をはっきり見極め、しかもその強打からは身を守らねばならないという、反撃の気魄《きはく》のようなものが流れ始めていた。

「姉さんはどうしても降りないっていうの?……」

緊張した空気の隅《すみ》の方で俊助の声が高く響いた。

「ええ……、私は此処で台風を経験していきたいの、もし怖《おそ》ろしかったら、俊助さんひとりで東京へ帰るといいわ……」

「無理いってらあ、姉さんなんかいりゃ迷惑だよ、……」

二人が黙ると妙に重苦しいものがあたりを暗くした。

理子は、台風接近とともに急変した観測所の空気に対して挑戦《ちょうせん》するようにいった。

「窪沢さん、私達いちゃあお邪魔かしら？」

「いいえ別に……」

「では、今夜此処に泊めて戴《いただ》けないかしら……」

窪沢は静かな眼を理子に向けたまま、イエスともノウともいわなかった。

「すごい台風がやってくるんです。一刻も早く下山して下さい」

守屋が窪沢にかわって言った。

「それ、命令なの？」

皮肉と抗議とをこめて奮然と顔を上げた理子の唇《くちびる》が震えているように見えた。

「命令？　そう取るなら取ってもかまいません。降りた方がいいと思うから言ったまでです」

理子は塩町に向き直った。

(塩町さんあなたも？)

理子の眼は塩町に援助を求めていた。塩町はまぶしい理子の視線を危うく逃げながら、何度か窪沢の顔を窺《うかが》った。

苦しい雰囲気《ふんいき》の中に困惑しきっていた俊助が立上って理子の手を引いた。それを振り切って理子は両方の掌《てのひら》を胸のところできゅっきゅっとこすり合せながら紅潮した顔を守屋に向けて言った。

「……降りますわ、嫌《きら》われてまでとどまることもないもの……」

嫌われてと言った時に理子の張りつめていた表情が急に消えて、瞬《まばた》きした一瞬、彼女の眼の底に光るものがあった。浅い笑窪《えくぼ》が出来かかったままで浮いていた。理子はもう二度と頂上に止《とど》まるとは言わなかった。

守屋と塩町は御殿場口まで二人を送っていった。

「さよなら、気をつけて――」

守屋は別に理子に手をさしのべることもせず、ごく自然に、唯の登山客を送る時のように手を振って、一段ずつ下っていく理子の帽子を見詰めていた。理子は振返らなかった。理子の姿が銀明水の岩角にかくれてしまうと、守屋は理子とのこんな別れ方が堪えられない苦痛に思えてならなかった。追い縋《すが》って何か言ってやりたかった。

彼は下山道の見える岩に駆け登ると手を口に当てて「おうい」と呼びかけた。理子は立止って手を振って答えた。山全体が黄色ぽく暮れていこうとする、砂と岩の間に理子の白い顔一つが宝石のように光って見えていた。守屋は立っている岩を一段下に飛んだ。ごつんと岩の反動を頭に感じた。守屋の決心はついた。守屋は塩町をそこに残したまま、岩の間をたくみに縫いながら下山道に向って駆け降りていった。怪訝《けげん》そうな顔で理子が守屋を迎えた。

「理子さん、言い忘れたことがあった……、降りていくと、すぐ耳が痛くなります、気圧のせいなんですが、痛くなったら、こういう風に、つばを飲むんです、……つうんと奥の方で音がしてすぐ耳は治る……ほら……ね」

守屋は実際につばを飲んで見せた。その真面目《まじめ》くさった表情に理子は笑い出した。

「こうするの守屋さん」

理子の白い滑らかな咽喉《のど》が動いた。二人は声を合わせて笑った。笑いが納まっても二人は激しく見詰め合っていた。

「……ごめんなさいね、あなたをこまらせて……でもわたし、本当にあなたの生活に触れて見たかったの……」

理子の声は小さかったが、眼は輝いていた。

守屋は頂上の岩に片足を掛けて、理子の降りていった下山道を見下ろしていた。台風の近づいたことを知ったのか、急に人影の絶えた登山道は、夏の終りのようにわらじゃ紙くずが取散らかされたままに麓《ふもと》まで続いて見えていた。守屋は頭を上げた。夕空一面が高い層雲で掩《おお》われようとしていた。西に傾いた太陽が暗い紫色に見えていた。守屋は二、三度瞬きをしてからもう一度見直した。確かに太陽は濃い、暗い紫色に見えた。すさまじい台風が近接する前兆として現われる現象の一つに太陽が紫色に見えることは文献で読んで知っていた。既に上空は莫大《ばくだい》なエネルギーを持って襲しよせて来た台風の影響下に置かれたらしい。

風力塔を見上げると風向計はもう南東を指して微動していた。紫色の太陽は輝きを失いながら、少しずつ黒く変っていった。

ぞっとする程、不吉な色であった。何か漠然《ばくぜん》と黒い血の死を呼んでいるような、いやな色、しかもそれを見詰めながら釘《くぎ》付けにされて一歩も動けない。守屋は戦慄《せんりつ》に身を任したまま黒い太陽から一瞬も眼を放すことが出来なかった。

暗い窓の外に風の音があった。聞きなれない重圧を感ずる音である。守屋は眼をあいて、しばらくその音を聞いていた。

「やって来たな、いよいよ……」

ベッドから起き上る何分かの間、彼は自分の部屋を見廻《みまわ》した。何も変ったことはないがひどく頭が重いのを感じた。

「五時か？……」

守屋は観測時計のねじを巻いて、胸のポケットに落し込んだ。時計の重みが胸から全身に伝わって守屋の気象観測者としての神経を一度に覚醒《かくせい》させる。年老いた猟師が銃を肩にかけると一度にしゃんとして眼が輝き出すように、守屋は胸の時計のセコンドを感じながら、これからなすべきことのスケジュールを組む。

炊事室に電灯がついていた。小宮が濛々《もうもう》と湯気の立上る圧力釜《あつりょくがま》を前に置いて握り飯を作っていた。

「早いねえ……」

声をかけると、小宮は、飯つぶだらけの左手を耳のうしろに上げて、いつもの癖のとおりに頭を掻《か》くまねをしながら、

「へへへへ、腹がへってはいくさが出来ぬと、そら来たほいっ！」

小児の頭ほどもあるような握り飯を右手で手玉に取って見せた。遠くで人の声がした。こんなに早く、まさか台風が来るというのに登山者でもあるまい、と耳を澄ませる。声は頭上から聞える。

「窪沢さんですよ」

「ええっ！」

守屋はいつも食事の時間きちきちにしか起きない、一番寝坊な窪沢が、今朝にかぎってもう風力塔に出ているのに驚いた。

風力塔に登る階段に片足を掛けた時だった。エンジン室から、エンジンの音がした。塩町も起きていたのだ。守屋は風力塔に登ろうか、エンジン室に行って手伝うべきかについてしばらくためらった。エンジンはすぐ正調の響きに移っていた。こうなればもう手を貸す必要はない。守屋は暗い廊下にちょっと眼を投げてから、風力塔へ登っていった。

窪沢は風速計の取付台に太い鉄線を巻きつけていた。守屋は黙って手袋をはめると、窪沢の握っている鉄線の端をつかんだ。窪沢と守屋はお早うの挨拶《あいさつ》のかわりに眼で笑い合った。

白々《しらしら》と明けていく頂上の景色はきのうとは打って変っていた。富士山頂はもうとっくに雲の中に閉じこめられていた。守屋と窪沢の見る世界は観測所を中心とした二百坪か三百坪の狭い広さだけだった。其処《そこ》にはもう台風の前ぶれが訪れたのか、妙に生暖かい、薄気味悪い感触を持った風が性急に雲を運んでいた。頭上で回転を続ける風速計の速度からざっと判断すると、風速は十米を超えているようだった。矢羽根は南東に向って揺れていた。

窪沢は補強工作の仕上げを見ながら、

「たいていの風ならこれで大丈夫だろう……」

たいていの風というのを守屋は数十米と頭に置いて考えた。だがもしも、百米というような風が吹いたら、風速計の頭は折れて飛ぶだろうと思った。だがそんな風が一体地上で記録されたことがあるだろうか。吹きつけて来る霧が濃くなって霧とはもう言えない、雨の横なぐりに変っていった。

六時半に朝食を摂《と》っている頃《ころ》は二十米に風速は増していた。

塩町は飯を食べながら、無線で受信したばかりの、台風の位置を書き込んだ天気図に見入っていた。

「九時になったら、エンジンは止めた方がいい。それから塩町君。無線の連絡時間も今のうちにちゃんとして置いた方がいいと思うが……」

窪沢の言うことが聞えたかどうか、塩町は軽く頷《うなず》きながら、

「台風の中心が通るかも知れない……」

とひとりごとのように言った。塩町の顔には南西から真直《まっす》ぐ押し寄せて来る台風へ

の初めての期待と、彼が充分机上で学問した、台風のエネルギーについての恐怖とが重なり合っていた。ひどく緊張しながら、砂でも嚙《か》むように飯を掻き込んでいる彼の格好と、いつもと同じように、ゆっくり、ゆっくり食べる窪沢とが面白《おもしろ》い対照をしていた。小宮は給仕しながらも、三人分は優に始末していた。

守屋は食欲が無かった。それが眠れなかったせいであることもよく分っていた。——無事、東京に帰った理子は、ふかぶかとしたベッドにまだ眠っているだろう、もし頂上に残っていたら、この食卓の空気がどんなふうに変るだろうか、窪沢と小宮の食事の量は理子が居ようが居まいがいささかも変りがないに違いない、塩町と自分が理子に対してどんな位置に食卓を囲み、塩町が何杯食べて自分が何杯食べる……急に眼の前が暗くなった。ざあっと音を立てて雨が降り出した。

お茶も飲まずに塩町が食卓を立って気圧計室へ入っていった。

「すごいぞっ！　この気圧の下り方は」

塩町は水銀気圧計だけでは満足出来ないように、並べて置いてある空盒《くうごう》気圧計の目盛を片っぱしから読みながら、

「どれも、これも下っていく」

と怒鳴っていた。台風が近づけば気圧は下る、気圧が下れば、水銀気圧計であろう

が、空盒気圧計だろうが、気圧の指示が下降することは当り前のことである。普通の時なら、塩町の一言の後にどっと爆笑が湧《わ》くに違いない。こんな場合、小宮は可笑《おか》しさの意味が分らないため、しばらくぽかんとして、みんなの顔を眺《なが》める。窪沢の白い歯が光って髭《ひげ》だらけの顔が妙にとんちんかんな相好《そうごう》を呈する。すると今度は全部の笑いを小宮が一人占めにして笑い出す。小宮の哄笑《こうしょう》の中には時々猿《さる》の叫び声に似た合の手が入る。笑いの終る頃は何が原因で笑ったか誰も忘れている。単調な生活を続けている観測所には一日のうちで一度や二度は誰かがこの笑いの震源地を作らなければならない。それは此処ではもう生理作用のように重要なことであった。

その笑いが今朝は起らなかった。

「小宮君、釘と板をなるべく多く用意して置いてくれないか」

窪沢が言った。

「釘と板？　へい……」

小宮が変な顔をした。

「風だよ、風」

守屋が窓を指していった。窓には白く水煙りが立っていた。

九時を過ぎる頃から急に風速が増大した。観測所は物置を中に挟んで、観測室とエンジン室に分れて、東西に長かった。風はまず建物の継ぎ目になっている廊下と物置にその圧力を集中したかに思われた。南側の板戸に向ってものすごい雨と風とが吹きつけて来た。

少しでも隙間があると、ホースで水をそそぎ込むような勢いで隙間を押し拡《ひろ》げようとした。板と釘で四人はその穴をふさいでいた。いい加減、強い風には慢性になっている観測所員もこの風だけには一目を置いた。吹くというより、とてつもない風圧でじりじり押してくるといったような感じだった。

廊下の南側の明り取りの二重ガラスが石で破られると、そこから吹き込んだ風が反対側の廊下の板壁に当って突き破ろうとした。物置の入口の戸が弓のように内側に押し曲げられて、いまにもはち切れそうだった。冬の食糧の缶詰《かんづめ》が入った箱を積上げて一時は防ぎ止めたが、こんなことをしていても、間もなく風は、袋の中に吹き込んだ風のように、観測所をそっくりさらっていくかも知れない。

四人の頭の中には今迄《いままで》かつてなかった、風に対する恐怖が湧き上っていた。無線の空中線が切れた。夏の間だけ下界と通ずる電話線も勿論《もちろん》切れている。観測所は嵐《あらし》の中に完全に孤立していた。

十時——その針が正しく五分前を指す時に守屋は雨合羽《あまがっぱ》をつけていた。観測ノートと鉛筆を持って、いつもの気象観測時に出掛ける時のように幾分俯《うつむ》き加減になって、大股《おおまた》に廊下を渡っていった。出口の戸は内側から丸太棒《まるたんぼう》二本でつっかい棒がしてあった。戸の隙間から吹き込んだ水煙りで廊下の向うは見えなかった。丸太棒を両方の手でしっかり押えている小宮は、戸口に近寄ってくる守屋の姿を見て眼を見張った。

「出るんですかえ」

小宮は中腰のまま守屋の顔を覗き上げていった。

「観測だよ、十時の……」

守屋は怒ったようにそれに答えると戸に両手をかけた。

「待って下さい、守屋さん、それじゃあなんぼなんでもよう——」

小宮がザイルを持って来て、守屋の腰に巻きつけた。守屋はずっと小さい時、母親に帯を結んで貰《もら》ったことを思い出した。きゅっと締めつけられる時の、くすぐったい圧迫感がなつかしく思い出された。

「よいしょっ——」

小宮はやっと人一人通れるだけの隙間を作った。守屋はその隙間から雨の中に倒れ込んだ。

ザイルが少しずつ延びて行った。窪沢がいつの間にか来て、ザイルの末端を柱に巻きつけていた。少しずつ延びていくザイルがすぐ動かなくなった。と、どすんと戸が鳴った。びしょ濡《ぬ》れになった守屋が這《は》い込んで来た。

「駄目《だめ》だこれが邪魔だ！」

守屋は雨合羽をぬいでから、防寒帽をつけ、ピッケルを持って出ていった。滝つぼの下を行くようなすごい豪雨だった。身体《からだ》中が鞭《むち》で殴られるように痛かった。強雨は溶岩砂を打ち敲《たた》いて、飛沫《ひまつ》が褐色《かっしょく》の水煙りとなって地上を掩っていた。

守屋は十米先の百葉箱《ひゃくようそう》の方向を失った。顔を大地に伏せて、かんだけに任して這っていった。三度、石に頭を打たれた。三度目は目眩《めまい》がする程痛かった。それでも打たれた石を地に伏したまま探し求めた。石は既になかった。そのかわり、百葉箱の太い柱が手に触れた。守屋はピッケルを大地に突きさして置いて、柱に身体を巻きつけるようにしながら少しずつ立上っていった。

身体を持ち上げると風当りは一層強くなった。もう風という感じではなかった。濡れ雑巾《ぞうきん》が次から次と顔に叩《たた》きつけられるように、呼吸《いき》がつまって来た。眼も口も開けられない。鼻の穴まで吹き込んで来る雨水に堪えながら、守屋は柱に抱きついたまま手を延ばして百葉箱の上げぶたの掛け金を探した。あった。

百葉箱に首を突込んで、やっと眼が開けられた。風は箱の中にも吹いていて、自記器械が北東の隅《すみ》に押しよせられていた。守屋は観測者として立派に温度計の前に立っていることを自覚しながら、びしょ濡れのノートを開いた。何度か呼吸困難に陥った。その度に不思議に髭面《ひげづら》の窪沢の顔が浮んだ。窪沢が観測当番だったら、おそらく平気な顔をしてこれをやり遂げるだろう、そう思うと、風にひっぱたかれている自分のみじめさよりも、こんな場合でも平気な顔をして嵐の中へ出られる窪沢の熟練さが羨《うらや》ましくてならなかった。

守屋は綱をたよりに観測所に引き返しながら、しきりに熱い茶を飲みたいと思った。斜め左側面からの石の襲撃は脇腹《わきばら》だけを狙って来た。それは防寒帽の上から頭を打たれるよりつらい、大きい石よりも、小さい石の方がはるかに始末が悪く、丁度、雀打《すずめう》ちのパチンコにやられたように痛かった。

褐色の水煙りの中で守屋は大きな石に手を掛けた。はてな、こんな石が通路にある筈《はず》がない。守屋は石を撫《な》でながら、帰りの方向を間違えて、ずっと東に寄っていたことに気がついた。守屋は石に身体をもたせかけて、起き上ろうとした。腹の下で風の吹き通る音がした。腹の下に隙間《すきま》が出来ると、待っていましたとばかりに風の梃子《てこ》が打ち込まれて身体が宙に浮いて半転した。ピッケルが手から抜けて飛んだ。

小宮はザイルが急にたるんだことを窪沢に注意しようとした。窪沢も気づいていた。綱の一端を握っている顔の半面を雨粒が叩いていた。

「引け！ ザイルを引けっ！」

窪沢が叫んだと同時だった。塩町の押えている木戸に激しい音を立てて何かが突き刺った。叫び声を上げて飛びのいた塩町の前には板戸を通したピッケルの先が、投《な》げ槍《やり》のように頭を出していた。水泳選手がプールの中に飛び込むような勢いで小宮が雨の中に身を投げ出した。すぐ守屋の身体と抱き合ったまま、戸口からころげ込んで来た。

「閉めろっ！ 閉めるんだっ！」

窪沢は茫然《ぼうぜん》として立っている塩町に言った。戸は閉ざされ、すぐ缶詰の箱で押えつけられた。守屋は激しく呼吸をついていた。

「大変だったね」

窪沢が守屋の労をねぎらった。守屋は息づかいを整え直しながら、

「それほどでもない……十一時になればもっと強くなるでしょう……」

守屋は十時五分前に観測に出掛けた時と同じように俯向いたまま、しずくを全身から垂らして観測室に入っていった。

「何だってこんなに吹くんだろう」

塩町が叫び声を上げた。

いたるところがみしっみしっと鳴っていた。その音が段々大きくなっていくと、やがて物置、廊下、観測室の順序で吹き飛ばされるかもわからない。廊下の天井は既に、あえぎの運動を始めていた。風の呼吸に合わせてぱくっぱくっと上下に振動をしている。共鳴の最高潮に瓦壊《がかい》していく観測所の姿が塩町の頭をかすめて過ぎていった。

「データーを全部、穴蔵に移そう」

窪沢が言った。

「穴蔵って?」

塩町が不審の顔を上げた。

「そうそう君にまだ教えてなかったかな、つまり、非常の場合の避難所さ」

窪沢は観測室の一端を指して言った。

「避難所? ほう……そんなものが」

塩町の顔に血の色がさした。予備室のじゅうたんを引き剝《は》がすとそこに上げぶたがあった。その下に人が二人やっと入れるようなコンクリートの穴があった。重要なデーター類と自記器械がどんどん穴に運び込まれていった。窪沢は一つ一つ丁寧に点検していた。穴はすぐ一杯になった。自記器械類は穴蔵に収まるとすぐ規則正しい音を立て始める。

「人間は何処《どこ》へ入るんです?」

塩町が怒ったように言った。

「人間? 僕等《ぼくら》のこと? 僕等の入る穴はない」

「でも、避難所があるって、さっき……」

「それはデーターと器械の避難所のことさ」

「なんですって!」

塩町はこの上もない侮辱を窪沢の笑顔から受けたように感じた。彼は唇を震わせながら、

「窪沢さん、あなたは僕をからかっているんですか、本気で笑っていられるんですか、今すぐにでも観測所が吹き飛ばされるっていうのに、観測者はどうなれっていうんです!」

塩町の眼《め》には涙が光っていた。

「笑ったのは悪かったが、決して君をからかってなんかいるもんか」

夜のように暗い部屋で窪沢の眼が大きく見開かれて塩町の顔を見据《みす》えていた。

「……塩町君、この観測所を建てるのに、充分な予算がなかったことの理由を話す前に……此処《ここ》で観測が始められた当初、吾々《われわれ》の出張旅費さえなく、勿論食糧だって一部の篤志《とくし》家《か》の寄付金でまかなっていたことを話したことがあったかね、君に……」

「それがどうしたっていうんです、人の生命《いのち》より気象観測の方が大事だって、私にお説教でもしようっていうんですか？」

「生命は大事だよ、だからといって、このデーターをおっぽり出したり、この百年に一度あるかないかというような台風をちゃんと記録し続けている自記器を放《ほう》り出して、穴にかくれていられるかね……まあ待て……僕のいうことをまず聞いてくれ、まだ観測所が吹き飛ばされるには時間が掛る、ひょいっと、箱か何かのように、そう簡単には持っていけないだろう、……恐らく……第一に風力塔、それから物置、廊下、そして最後にこの部屋がやられる、……勿論それは吾々がこの風を防ぎ得られなかった場合のことだよ……」

「それから？」

塩町はぐっと顎《あご》を突出して言った。

「それから？　それからは自分で自分の生命を守るんだ」

「どういうふうに……」

塩町の声は嵐の音にけしかけられるように益々《ますます》高くなっていった。窪沢はしばらく黙って彼の顔を見ていたが、何を思ったか塩町の肩を押すように窓のところに連れていった。

「塩町君、無線の空中線は全部やられた、だがあの柱の根本を見ろ、ちゃんと残っているぞっ！」

隙間から吹き込む雨を通して、吹き折られた空中線の木柱の根本が見えていた。確かに窪沢のいうとおり、柱は地上二、三尺から下はちゃんと残って褐色の水煙りの中に切り株のように突立っていた。

「わかったか、観測所が押しつぶされ、吹き飛ばされても、柱の根本と基礎と、エンジンボデーは残る、……僕等はそれらのなにかにかじりついてきっと生き得ることが出来るんだ」

窪沢は塩町の肩を摑《つか》んで、なかなか放そうとしなかった。

「風速計がやられたっ！」

守屋の叫び声が二人を観測室に引戻《ひきもど》した。風速は七十米《メートル》を突破した。そこで風の記録計のペンは止っていた。観測所の振動につれて、たっぷりインクを盛ったペンがぴくぴく動いていた。

観測室の南側の窓には太い鉄線で作った網が張ってあり、その内側には六ミリの厚さの硝子《ガラス》が二重になっていた。飛んで来る熔岩礫《ようがんれき》はその金網を執拗《しつよう》にせめて、穴を明けた。一箇所が破られると、小石はあたかもその穴ばかりを狙《ねら》うように飛んで来た。硝子が破れた。吹き込んで来た風は机上のインクびんを横に吹き飛ばし、反対側の壁に記念の紋章を描いた。

暴風はついに部屋の中まで侵入して来た。風は速度を音の表現にかえて、たけり立った馬子《まご》が駄馬を打擲《ちょうちゃく》する鞭のような残酷な余韻を立てながら、部屋中を駆け廻《まわ》っていた。ぴゅっ、ふっ、と風が大きく呼吸をした。そのはずみに観測室の中央広間に面した、私室のドアーが一斉《いっせい》に開いた。

ごろり、窪沢の部屋からルックザックが転げ出た。窪沢の部屋は毛布も布団《ふとん》もきちんと畳んで、テーブルの上には何も置いてなかった。まるで今その部屋に引越して来たばかりのようであった。いざという場合の用意に彼はいつもこうしているに違いない。塩町の部屋の壁は種々様々な色彩の画や写真で賑《にぎ》やかだった。塩町の枕元《まくらもと》に額縁に収められた写真があった。

その中で理子が笑っていた。観測所員は親しみあっていたが、決して私室には入らないことにしていた。個人の自由は互いに尊重し合っていた。其処だけは誰《だれ》にも覗《のぞ》かれたくない自分だけの家だった。だから中央広間を囲んで並んでいる、各人の城の門が一斉に開けられたのは四人に取って驚異であった。

四人は風の乱舞をしばらくは忘れて、初めて見るお互いの城の中を好奇の眼で眺めていた。小宮の部屋の壁には新聞の切抜きがピンで止めて貼《は》ってあった。数年前の一月一日に剣ヶ峰の頂上で新聞社が撮った写真の切抜きであった。小宮が日章旗の竿《さお》を持っている。彼に言わせれば連隊旗手のように勇ましい姿であった。小宮は夜の茶飲み話の一とき、よくその色の変った新聞の切抜きを壁から外して来ては自慢した。そして交替時期が来ると、壁からはがして持って帰るのだ。

なんと不精者の標本みたようなざまだろうと守屋は自分の部屋を見た。よごれものが一杯壁にぶら下げてあった。その下に毛布をひっぺがしたベッドと取散らかした机があった。

がちゃんと窓硝子が破られた。新しい攻め口から、大弓の弦《つる》を鳴らしたような音を立て、吹き込んだ風が、私室の扉《とびら》を一斉に閉じてしまった。私室の公開は瞬時にして終った。小宮が炊事室から、米を入れた箱を担《かつ》いで来て積み上げる。観測室内の風の乱舞は止《や》んだ。

「風速計を……」

窪沢は止った回数自記器のペンを見詰めながら口の中でつぶやいた。何とかしたいとしきりに思ったがもう外へ出られるという状態ではなかった。風力塔に顔を出したら、その瞬間に首を折られるか、吹き飛ばされるか、窪沢にはそれがよく分っていた。

「なんとかして……」

窪沢はあきらめ切れないように今度は言葉に出して言った。突然ジャズが鳴り出した。塩町がレコードを掛けたのだった。嵐の騒音の中にジャズの音は金属が滅茶滅茶《めちゃめちゃ》にぶっつかって上げる怪奇な雑音のようであった。

「止めてくれないか塩町君、ジャズはひどい……」

守屋がいった。

「あなたの好きなベートーベンの運命でもかけろって言うんですか」

塩町は咬《か》みつくように言った。眼が異様に光っていた。

「いや、レコードどころではない、風速計さえ飛ばされたんじゃないか」

まずいことを言ったな、守屋はすぐなにか、塩町を落着かせる文句を考えた。塩町はぐっと唇をかみしめて、守屋の方へ、にじりよって来た。蒼白《そうはく》の顔に激しい怒りがみなぎっていた。

「それがどうだっていうんです」

そして、塩町は守屋の前に立止ると突然気でも狂ったかのように笑い出した。

「風速計を直しさえすればいいじゃあないですか」

塩町はテーブルの上からペンチを取ると、したたかとその上を叩いて言った。窪沢も守屋も何も言わなかった。なるべくなら、これ以上風が強くならない前に塩町の昂《こう》奮《ふん》が収まってくれればいいと祈っていた。廊下の方から建物の壊れる音がした。廊下か物置か、それに向って皆がかまえたとき、

「よしっ！　風速計は僕が修理する！」

塩町が叫んで部屋を飛び出した。

「馬鹿《ばか》！　君は、君は気でも狂ったのか！」

守屋は後を追って風力塔の階段を、駆け登っていきながら、いつか頂上の石室《いしむろ》のおやじから聞いた話を思い出した。ずっと前、関西から富士登山に来た看護婦の一団が台風のために頂上の石室に閉じ込められた時、愈々《いよいよ》暴風がつのって来ると、全員が気が狂ったように泣き叫んだり、外へ飛び出そうとして始末に困ったという話であった。確かおやじはその話の後でこんなことを言った。

「女だろうが男だろうがあの暴風だったらみんな気が狂いますよ、わしだってその時は気が変になって、騒ぎ立てる女共を鍋《なべ》のふたでひっぱたいて廻っていたものなあ……」

風力塔は大きく揺れていた。出口から流れ落ちてくる雨水が滝のように胸を打った。塩町は出口でちょっとためらったが、後から来る守屋を見ると、追われている猛獣が意を決するように、風力塔の狭い足場の床板に這って出ようとした。一度は吹き返されたが、二度目にはうまく、鉄柵《てっさく》の下に取りついた。塩町は風の抵抗をなるべく防ぐために、腹這いになって、両手で鉄柵につかまりながら、風速計の鉄塔に近づいて行った。思いの他《ほか》、塩町は風に対して器用に身体をこなした。彼は風上に廻ると、ぴたっと風速計の鉄塔に張りついてしまった。一たび床板から身を離すと、そこにはもう人間の力ではどうにもならない風が吹いていた。

塩町は鉄塔に吹きつけられたまま、一センチも動けなかった。そのままにして置けば風のために押しつぶされてしまうか、強風のかげに出来る真空のために窒息して死ぬか何《いず》れかであった。

守屋は塩町のやった通りにして近づいて行った。ちょっと頭を持ち上げると、砂袋でどやしつけられるような風の強打があった。やっと手を延ばして、塩町の足をつかんだが、守屋の身体も鉄柱に風のために繫《しば》りつけられてしまった。息がつまった。頭がかすむ。風の轟音《ごうおん》が頭から消えると、その中からレコードが聞えて来る。塩町がかけっぱなしのレコードに違いない。レコードの針が溝《みぞ》にはまり込んだまま空転を続けているのか、気の狂った女の叫び声が連続して聞えていた。

守屋はそれを錯覚とは思わない。生きている証拠だと思う。風速計の鉄塔は、その機械的強度の限界において風圧に耐えていたが、二人の人間の重量が加算されたのが、終末を早くした。がくっと前に傾いた。守屋は塩町の両足をしっかり抱き止めていることだけを確信しながら宙をすべった。いくつもの像が眼の中を反転していった。ひどく抵抗の少ない処《ところ》を落ちていく感じだった。

抵抗のないところに一度身をまかせると、守屋の何処《どこ》かに、自分を見詰める別の守屋が登場した。第二の守屋は冷然と、守屋の本体がどうなるかを推測して言った。

（守屋、お前の身体は風と共にやがて噴火口の崖《がけ》の上に運ばれるだろう。何秒かの間は生きている——勿論《もちろん》お前は助からない、死ぬんだよお前は）

（死ぬのか俺《おれ》は）

守屋の本体は言う。

(そうだ、必ず死ぬ。お前が頭を打ち割って死ぬ岩は分っているだろう。あそこだ。あの岩で頭から血を噴き出して死ぬのだ)

(あの岩か、あの岩でね)

守屋の本体はその岩を見る。いつも上から眺めて居る平凡な岩だ。其処に血を噴き出している自分の姿が見える。理子の顔が映画の大写しのように浮び上る。驚愕《きょうがく》した顔である。悲しみに移り変る寸前の顔である。そのまま画面は静止して動こうとしない。

胸のあたりにひどい衝撃を感じた。守屋は現実に引戻されると、すぐ何かを摑もうとした。守屋の身体は観測所の屋根の北側の斜面を滑っていた。右肩が観測所の北側に積み上げてあった石の一つに当った。身体がよじれたまま大地を打った。守屋は痛みよりも、助かったと言う事実に、はっきり自分を取り戻した。胸と肩の痛みを生きていた追憶のように感じていた。頭を上げると、すぐ前に塩町が倒れていた。

「おいっ! 大丈夫か!」

守屋は、真青な顔をしている塩町の手を取っていった。風にさえぎられて、塩町の耳には入らないらしい。

二人は観測所の北側の堆石《たいせき》を背にうずくまった。生きられたことが不思議でならなかった。呼吸を整えながら、守屋は過去を振りむいた。ほんの数秒の過去は一カ月、一年にも思われ、その間に宙に浮いた守屋の心は二つに分離して、一つは確かに噴火口まで降りて行って死の床の偵察《ていさつ》をしていたらしい。もしそれらが屋根の抵抗によって現実に合成されなかったとしたら、守屋が見たとおり、死の分力のモーメントは守屋の頭をあの岩にくだいて血を噴いたに違いない。

轟々と鳴る風と雨、そこは地獄行の待合室のように暗かった。眼の前に燃えている炎は地獄のそれのように真赤ではないが、むしろ褪色《たいしょく》した暗褐色《あんかっしょく》の水煙りの炎は一つの大きな渦《うず》となって燃えているようであった。

バケツで浴びせかけられるような豪雨、頭上を飛び越えていく大小の石と砂の流れ、二人の耳膜はすさまじい轟音を感じつづけて、それを理解するにはあまりに大きな負担であった。大きな音の圧迫の中に無感覚に馴《な》らされようとしながらも、時々するどい鞭の音を聞く度に、耳膜に錐《きり》をさされるような痛みを感じた。

ぴったり寄りそっている二人の、触れている部分だけは雨をとおさずに互いの体温を感じ合っていた。塩町の顔に髪がはりついていた。唇《くちびる》には全く色がない。おそろしく緊張した眼が前を見詰めている。

「どうかしたかっ――」

耳元でもう一度怒鳴ると、はっとしたように塩町は身体を振り動かして守屋の耳にかみつくように口を寄せて言った。

「風だ！」

垂れ下って居る髪の間から恐怖にギラギラ光る塩町の眼に、危うく誘われそうになりながら、守屋は塩町の視線を追って、そこに動いている風の正体を見た。

台風に襲われている観測所はほぼ東西に長かった。従って南からの風圧は観測所の南側全部の壁でこたえねばならなかった。風の攻撃に有利な一つの条件は観測所全部の建物がまとまっていないことだった。観測所は観測室、物置、エンジン室、と三つのブロックに別れて、廊下でつながれていた。風はまず弱点をついて廊下と物置に鋒《ほこ》先《さき》を向けているようであった。

守屋と塩町の吹き飛ばされて落ちた観測所の北面は、うまいことにこの三つのブロックのうち一番背の高い観測室の陰であったから、二人は観測室の北面の壁を背に風を回避出来るように見えたが、実際はいくつもの危険がすぐ眼の前に待っていた。観測所の北東の角を廻って吹き込んでいる風、観測所と物置の境の廊下の屋根を一気に乗り越えて吹きこむ著しく収斂《しゅうれん》された風、この二つの風は観測室の北面で衝突して水平渦を作ろうとしていた。それに観測室の屋根を真正面からおし上って北面の屋根の傾斜にそってすべり落ちてくる、流体力学のモデル実験通りの流線はモデル通りに風陰を作って、そこには大きな縦の渦が出来ていた。

二人はそれ等の風の中の一つの盲点へうまい具合に逃げ込んでいた奇蹟《きせき》について、まだ納得がいかなかった。水平渦と、垂直渦が同時に出来ようとする因子を持って合成された渦は、単純な渦でなく、いちじるしく空気に加工された乱流であった。そこには渦の法則らしき作用は見えず、でたらめに、ひねくれて、あばれ廻る、姿の見えない、風のお化けの足跡のようなものだった。

乱流の足跡は或《あ》いは大きな渦を瞬間的に作って、ざっと一さらい砂をかっさらうかと見ると、とんでもない方向から、とんでもない強さの風を起して、スコップを使ったような跡を残して砂を掘り取っていく。

そうした風の乱舞の中に守屋がいち早く発見した一つのすじに合ったような風の吹き方は、物置の屋根を越えて来る風と観測室の屋根を越えて来る風とが、二人の立っている前方にやや定着した渦らしいものを作ったことであった。渦らしきものの付近は、褐色の水煙りが炎のようにねじれながら、二人の方へ近づいていた。

守屋は重要な発見をした時のように、一時にかっと眼を見張って、その考えが正しいことを大きくうなずいてから、二、三度眼をパチパチさせて、又と得難《えがた》い気象現象を塩町に知らせたいと、彼の耳に口をつけて言った。

「収斂された二方向の風の焦点があそこで衝突しているんだ、風速の……」

そこまで言うと、塩町はぐっと振り返って、守屋の耳になぐりかかるような言葉を送った。

「理屈なんか聞いてやあしない、一体どうなるんですっ！」

塩町の言うことが正しかった。発見された風の切先にえぐられた創口《きずぐち》は少しずつ二人の方へ近づいて来ていた。風向が幾分変化しつつあることは間違いなかった。どちらかに少しでも二人の位置をずらそうとしても、渦を巻いている風に足を取られ、引きずり倒されることは必然だと考えられる。物置には這い上れないし、観測室の壁から一歩でも離れようものなら、噴火口へ吹き飛ばされて、おだぶつである。たった一つの逃れ道は、トタンで、つつみかくしてある壁をぶち抜いて、観測所へ逃げこむことだ。素手ではそれも出来ない。

塩町がなんとかなろうとして、あせっていることは、ぴたりと寄りそっている彼の身体《からだ》の、おのの

きから

よくわかった。塩町の身体から伝わって来る死の恐怖にそっくりそのまま守屋も、おち込んでしまいそうだった。

台風の攻撃は物置小屋に対してもっとも熾烈《しれつ》だった。もし物置小屋と廊下が風に負けたら、もう二人がのがれる陰はなくなる。

「守屋さん、なんとかならんですか!」

塩町の声は守屋の底に圧《お》し沈めてあった何かをゆり動かした。熱っぽいものがぱっと胸に来る。

「うるさいっ! ばたばたするな! どうにもならん時はならん!」

塩町に対して、守屋は今までにない激しい憎悪《ぞうお》を感じた。

(一体君があんな気違いじみた真似《まね》をしなかったら、こんなひどい目には遭わないですんだんだぞ、くそっ!)

守屋は非難の眼で塩町を叱《しか》った。守屋は塩町と体温を接しているのが急に不快なものに感じられて来た。

(どうとでもなれ!)

半分は自分に対し、半分は塩町に不満を叩きつけながら、彼の体温から離れようとすると、塩町はすぐ寄って来て前よりもぴったりと守屋の身体にくっついて来る。それ以上動く余地はもうなかった。

地獄の待合室は暗くて寒かった。雨は身体の奥深くまで浸透していって、それに吹きつける風が身体のあたたか味を奪い取っていった。そのまま一時間も立尽していれば、どうなるか分ったものではない。水にふやけた、すじ張った手の先から感覚がぼやけていくようだった。

頭上から落石と共になだれ落ちて来る吹き下ろし、横腹から突掛って来る突風、足もとから小石を交えて、眼に向って吹き上げて来る逆風に、いつも用意している緊張の連続が正常に身体を保持出来る唯《ただ》一つの気付け薬のようであった。

何とかならないものかともう一度守屋は考えてみる。回答はすべてノウであった。其処《そこ》が地獄への待合室となるか、助け船の待合所となるか、何れであっても今は一歩たりとも動くことは出来なかった。

窪沢と小宮が観測所の中で吹き飛ばされた二人に対して何らかの考慮をめぐらせていることを守屋は信じていた。こうした場合、窪沢は冷静に判断してもっとも適切な処置を考えているだろうと思われる。二人の生存を確かめる唯一《ゆいいつ》の方法は炊事室の北側に小さく切ってある硝子窓だった。其処からうまくすればどうやら壁に張りついている二人の姿が見えるかも知れない。二人の姿を発見したらどうするだろうか。外へは出られない。板壁を内部からぶち壊して中から救う、そんな大掛りなことは簡単には出来ない。二人がそんなことをしているすきに南からの風の攻撃にチャンスを与えたならば、南の窓が打破られたならば、観測所がそっくり風にやられることは必至と考えられた。おそらく中の二人は外の二人が今は安全であることを確かめて、待たせておくに違いない。

（そう待たせられてたまるもんか）

守屋は水にふやけた手でトタンの張ってある外壁を叩いた。冷たい反響以外になにものも得られない。屋根を越えて、マッチ箱ぐらいの小石が落ちて来て、壁を叩いている守屋の手の甲を打って止った。

（阿呆《あほう》！）

それは、石に罵倒《ばとう》されたような不愉快な痛みであった。守屋は右手に石を拾うと、宙に向って抛《ほう》った。一旦《いったん》守屋の手から離れた小石は、瞬間は彼が与えた初速度に忠実な運動をしたようだったが、すぐ風に捕えられて吹き飛んだ。すさまじい石の速度の変り方に気がついた守屋は、すぐ足もとの石を拾って、今度は頭上に真直《まっす》ぐに投げ上げた。屋根を越えるところで、石は方向を直角にかえて、その点から打ち出された弾丸のように流れ去った。

彼は一つの神秘でも見るように石の流れを見ていた。身内がきゅっと引緊《ひきし》まる思いだった。

守屋は風の中でつぶやくと、いそいでポケットの鉛筆を探した。いつもどれかのポケットには鉛筆があることになっていたのに見当らない。風力塔から吹き飛ばされる時に失ったのかも知れない。紙もなかった。そのかわり胸のポケットに観測時計があった。守屋は胸のボタンに結びつけてある時計の紐《ひも》を引張り出してセコンドを聞いた。時計は狂いなく動いていた。しんと頭の中が澄み切って、生きているという自信と共に気象観測者としての自覚を取戻していた。

「そうだ」

「おいっ！　紙と鉛筆持ってるかっ！」

塩町の耳元で怒鳴った。あったにはあったが、紙は雨水にやられてぐしゃぐしゃになっていた。守屋は足もとから先の尖《とが》った石を拾うと、観測所のトタンの壁にきっと字を書き出した。

十一時二十三分

風速——マッチ箱大の石、水平に吹走

風向——図示のとおり

守屋はそこまで書いてから、又石を空に投げ上げて、吹き飛ばされる方向を観測して、図示の通りと書いた下に矢印で方向を書き、マッチ箱大の石と書いたのを、マッチ箱二つ大くらいの石と書き加えた。一度、時計と、書くものを手に取ると守屋は別人のようになった自分を感じていた。今迄《いままで》続いていた恐怖が直接には迫って来なかった。恐怖となって心の奥に浸透する前に、現象そのものを読み取ろうとする探索本能が感情をぐっと押えて、すべてを冷静に考えるいつもの習慣の中に守屋を置いた。

塩町の眼には、守屋がやっているその行為が決して見上げたものとしてはうつらなかった。死が大口を開けて待っている前で観測をして見せるのは、銃口の前で笑って死んだとか、詩を吟じながら刑場の露と消えたとか、そんな子供だましの英雄の作法を守屋が真似ているとしか思えなかった。

守屋が観測している通り、時間の経過と共に風は少しずつ動いていた。もし物置がやられたら、それこそ、この隠れ家は貪欲《どんよく》な風の手につかまえられるに違いない。すぐそこまで死が迫っている前で、気象観測の記録を壁に残して置く。物置が吹き飛ぶ。二人が噴火口に吹き飛んで死ぬ。やがて嵐《あらし》はやんで観測所だけが残る。守屋が壁に石で書いた記録は残っている。守屋は英雄になる。そこまで考えながら書いているのだと思うと、塩町には守屋が偽善者に見えてならなかった。

理子は俊助の部屋のドアーを叩《たた》いた。答えがない。

「俊助さんいつまで寝ているの、もう十一時半よ」

俊助は薄眼を開いたが、くるっと理子に背を向けて毛布にくるまってしまった。

「まあ……」

南の窓の隙間《すきま》から吹き込んで来る雨風が机の上を濡《ぬ》らしていた。理子は俊助のベッドを大廻《おおまわ》りして窓を閉めた。雨に洗われていて外がよく見えない。理子は二本の指で窓の曇りをこすりながら、

「台風が来たのよ俊助さん、すごい風と雨……」

それでも俊助は返事がない。

「台風が来たって言ってるのよ!」

理子は窓の曇りを拭《ふ》いて湿った二本の指で俊助の鼻をつまんだ。

「ばかっ!」

俊助はがばっとはね起きると着て居た毛布を理子の頭からすっぽりかぶせて、ぽかぽか二つ三つ彼女の頭を叩いてから部屋を出て行った。

「姉さん、新聞見たっ!」

俊助は縞《しま》のパジャマを着て、スリッパの足を前で組合せたまま理子を呼んだ。

「見たわ、だからあなたを起してあげたのよ」

「……………」

「台風のこと書いてあるでしょう」

「なんだつまらない、僕《ぼく》はこの記事を言ってるんだよ」

俊助は年齢のひどく違う男女が心中した三面記事を指して言った。

「それこそつまらない記事じゃあないの、俊助さん、あんたはすぐそういうところに眼《め》をつけるから駄目《だめ》よ、もっと……」

「そんなこと勝手じゃあないか、台風の記事を読みたい人はそこから読めばいいし、心中の記事を読みたい人はそれを読めばいい」

「だって……だって、俊助さん、台風はちょっと私達に興味ある問題じゃあなくって、今は……」

理子は俊助の前の椅子《いす》に腰を掛けて言った。

「姉さんにはね、姉さんは富士山頂に残って台風に遭って見たかったと今でも思っているだろうさ――女学生の感傷みたいなもんだ、台風に遭いたけりゃ、僕の鼻なんかつまんで起すひまに、庭へ飛び出して風に吹かれてみりゃいいんだ」

俊助はぷいと横を向いた。

「怒っているの？ ね、俊助さん、富士山ではどうなんでしょう、あの人達……」

「適当にやっているさ、商売なんだから、風を測ったり、温度を読んだり、およそつまらん商売があったもんだね」

「商売だなんてひどいわ」

「商売じゃあないの、僕にはそう見えるけれど……だけど、あの人達はみんないい人ばかりだよ、全く、――ところで姉さんにちょっとお伺いしたいことがあるんだがね、姉さんは守屋さんと結婚するつもりで交際しているの？」

俊助は新聞を置いた。

「子供が余計なことを聞くものではありません……」

風が強くなったらしい。庭の植木でも倒れたのか女中達の騒いでいる声が聞える。電話のベルが鳴っている。理子はこきざみに廊下をすべりながら、もものあたりに痛みを感じた。金剛杖《こんごうづえ》をついてあえぎながら登ったきのうの富士山の登山道が眼の前に浮ぶ。電話機を取ると桐野の声が遠くに聞える。

「富士山へ行かれたってね……心配しましたよ、この台風がもしも……」

「私はこの台風を、あの白い小さな観測所で迎えたかったのよ、でもね……」

電話の向うで桐野が笑う声が聞えた。何故《なぜ》、急に桐野が笑い出したのか理子には分らない。それに風のせいか、桐野の笑い声に混って変な雑音がガラガラ入って来る。

「もしもし、桐野さん、あなたはなんでお笑いになっているの……もしもし桐野さん……もしもし」

桐野の声はもう聞えなかった。受話器の中から、ガリッガリッと耳の奥をくすぐるような音がした。そしてぷっと何も聞えなくなった。

「電話線が切れたんだわ」

理子は夜のように暗い電話室に電灯をつけようとしてプルスイッチの紐を引いた。既に停電したらしい。外を吹く風が急に強くなった。家全体が震えている。

「理子さん……」

守屋の叫び声が聞えたような気がした。風に向って、歯をくいしばりながら、何か言っている守屋の顔が浮び上った。何か守屋の身に異常なことが起ったのではないか、そんな予感がした。今まで一度も感じたことのない不安が理子の心をしめつけた。守屋の身に、もしものことがあったら。理子は暗い電話室にひとりで取残されている自分を見詰めてぞっとした。今まで感じたことのない気持だった。守屋という男性が、理子の周囲のすべての男と比較して最も大事なものに感じた。

炊事室の窓から綱の端が見え始めた時、中にいる二人の意図がなんであるかは、すぐに見当がつかなかった。けれども、内側から何かの処置を始めたことに対して守屋と塩町は共通の喜びを持って眺《なが》めていた。

綱は何か大きな動物が短い太い尾を振るような動作をしていたが、一米《メートル》と延びないうち、鞭《むち》のような早さで空を切り、壁面を叩き、根本を中心としてくるくる廻り、やがて延び切ると、滅茶滅茶に地面を叩き、岩の頭を打ちながらあばれ廻っていた。或《あ》る時にはしばらくの間、物干竿《ものほしざお》のようにつうんと延びることさえあった。ある時は糸くずがもつれるように、すさまじい早さでまるまったり、ほどけたり、それはいかに気流が複雑かを証明しているもののようであった。

綱は充分延ばされ、一端が内部の何処かに固定されたらしい。けれども綱の端は二人の待合室の方へは来ようとはしなかった。内から出された救命綱はすっかり延び切ると根本から何米かの距離は緩慢な縦の波を打ち、それから先はさざ波のようにびくびく震えながら、噴火口の方へ向ってはっきりした位置をきめた。

いかなる努力を試みたとしても、その綱まで位置をずらすことは出来なかったが、内部からの救助の表現は、二人に元気を出させるに効果はあった。やがて風が廻り出したならば、或いはその綱にたどりつくか、綱の方が二人の方へ寄ってくるか、そんなチャンスが期待出来ないこともなかった。

塩町が両手で顔を掩《おお》った。

「どうしたんだ！」

守屋は塩町の腕を引いた。塩町の指の間から血が吹き出していた。内部からの綱の援助に、気を取られて、飛石から顔を防ぐことを忘れていた隙に、塩町の額に石が当ったのだ。守屋は疵《きず》を縛るものを探したが見当らない。ショックが酷《ひど》かったらしく、塩町はうずくまったまま動こうとしない。守屋はいそいで上衣《うわぎ》を脱ぐと、それを足で踏みしめながら、シャツの左袖《ひだりそで》を引きさいた。雨が浸みとおっていて重かった。両手できりきり水をしぼってから、塩町の顔に包帯してやった。飛石が続いて守屋の顔を襲って来た。守屋は風を背に受ける方向に位置をかえて塩町をかばってやった。濡れた包帯にしみ出た血が赤く拡《ひろ》がっていく。塩町は痛いとも言わなかった。

なにか強い力で守屋は背中をどやしつけられて、しばらく息がつけなかった。しゃがんでいる塩町の上に倒れようとするのを、危うくこらえながら、その位置がきわめて危険なものになって来たことを知った。守屋は片手で顔を掩いながら、背後から襲って来た突風の正体を見ようとした。其処《そこ》には重大なことが起りつつあった。物置の屋根が吹き飛んでいた。ぎっしり積んだ炭俵が吹き落され、破れた俵からは木炭が宙に向って吹き上げられていた。空一面が木炭の黒い流れで掩われていた。まだ半分程も木炭のつまった俵が守屋のすぐ眼の前を飛び過ぎて行った。

ついに来るべきものが来たと思った。守屋は塩町を横抱きにして耳元で叫んだ。

「塩町君、たった一つだけ、生きられる方法が残っているぞ、いいか、炭俵一俵で五貫目、吾々《われわれ》二人がしっかり抱き合えば三十貫になる。分ったかっ！ 離れちゃいけないぞ！」

塩町は恐怖に意志を喪失したような眼で空を飛ぶ炭俵を眺めていた。守屋は何度も塩町の肩をゆすぶって同じことを叫び続けた。

何も見なかった。何も聞かなかった。二人はしっかり抱き合ったまま地面に伏して風雨に打たれていた。風は攻撃の手をいささかもゆるめようとしなかった。抱き合っている二人の隙間に吹き込む風の梃子《てこ》は腹ばいになっている二人を引っくり返そうとする。二人はそれに抵抗しようともがく度に、少しずつ風下に押し出される。こうして風の梃子は執拗《しつよう》に二人をせめて、一センチ、十センチと風の隠れ家から位置を奪い取っていった。二人は抱き合ったまま、地獄の待合室から死の風に乗って噴火口へと近づいていった。

（この辺で、ここらあたりで止らなければ）

守屋は必死になって手懸りを求めた。目の前、数米の先からは噴火口に向う傾斜面になっている。そこまで出れば、もうその先は理子が言った通り世界一の墓穴が待っている。此処《ここ》では風の動きがすっかり変っていた。物置を攻略した風と、まだがっちりかまえている観測室の、北東端を廻ってくる風とが衝突して、その辺一帯に水煙りが渦《うず》を巻いていた。

聞いたことのない妙な音がその水炎の中から聞えて来た。守屋は何度か顔を上げたが、その度に眼に砂の射撃を受けて顔を伏せる。音は炊事室から流されている綱の唸《うな》りだった。

「おいっ、綱だ！」

守屋は塩町の耳元で叫んだ。その声で塩町は急に気力を取戻《とりもど》したかのように、頭を持上げた。そして何と思ったのか、守屋の腰バンドを握っていた両手を放して、褐色《かっしょく》の水煙りの炎の中に差出した。

「ばかっ！」

守屋は慌《あわ》てて、ずり抜けようとする塩町の身体を全身の力で抱き止めた。二体の完全だった防禦《ぼうぎょ》姿勢に隙が出来ると、石を交えた猛烈な風が一挙に二人をくつがえそうとした。二人の身体は半転した。守屋は塩町を抱いたまま下になり、塩町は腹を上に向けて両手で宙を摑《つか》むような格好になった。

偶然が二人に味方をした。宙を飛び廻っていた綱の端が塩町の足に触れた。巻きつくほどの長さではなかったが、一つの輪になりかかった。そこを守屋の手がおさえた。守屋はその端を自分の右腕に巻きつけた。二人の身体は一回転した。二人は綱によって観測所に繫《つな》ぎとめられた。二人の身体の半分は傾斜面にそって、地獄の口へ滑り落ちるばかりで止っていた。

綱に引き止められたけれども、二人に取って、そこが安全ではなかった。むしろ最も危険な位置に来たといった方がいい。綱が切れるか、それよりもつらいことは、位置がかわって真ともに風を受けるために呼吸困難になって窒息することだった。顔を左右に振って、砂の中に幾分かの空気の溜《たま》りを作ろうとしても、連続した疾風は息をさせるよりも、むしろ口中に含まれた空気を吸い出すような働きをした。

守屋は少しずつ気分が薄れていくのを感じていた。手、手、それだけを思いつづけて、綱に引かれている右腕の痛みをこらえながら、風と雨と石に身をまかせていた。

守屋に抱きついている塩町の腕の力も弱まっていく感じだった。眼の中が赤くなって、やがて暗くなっていった。死が迫っていることをはっきり知った。物足りない、淋《さび》しい気持だった。そのまま死んでいくには、人世に未練があり過ぎる思いだった。薄れかかっていく気持の奥で、延ばし切った右手でしきりに何かを探し求めていた。

暗い靄《もや》の中から明星のように理子の眼が光っていた。おそろしく心痛に打ちひしがれた眼付きでじっと見詰めている。守屋は理子の眼から自分にそそがれている愛情を感じた。守屋はすぐ理子の視線にたどりついた。理子の投げている光の糸の端を握ってさえいれば、生きていられるような気がした。長い間、ためらいながら理子を傍観していた臆病《おくびょう》の殻《から》から一度に抜けでて、理子の前に立っている新しい自分が感じられる。さわやかな風が頭の芯《しん》を吹いていた。

手が棒のように長く延びていくようだったが、痛みはそれほどに感じられない。何かひどく胸のあたりが軽い。一呼吸、息がつけた。

(風が息をついたんだな)

本能的に守屋は生への見込みを認識した。連続していた強風が息をついたことは、風が衰えたか、変化する前か、とにかくのがれ出る道が一瞬でも開ける前兆に間違いなかった。

守屋は頭を上げた。風は確かに衰え始めていた。右手で握りしめている綱を放そうとしたが、まるで綱に凍りついたように密着していた。

御殿場《ごてんば》線の裾野《すその》駅で降りて五竜館と道を尋ねると直《す》ぐ分った。歩いて十五分ぐらいだという。丁度祭日らしく、町の中を子供の御輿《みこし》がねり歩いていた。菰《こも》かぶりの樽《たる》が実のついた椎《しい》の枝で飾ってあった。御輿が揺れると、椎の葉が触れ合ってかさかさ音を立てていた。守屋は樽御輿の後に蹤《つ》いていった。町を真直ぐに突切ると、田圃《たんぼ》道に出る。その向うに鎮守の森が見える。そこで、花模様の鉢巻《はちまき》をした少年に道を聞くと、

「ああ五竜館けえ、おれ、つれてってやるで……」

少年は気軽に先に立って田圃のあぜ道を斜めに突切っていく。小道に出ると川の音が聞えて来た。五竜館はその川の上流にあるらしい。田圃が尽きて墓地へ出た。一面にコスモスが咲き乱れている。墓地を囲んで藪《やぶ》になっている。藪の中に山柿《やまがき》の赤い実が夕陽《ゆうひ》に光っていた。

「もうわかった、有難《ありがと》う」

守屋は少年に若干の貨幣を渡そうとした。少年は一歩下って、守屋と貨幣を見較《みくら》べていたが、急に身をひるがえして、

「おらあ、いらねえよ……」

と言って走り去って行った。

守屋は手に残った貨幣を掴んだまま、澄んだ空気の中に轟《とどろ》いてくる太鼓の音を聞いていた。

川が見えるところまで来て、道は二叉《ふたまた》に分れていた。どっちを行っても行けそうだが、両方共あまり人が通ったことのないような道だった。守屋は野バラの赤い実を指でつぶしながら、しばらく立っていた。

左の方から何か重そうに背負った男が現われた。五竜館へ行く道を訊《き》くと、怒ったような顔で右側の道を指した。男のしょいこには藁《わら》すべでくくった千振草《せんぶりそう》の束がぎっしりしばりつけてあった。何処かの小川で洗って来たのか根が真白く綺麗《きれい》に揃《そろ》えてあった。

守屋はその白い根と紫の筋が入った白い小さい花の束が急に欲しくなった。男を呼びとめて、売ってくれと、さっき子供に渡しそこなったまま、汗のにじんでいる貨幣を出すと、男は少年と同じような眼で貨幣と守屋を見較べていたが、

「どれでも取ってくれ」

と後ろ向きになってしょいこを突出した。

せんぶりの束を手にしてから守屋は、この可憐《かれん》な花をどう処置すべきかを考えた。五竜館で待っている理子に贈る花とするにはあまりに貧弱であった。むき出しになっている根も邪魔だったが、ちぎって捨てるには惜しい白さだった。

彼はやぶに入って山葡萄《やまぶどう》の葉を探して根を包んだ。そうすると、せんぶりはずっと価値の高い花に見えた。

「多分この汽車だと思ってましたよ」

声はびっくりする程近くだった。こっそりしのびよって、不意に話しかけたように大きく聞えた。

「桐野さん、あなたも……」

守屋は、呼びかけた桐野が同じ汽車で来て、一足遅れたのだと思った。ハンチングをかぶって、手にボストンバッグをさげていた。

「僕は帰るところなんですよ、あなたと交替というわけですね」

交替という言葉が守屋にあまりいい感じを与えなかった。

「お帰りですか、明日は日曜日だというのに……」

「日曜日でも月曜日でも僕は自由です、あなたのように、勤務上の束縛はありません、したいようにしていればいいのです」

桐野はボストンバッグを大げさに振って見せた。

「結構な身分ですね」

守屋はそう言って前を向いた。桐野とそれ以上話すこともなさそうだった。軽く頭を下げて歩き出した。

「守屋さんちょっと、……その花はよくないね」

桐野が投げかけたことばで守屋は、また、振返らざるを得なくなった。

「このせんぶりのことですか?」

「そうです、その花は理子さんは好まない筈《はず》だ、そういう野草は彼女にはふさわしくない、持って行かない方がいい」

「随分、おせっかいですね桐野さん、僕がどうしようが勝手でしょう」

「勿論《もちろん》勝手です、だが、みすみす彼女に軽蔑《けいべつ》されるようなことはしない方がいいじゃないですか、……」

そういいながらも桐野は別に差出がましい態度に出ているのだという顔はしていなかった。ひょいと頭に浮んだことを言ったまでだといった顔付である。

「じゃあ、そのうちにまた……」

桐野は守屋に背を向けた。

滝を右に見て、長い吊橋《つりばし》が旅館の玄関に向っていた。川の中程に黒い岩があって、滝は二つに分れて左に三条、右に二条、それぞれの滝がそれぞれの特徴を持っていた。一歩吊橋に掛ると橋は左右に揺れて、もはや周囲《みまわ》を見廻している余裕はなかった。足もとに白い泡《あわ》が渦を巻いて流れていた。

鹿鳴館《ろくめいかん》——守屋は白塗りの洋風の建物の玄関に立った時、そんな言葉がふと頭に浮んだ。鹿鳴館がどんな建物であったか勿論知っていないが、何処《どこ》となく浸みこんでいる華やかなかびの匂《にお》いが、そんな言葉を連想させたのかも知れない。天井にシャンデリヤを吊っていた跡、螺旋《らせん》階段が広間を見下ろすようにうねりながら登っている。誰《だれ》も出てこなかった。華やかな時代のなごりの中に、滝の音に包まれたまま立っていると、守屋は此処までやって来た目的について、濃い不安のようなものを感ずる。黒いものが白い螺旋のテスリにからまるように静かに降りてくる。

黒い衣の向きが変って止った。白い理子の顔が笑っていた。黒いワンピースの理子を見たのは初めてだった。総《すべ》ての暗さと古い匂いの中に彼女の白い顔と両腕から、多分ずっと前、同じような姿勢で、高い天井から下っているシャンデリヤの下に立って笑っていた美しい女が想像される。見事に気取った微笑であった。

「待ってたわ、父に御用があるんですって、何の御用かしら……」

理子は守屋からの手紙を見て、彼が何のためにやってくるか知っていた。知っていながらわざとそんなことを言って見たい、言葉にあまったものを眼《め》に湛《たた》えて守屋の心の動きを、すかして見ているように彼女は首を傾《かし》げる。

「父は今、桐野さんと勝負の真最中よ、多分父の勝ちになりそうなの……勝った後でお話ししたらいいわ、その方が……」

理子は碁石を打ちこむ手付をしながら言った。

「桐野さんて、桐野信也さんのお父さんですか」

「そうですわ、守屋さんがそこで会ったばかりの桐野さんのお父さんよ」

そう言ってから理子は守屋が手に持っているせんぶりの花の束に眼をとめた。

「まあ可愛《かわい》い小さい花だこと」

「軽蔑しますか?」

「私がその花を?」

「違います。僕がこれを貴女《あなた》にあげるとしたら」

まあ、と言ったように理子は心持ち驚きの口をあけて守屋の顔を見つめていたが、すぐに深い笑窪《えくぼ》を両の頰《ほお》に作ると、

「それ桐野さんが言ったんでしょう……きっとそうよ、もしその花が桐野さんのプレゼントだったら、私は桐野さんを軽蔑したでしょう、でも守屋さんがその花を下さるんだったら、あなたが他《ほか》のどんな高価な花を下さるよりも感謝するわ」

それがどういう意味だか守屋にはよく分らなかった。理子が桐野と自分を区別して考え、全然違った角度から眺めていることは確かなようだが、その扱い方の相違が結婚を対象とした場合どうなるかは気にかかる問題であった。

守屋は素直な気持でどうぞと野草の花束を理子の前に差出すことを躊躇《ちゅうちょ》していた。根を包んだ葡萄の葉を抱いている手が汗ばんで、それがやり切れないほどの焦燥を感じさせた。

「頂きますわ、それ……」

理子は守屋の手からせんぶりの束を取ると、直ぐ鼻先へ持っていって、

「もう秋だわね……」

そういう彼女はいつになく、しんみりした顔で守屋の顔を見ていた。

風呂《ふろ》から上って、宿のどてらに着替えた守屋は庭下駄《にわげた》を突掛けて暗い外に出た。白

い布を垂れたように五条の滝が闇《やみ》の中に浮いていた。滝壺《たきつぼ》に降りていく小路《こみち》があった。

守屋は姿勢を低くして、絶えず斜面の方に身を寄せながら下っていった。

すぐ傍《そば》で理子の笑い声がした。木の幹を背にして理子の顔の輪郭だけが浮いている。

「随分慎重ね、守屋さんの歩き方、矢張り、富士山の氷の斜面を下る作法が身についているのかしら、でもちょっと滑稽《こっけい》に見えるわよ」

「どんなふうに滑稽に？」

「必要以上の慎重さが滑稽だわ」

「悪く言うと臆病《おくびょう》に見えるって言いたいんじゃあないかな」

「そんな意味ではないの、でも、どんなに注意したって落ちるときは落ちるし、行きつくところへはいつか行きつくと思うのよ」

二人は並んで滝を見た。

「ね、守屋さん、私はこの滝に、名前をつけているの、左から愛撫《あいぶ》、跳躍、激情、それから右の二つが平凡な夫婦、どう私のつけた名前と実際とに何か通ずるものがあって？」

愛撫の滝は幅の広い二条の滝の流れが岩の面で互いに逢《あ》ったり離れたりしながら最後は一条となっている。跳躍の滝は二段の飛躍を見せている。激情の滝は真直ぐに滝壺目がけてそそぎ込んでいた。そして右の二つの滝は水量も高さも幅も同じように行儀よく並んで、その辺の渓流《けいりゅう》ならちょいちょい見られるような平凡な滝であった。滝のしぶきが夕靄《ゆうもや》と混って、滝壺は霞《かす》んでいた。滝壺から湿った空気が吹き上って来る。涼しいより寒いという感じだった。

守屋は静かに理子の肩に手を廻した。こんな形であったことが一度でもあったかと彼は思う。子供の時から知り尽している理子であるのに、手を握ったことさえない。それが、なんとはなしに、二人はもうずっと昔からの深い間のように寄り添っている。なにもかも一足とびに飛びこえて、滝の音と秋の夜の渓谷の靄の中にただよう妖気《ようき》に魅せられたように立っていた。

「このまま二人で滝壺の中へ入っていきたいわ……」

守屋はその囁《ささや》きを疑った。守屋の耳に口を寄せて、確かに理子はそういった。それは、守屋が求めているものに対する彼女自身のはっきりした回答として充分であった。

椿泰三の笑いは空虚なものに聞えた。この旅館の古い構造から来る反響でもあった。非常に高い白塗りの天井と三方の板壁に囲まれた立方体の底の方に、洋室を和室に直して畳を敷いたぎごちない座敷があった。その中央の丸テーブルの向うで窓を背にして泰三は笑っていた。

「理子にはまだ話してないのか、如何《いか》にも君のやり方らしい、二人がよければ勿論僕《ぼく》には文句がないが、親としての希望は、理子と結婚したら、君の仕事をやめて僕の事業を手伝って貰《もら》えないか、これには色々の理由があるのだが、第一には僕の後継者となるべき俊助があれでは物足りない、あれには後《うし》ろ楯《だて》となるべき人がなければならない。そんな眼で僕は理子の婿《むこ》を探していた。いずれは君と理子との問題が持上ることを、実は期待していたんだ。眼先の利《き》いた、小手先の器用な男ならいくらでもいるが、安心して理子を嫁にやれる男は居ない、まあこんな意味で君の科学的なセンスを僕の事業に切り替えて貰えないだろうか……」

「条件付きで結婚を許可するという意味なんですか」

「そう取られてもしようがない。君が実業家に方向転換するか、一生涯《いっしょうがい》、風と共に暮すか、それは君の好き勝手だが、理子が……失礼な言い方だが、君の貧しい生活に一生涯従《つ》いていけるかどうか」

手痛い言葉であった。予期していた反撃でもあった。理子の生活ぶりでは守屋の俸《ほう》給《きゅう》は彼女の小遣にも足りない。結婚の申出を今まで躊躇していた主なものは、泰三に指摘されるまでもなく将来の問題であった。美しい理子が守屋の知人の誰彼の奥さんのように、買物かごを下げてちょこちょこ歩く、生活につかれた姿になることを想像すると堪《たま》らない。だがその問題を愛情によって超越し得ると、一般的には結論をつけて来たのだが……。

「友人の桐野君が一緒に来ているよ。碁の好敵手でね――その桐野君が冗談とも本当ともつかないことを言った。今度の三番碁で勝ったら理子を信也の嫁にくれるかとね。勿論僕は笑って聞き流したが……」

急にだまり込んだ泰三の顔にちらっと翳《かげ》のようなものが通り過ぎる。守屋は桐野信也の父についてはは理子からしばしば話を聞いている。彼は、最近、椿泰三に莫大《ばくだい》な融資をしている、椿の事業がどうなるかは桐野の向背に重大な影響がある。わざわざ富士の麓《ふもと》のこの宿に碁を打ちに来たのさえ、何か意味がありそうだ。理子を前に置いての賭碁《かけご》? ふとそんなことが守屋の頭に浮んだ。泰三の顔は疲れたように青い。

真暗な夜であった。

眼をつむると急に滝の音が気になり出した。この音が守屋には富士山頂で毎夜聞いている風の音のようだった。理子の父が言った一生涯風と共に暮すという言葉が強く頭に浮び出る。

台風の時、噴火口に吹き落されようとする、ほんの寸前、守屋は喪失しかけている意識の底で理子のさしのべた愛情の綱にすがりついた。理子との結婚を決意したのはその瞬間だった。守屋の決心が次第に現実に認識されて来ると、不思議に風は収まっていた。ぽかっと雲が口をあけ、青空さえ見え出す突然の変化に、守屋は気象学で教わった台風の眼の構造に対する研究心よりも、あまりに神慮に近い変貌《へんぼう》に驚嘆の眼を向けた。

富士山を囲んで、巨大な絶壁となってそそり立っている、凄《すご》く勢力に満ちた雲の嶺《みね》が眼の高さよりずっと高い処《ところ》でなにかをたくらんでいるように、しきりに躍動を繰返していた。守屋は身体《からだ》中の痛みをこらえながら台風の眼の下で、はっきり理子との結婚を心に誓っていた。

守屋と塩町が観測所に引上げてから三十分たって、風の方向はがらりっと反対になって北西の吹き返しが前にも増して強圧を観測所に加えて来た。

「今迄《いままで》こたえたんだ、これからも勿論こたえられる筈だ……」

窪沢はそういって三人を激励して風を防いだ。前と違って今度の風は時間と共に段々衰えていって、十六時を過ぎてやっと風は落ちついた。四人は四時間おくれの昼食を食べた。塩町は茶を飲んだだけだった。守屋もあまり食欲がなく、窪沢と小宮が大きな握り飯を平らげていくのを眺《なが》めていた。

「やっぱり、ほんとだねえ――」

小宮という男は、時々、その場となんの関係もないことをひょいっと言い出す癖がある。

「なにが本当なんだ」

窪沢が髭《ひげ》に飯粒をつけたまま訊《き》いた。

「綺麗《きれい》な女が来るとお山が荒れるってことはやっぱり本当だね。夏山が大荒れした時は、たいてい美人が登山した後なんでねへへへへ、こうなるとこんどの台風は守屋さんが呼び寄せたようなもんですがね……」

小宮はそこまで言ってから、塩町の顔を見て、言葉を切った。守屋と塩町の間に理子があることをそれとなく察してのつつしみかたにも見えた。

「富士山は木花咲耶姫《このはなさくやひめ》が祠《まつ》ってある。この女神様が、やきもちやきなんだそうでね。自分より綺麗な女が登ってくると大暴風を起すというからすげえもんだ」

「すると椿理子さんは神代《かみよ》のミス日本より綺麗だったわけか、これはすげえもんだ」

窪沢が小宮のすげえもんだの口真似《くちまね》をして笑った。笑ったとたんに口から飯粒が飛んで前に坐《すわ》っている塩町の顔に当った。塩町は一言も言わず、前に落ちた飯粒を睨《にら》みつけていた。

台風の後始末で四人の滞頂は九月の中旬まで延びた。その間、割合に好天気に恵まれたが、九月の中旬を過ぎたある日の午後、下界からの雷鳴を聞いた。すっかり頂上が密雲に掩《おお》われると、頂上全体は異常の放電音響を発し出した。それはガスの洩《も》れる音にも聞えるし、ものをこする音にも、動物の呼吸のようにも、虫の羽音のようにも聞えた。全体的にはシューッシューッと連続した音だった。

富士山頂は大きな放電の先端となった。十五時の観測に出た守屋は、頭にむずがゆいものを感じて、手を上げると、上げた手に向って頭髪がなびいて来る。守屋は声を上げてその現象を皆に知らせてやった。観測所から真先に飛び出して来た小宮の頭髪も逆立っていた。

広間の中央で三人の観測者は、手にノートを持って坐ったまま雷鳴の方向を記帳し続けていた。

「どういうずら、庖丁《ほうちょう》を手に持つとぴりぴりするが……」

小宮はそういいながら炊事室から出て来て、広間の中央に坐った。小宮があぐらをかいたその時だった。

光と音と、続いて火炎の中に四人は包まれた。人間の頭程もある火球が壁を転がっていった。それだけが網膜に残って四人は一瞬気が遠くなった。落雷だ、火事だと感じて立上ろうとした時にはもうすべてが済んでいた。四人はまるで生きていたことを奇蹟《きせき》だと認め合うような顔で互いに身のまわりを眺めまわした。

落雷はそれで終った。観測所の無線設備は全部破壊され、器械の配電線は寸断され、電灯の線は中身の銅線がきれいに昇華して、まわりの被覆《ひふく》だけが残っていた。恐るべき瞬間電流の作用であったが、台風に耐えた観測所は落雷にも焼けずにすんだ。雷雲が去って、美しい星空になったその夜、石油ランプの灯《ひ》をかき立てながら小宮が言った。

「木花咲耶姫のやきもちはまだまだ収まらねえようだで、早くお山を下らないと危ねえな……」

守屋は滝の音を聞きながら、富士山での生活を次から次と思い出して眠れなかった。自分に与えられたこの仕事を捨ててまで、理子と結婚すべきかどうか。

守屋は起き上って窓を明けた。漆黒の闇の中に五条の滝があった。

「このまま二人で滝壺へ下っていきたい……」

守屋は滝の音の中から理子の声を聞いた。結婚と仕事を両立させ得るのは理子だけの問題だ、手を取って激情の滝壺に入るのも、平凡な夫婦の滝壺へ歩むのも……

明朝晴れればよい、晴れた朝の光のもとではっきり理子に聞いてみることだ。

遠く廊下を隔てて、笑い声が聞える。一人は確かに椿泰三の声、もう一人は桐野の声に違いない。泰三の笑い声にはどこか力がない。

「負けたな!」

守屋は思わず小声で叫んだ。理子を賭けた勝負に椿泰三は負けたに違いない。

宿の人の姿も見えないのに、ちゃんと玄関は明けられて庭下駄が二つ揃《そろ》えてあった。吊橋《つりばし》が朝霧の中にぼんやり浮いている。滝のあたりは一段と濃い霧が取囲んで、ずっと奥の方から滝の音が聞えていた。

守屋は腹一杯に霧を吸って、一晩、身体の中に凝り固まっていたものと一緒に吐き出した。

「お早うございます、守屋さん」

理子の声を守屋は当然のように聞いた。庭下駄をはいて外に出れば、すぐ後から理子がついて出て来ることがあたり前のように考えていた。その通りに理子が言葉をかけて来ても驚かない。理子は昨夕の黒いワンピースのかわりに、バラの花のように赤いスーツを着て霧の中に立っていた。

「眠れた？　理子さん」

「よく眠れたわ、どうして？」

理子は意外だというように守屋の顔を見て言った。二人の間にたえず乳色の霧が流れている。よく澄んだ理子の眼は、守屋の充血した眼の中から昨夜の彼の煩悶《はんもん》を見究めるように動かない。

「富士山の見えるところに行かない」

急に理子は身を翻《ひるがえ》すと、滝壺の崖《がけ》に沿った小道を栗鼠《りす》のように駆け登っていく。濃い霧だった。守屋は理子の姿を見失わないように後を追って行った。霧の中に一本の太い榛《はん》の木が見えた。そこからはずっと登り坂になっている。

「手を取って」

そう言う理子は疲れたのか息づかいが荒い。理子の腕を取って、何処までも霧の中を突っ切って行けることが守屋にはすばらしい幸福に思われる。

雑木林を抜けると、萩《はぎ》とすすきの原になっていた。どこまで行っても霧は晴れそうもない。理子は傾いた道標のそばに立止って言った。

「もう少し待って、霧が晴れればこのあたりから富士山がよく見えるのよ」

「夕べあなたのお父さんは桐野さんとの勝負に負けたかも知れない……」

守屋には富士山の見えることより、その方が重大だった。

「碁よただの……」

「あなたを賭《か》けた碁ですよ」

「父から聞いたの、そのこと」

「僕はあなたのお父さんに、あなたとの結婚について正式に話しました」

「…………」

「あなたのお父さんが言うには、もし僕が、今の仕事をやめて、あなたのお父さんの事業に協力するならば……」

「結婚を許すと言うの？　父らしい言い分ね、それで貴方《あなた》は？」

「理子さんが許してくれるならば結婚しても今の仕事を続けたい」

守屋の語尾は弱かった。

「守屋さん、あなたは此処《ここ》まで何しに来たの……わたしと理屈の言い合いをするために来たの？」

「ちがう、あなたとの結婚の約束を……」

「ちょっと待って……結婚の約束ってそんな商取引きみたようなことなのかしら、……わたし、そんなの大嫌《だいきら》い、ねえ守屋さん、眼をつぶっていて、わたしが声をかけるまであけちゃいやよ、そしたら、あなたとわたしはどうにかなる筈《はず》よ……」

理子は命令するように言った。守屋が眼をつむると、今迄聞えなかった滝の音が、身体の底の方から突き上げるように聞えて来る。

「よくって守屋さん」

理子は念を押した。

「こっちよう……」

理子の声は、遠い霧の中から聞えた。守屋は乳色の霧の中に理子を求めて走っていったが、そこにはもう彼女は居なかった。

「こっちようっ――」

全く見当はずれの方向から、霧の壁をゆすぶるような理子の声がした。何かさし迫った感情を全部霧の中に揺り出すように語尾が震えていた。

「こっちようっ――」

守屋は理子の声を追って霧の野を彷徨《ほうこう》しつづけた。バラ藪《やぶ》を飛び越え、萩の株を踏み越え、すすきを踏み折り、理子の声を求めて追いつづけながら、終《つい》に理子は霧の中に彼を残したまま消えるのではないかとさえ思われる。理子の肺腑《はいふ》からしぼり出すような声が聞えて来る度に守屋は震えた。如何《いか》に山麓《さんろく》が広くても、理子の声のするかぎり霧の中を追いつづける、たった一人の自分を意識しながら、緒の切れた下駄《げた》を捨て、全身露にぬれて走りつづけていた。

理子は萩の根株に倒れていた。水をかぶったように濡《ぬ》れていた。乱れた髪が半分ほど頬《ほお》をかくしていた。水を含んだ赤い洋服が血の色に見える。

「守屋さん、こっち……」

倒れても、まだ理子は叫んでいた。その声はかすれ切って小さかったが、眼は炎のように焼《も》えて守屋を見詰めていた。

腕の中の理子は想像していた理子よりずっと弾力があって重かった。守屋は彼女の濡れた身体を膝《ひざ》まで抱き上げたが、理子は少しも動かなかった。まつ毛に着いた霧のつぶが瞬《まばた》きをするたびに新しいものと替った。自然に理子の手が守屋の身体にかかった。そうしないと、彼女の身体は守屋の膝の上に安定ではあり得なかった。

近くに理子の顔があり、彼女の髪が、彼女をささえている男の腕までとどいていた。

理子が突然眼を閉じた。

二人の顔は近接し得る限界の間隔を置いて停止していた。理子の眼は閉じたが、唇《くちびる》が眼を明けて求めていた。守屋の身体にかけていた理子の指先に力が加えられ、彼の次の行動を催促しているようであった。

霧が動いた。そう守屋は感じた、頬に当る風が彼に、彼等《かれら》の周囲で変りつつあることを教えようとした。無意識に彼は眼を理子から離して前を見た。霧が切れて、富士山が見えていた。

「晴れた……」

守屋はそのままの姿勢で言った。

単に現実を説明したに過ぎない短いことばであったが、ことばと共に、変化した守屋の抱擁力は理子に手酷《てひど》い失望を感じさせた。

彼女は眼を開くと、唇をきっと結んだ。そして、守屋が富士山にそそいでいる眼を彼女に再び戻《もど》すまでの間に、すっかり準備を整えて待っていた。

守屋は自分の両の頬に交互に加えられる理子の平手打ちを少しも痛いとは感じない。何故《なぜ》理子が急に怒り出したかも分らない、頬を打たれながら、当然そうされるべき理由について考えてみようともしなかった。ただ彼は理子のおそろしいほど輝く眼が怖かった。

一度も見たことのない、すさまじい情熱に満ちたきらきら光る眼であった。

「あなたは、……あなたというひとは、私より富士山の方を愛するのですか」

理子はそういいながら、守屋の頬を打った。泪《なみだ》が彼女の頬を伝わっていった。濡れた眼は、ずっと大きく、黒く見えた。

「ばか、守屋さんのばか……」

三度ほど理子は守屋をばかと呼んだが、三度目のばかを聞く前に守屋はまるで、けものが獲物に食いつくような態度で、理子を両腕にかかえ込むと、彼女の唇を、彼の唇で掩《おお》いかくした。

急に静かになった丘陵を霧が低く地面をこすりながら流れていった。

守屋は理子との結婚について誰にも話して居なかった。今度の滞頂を最後に辞表を提出することも発表してなかった。すべては自分ひとりで解決がついた気持でいた。理子を得ることは、理子を背景とした生活の中に入ることであり、そうでなければ健全な結婚はあり得ないという結論が、理子を対象とした時だけ成立することについて、彼は疑わなかった。

富士山麓の霧の中でのはげしい抱擁は彼の考え方を一本にまとめ、それからは、ずっと楽な気持になって、彼が今まで愛した職場に送別する日を待った。

正月早々降った珍しい大雪が頂上を目ざしてやって来る人の足をはばんだ。頂上の観測所は四人だけが静かに正月を迎えていた。小宮が持って来て立てた門松が観測所の正面玄関に半分雪に埋もれて立っていた。続いて降雪があった。富士山頂とすれば珍しい程風が静かな朝、門松は新雪にすっかり没してしまっていた。

「おうい、いたぞう……」

廊下の方から小宮の怒鳴る声が聞えた。何か居たには違いないが、いつも大騒ぎをして見せる小宮のことだから、大したことではないにきまっている。せいぜいねずみでも発見したのだろうと誰も立たない。観測所に居る動物は四人の他に数匹のねずみ(ねずみといっても、下にいるのと種類が違う、やまねというスローモーションのねずみの一種)とごくまれに麓《ふもと》の森林地帯から登って来て、付近の岩穴に隠れて、観測所で捨てるものを食べに来る狐狸《こり》の類《たぐ》いである。小宮は新雪の中に或《あ》るいは狐《きつね》の足跡でも見つけたのかも知れない。

なにが居たのだと塩町が声を掛けると、小宮は両掌《りょうて》になにかを包みかくすように持って眉間《みけん》に皺《しわ》を寄せて、へへへと笑いながらやって来た。

「鳥ですよ、まだ生きている……」

「鳥？」

鳥が頂上に来ることはめずらしかった。夏の間は岩つばめが時折姿をあらわすが冬は小鳥の影は全くない。

小鳥は廊下に積み上げてある食糧の箱と、炭俵の隙間《すきま》にもぐり込んでいたのである。半分眼を開けているから生きてはいるが、飛ぶだけの力はない。ちょっと見た感じが青と紫の勝ったすずめぐらいの大きさの美しい鳥である。

「ストーブで暖めてやろう」

「だめだよ、小鳥だって動物だ、凍傷にかかっていたら、あぶないぜ」

「それじゃあ、マッサージをしてやるか……」

四人は何とかして小鳥を生かしてやることに夢中になった。塩町は器用な男だった。大工道具を持ち出して、小鳥の巣箱を作りに掛る。それまで小鳥はボール箱に入れられて部屋の隅《すみ》に置かれて元気の恢復《かいふく》するのを待っていた。即製の鳥籠《とりかご》が出来る頃《ころ》になると、小鳥はボール箱の中をよちよち歩けるようになった。巣箱に移して、水と野菜の葉を入れてやったが、食べる元気はまだなさそうだった。鳥の名は誰《だれ》も知らなかった。小宮がルリ鳥ではないかと言ったから、ルリ鳥に決めて、四人はこの小さい客をルリ公と呼んだ。

その夜塩町はストーブを消さずに起きていた。その故《せい》か翌朝はルリ公はひどく元気がよくなった。空缶《あきかん》で水飲みを作ってやったり、米つぶをすって、野菜とまぜたねり餌《え》を与えたが、餌にはどうしてもつかなかった。

（このまま餌につかず死ぬかも知れない）

それが四人に取っては不安だった。鳥籠を一番陽当《ひあた》りのいい塩町の部屋にそっと置いて鍵穴《かぎあな》から見ていた塩町がルリ公が鳴いたと報告した時の四人の顔は明るくなった。

結局ルリ公は人に馴《な》れない野育ちだから静かなところに置くのに限ると意見がまとまって、塩町の部屋がルリ公に当てられた。

「ルリ公の部屋」

と書いた木札が下げられた。

ルリ公は四日間生きて、五日目の朝は冷たくなっていた。塩町はルリ公を手に載せて、しんみりした調子で言った。

「いやなものですね、この冷たさは……」

その日は特に寒い日であった。

午後になって登山者があった。いつものように御殿場の宿から、頂上観測所あての手紙の束を預かって来ていた。その中に理子からの手紙が一通あった。一通は守屋宛《あて》、一通は塩町あてのものであった。

私室に入って塩町はなかなか出て来なかった。

（まさか自分との結婚について、知らせて来たのではあるまいが……）

守屋は山の勤務を終って下山するまでは結婚のことを塩町に知らせてはならないと理子に言っておいた。理子を愛していて、激しい感情をぶちまけた手紙を理子に出している塩町のことだから、もし、守屋と理子の婚約を知ったなら、打撃が多いものと思われる。氷の山の危険はその人の感情と同居している。塩町の心に手痛い打撃を与えた場合、所員間の気づまりとは別に、塩町自身の肉体的行動に必ず隙間が出来るに相違ない。それがいかに危険であるかを守屋はよく知っていた。

（理子さんも、分ってくれた筈《はず》だが……）

守屋は登山者が出ていった後の、広間の中央で登山者の置いていった新聞をむさぼるように読んでいる窪沢の肩のあたりに眼《め》をやりながら、この不安がなんでもなく解決されて窪沢と塩町と、小宮との四人が歌を歌いながら山を下る日を数えた。

壁にカレンダーがかけられ、三分の二は消してある。塩町が消したものだ。カレンダーと並んでピッケルが掛けてある。一番右側に小宮のピッケルがある筈だが、登山者を案内して出たから、その釘《くぎ》は明いている。窪沢と守屋のピッケルは兄弟のように同じ格好で、同じ古さで並んでいる。それから釘を一つ置いて、塩町が理子から借り受けて来たシェンクのピッケルが掛けてあった。

(どうです。シェンクですよ)

塩町は、理子から借用したそのピッケルを自慢の種にした。

塩町がどの程度に理子に懇願したか守屋は知らないが、婚約した相手の女の持物を自分以外の男が持っていることはあまりいい気持のものではなかった。

(あのピッケルも一ヵ月後には自分のものになるのだ)

守屋はそういう気持で塩町が得意がっているシェンクのピッケルを眺めていた。

「誤解かなるほど……」

新聞を読んでいた窪沢がひとりごとを言った。

(誤解……そうだ、理子の好意を塩町が誤解していなければいいが)

守屋は、塩町の私室の方へ目をやって、もう出て来てもよさそうなものだがと思った。

「なんだってこんなに寒いずら……」

小宮が眼をぱちぱちさせながら帰って来た。防寒帽のふちに息がかかって白く凍っていた。小宮の開けたドアーから冷たい外気が暖まっている広間の空気をおしのけて入って来た。

「登山者はどうしたんだ……」

塩町が私室のドアーを開けて怒鳴った。

「登山者けえ、下ったばかりだ……」

「なに、もう下った？　なぜ一こと言ってくれないんだ……」

塩町は、手に持っている手紙をポケットに入れると、ストーブの傍《そば》の壁に立てかけてある、彼の登山靴《ぐつ》を穿《は》き、アイゼンをつけると、そのまま、外に飛び出そうとした。

「おいっ、塩町君、どこへ行くんだ、手袋は、防寒帽は、そして、君の自慢のピッケルを何故持って出ないのだ」

窪沢が広間の中央に立って太い声で怒鳴った。塩町は瞬間釘づけにされた。

「小宮君、今から間に合うか」

窪沢はそう言いながら外を覗《のぞ》いた。相変らずの風が唸《うな》っていた。

「そうだね、今すぐ行けば九合目下で追付く……」

そう言いながら、小宮は塩町に大きな手を差出した。塩町は素直に手紙を小宮に渡した。そうする以外、手紙を登山者に委託する方法はなかった。

窪沢は前どおり机の前に坐ると新聞を読み出した。

守屋は、うなだれたまま立っている塩町にかけてやるべき言葉を探しながら、理子が、剣ヶ峰の三角点に立って、風に髪をなぶらせながら、笑っている姿を思い浮べていた。

塩町は急に無口になった。必要のこと以外は殆《ほとん》ど口をきかなくなった。その原因が理子からの手紙にあったことは、守屋ばかりではなく窪沢も小宮までも知っていた。四人のうちの一人の沈黙は山頂の生活を暗くした。

小宮はなんとかして塩町を陽気にすることによって全体の空気を正常に戻そうと努め、彼の好物を色々調理してすすめた。窪沢はそんな雰囲気《ふんいき》をいささかも気にかけないように、必要の指図は与えていた。守屋にとって息のつまりそうな十日間が過ぎた。交替員が天候の都合により、三日間早く出発するという知らせがあった。守屋は愈々《いよいよ》生涯《しょうがい》の最後の気象観測かと愛惜の思いで、霧氷をたたき割り、蒼氷《そうひょう》をふんで観測に出た。窪沢は少し早すぎるなあと言いながら記録の整理に多忙をきわめ、塩町は落着きのない顔で部屋の中を行ったり来たりしていた。

初めて富士山観測所の当直観測に立った夜も、今夜のように恐ろしい程、冷たく降りそぐ星の光の中に、頭の芯《しん》がつうんとするような気持で立っていたものだ。守屋はあれからの数年が全部消えて、あの夜と今夜の二晩だけが此処に立った経験の総《すべ》てのような気がした。今夜が気象観測者として、自然と張り合う最後と思えば、いささかの淋《さび》しさは残る。けれども今夜を最後として新しい人生の展開があると考え直せば、輝かしい星の夜でもあった。

守屋は二十四時の観測をすませて、机上を整理し、ストーブを見た。明日は交替員が来る、明後日は下山、東京に帰る、辞表を書く、窪沢が丸い眼をむいて驚く、結婚の日取り、理子の笑顔、全部を通じて淋しく走る塩町のかげ……。守屋はスイッチを切ろうとした。

コツ、コツ、コツ、と、風速計の自記器がおかしな音を立てている。おやっ、守屋は南側のテーブルに近づいて計器類を検査した。と、突然風速計の回数自記器が異常な音響を発し出した。外は風が十四、五米《メートル》しか吹いていないのに突然動き出したペンはざっと見積っても百米の風が吹いているような乱調を示していた。

「故障だ——」

守屋は道具と提電灯《ていでんとう》を持って風力塔にかけ上っていった。何の異常もなかった。異常のない事が守屋の身体《からだ》を硬直させる程の恐怖に導いた。この現象は窪沢が一度、守屋も一度経験している。しかもその現象の起きた翌日は二度共犠牲者が氷壁に血を流していた。杉中が噴火口に落ちて不慮の死をとげた前夜に起きたこの現象については、結局結論が得られずに残された問題だった。

守屋は観測室に戻った。器械は前通り、ちゃんと正常に復していた。異常現象の記録された数分間の自記記録をじっと見詰めながら三十分も待った。守屋はそれ以上何も起きないことを確かめてベッドに入ったが身体中が寒くて容易には眠れなかった。窓からの星あかりで外の景色の冷たさが襟元《えりもと》まで浸み込んで来る。

夜になると富士は身についた雲の衣を脱ぎ、氷の肌《はだ》は寒風にいよいよとぎすまされて冷たく光る。真夜中の富士山の怪奇な冷光に吸いよせられて、集まって来るに違いない、精霊が頂上をさまよいながら、まだ眠れずに起きている守屋の寝室をかわるがわるそっと覗く——守屋は頭から布団《ふとん》を被《かぶ》って、そんな想像をした。

翌日は窪沢が当直だった。守屋は彼にだけ昨夜の現象を報告して置いた。塩町にも小宮にも言わない方がいいと思った。窪沢は自記紙を取替えながらひとりでつぶやいた。

「いまにこの現象の正体をつかんでやるぞ」

好《よ》い天気だった。

交替員の一行は早朝に御殿場を出発していた。天候の急変さえなければ一日で頂上に着くことが出来る。塩町と守屋は別々の気持で交替員の到着を待ちわびていた。一時間置きぐらいに塩町は双眼鏡を持って岩頭に立った。黒板に富士山の登山道が大きく描かれ一行の進路のようすが赤いチョークで延びていく。八合目に交替員が到着する頃を見計らって頂上からは出迎えに行くのが通例になっていた。

塩町は待ち兼ねたのか六合目を交替員が出たのを見て出迎えの用意を始めた。

「出掛けるのか、もう……」

窪沢は外を見ながら塩町に言った。

「少し早いようだが……」

塩町はウィンドヤッケをつけながら言った。

「守屋君も一緒に行くかね」

窪沢はまだ何の用意もしていない守屋に向って半ば命令するように言った。

「行きましょう——」

守屋は窪沢がいつも言っている、一人で歩くなの鉄則を守るためと、朝から何となく落着かない塩町をひとりで行かせることが不安でもあった。塩町は交替員の持って来る手紙の束を待ち兼ねているのではないかと思われる。理子に何か言ってやったその答えを一刻も早く知ろうとしているに違いない。

空一面に巻層雲《けんそううん》が拡《ひろ》がっていく、天候がくずれていく前兆であった。風はそう強くはないがおそろしい寒い日であった。

「たるみはやめた方がいいよ、尾根を行きたまえ」

窪沢に送られて外に出て見ると塩町の姿は見えない。急いで岩角に立って見降ろすと塩町はたるみの夏山登山道を下りていく。守屋はいそいで後を追った。二重の手袋を通してピッケルの冷たさをピリピリ感ずるような午後だった。

「足もとに気をつけろ。ピッケルをかまえて……」

先に立ってさっさと降りていく塩町に守屋は背後から声をかける。御殿場口登山道はすっかり氷にかくれている。その上に降り積っている雪が固く張りついていた。アイゼンがその雪にうまくはまって歩くには好都合だった。二人の間隔はぐんと離れてしまった。

「おうい、もっとゆっくり歩け……」

守屋が呼びかけると塩町は一度は彼の言う通りに歩速をゆるめたが、直《す》ぐ又距離を離してしまった。塩町がなんとなく守屋と同行したくないそぶりが歩き方でよく分る。九合目に近くなると、急に氷が堅くなった。今迄《いままで》氷面を掩《おお》っていた雪が吹き払われて、ところどころ蒼氷が覗いている。更に下ると、氷の上に薄く残った雪が鱗状《うろこじょう》の斑《はん》点《てん》を作っていた。アイゼンの歯は鱗の氷には立つが、そこから外れると立たない。硬さとやわらかさの境界がはっきりしないためにうっかり足は動かせない。窪沢の注意を守ればよかった。

「そっちはあぶないぞ」

守屋はいそいで塩町を呼び止めようと足もとから眼を上げた。塩町の立っている姿は見えない。八合目に向って一直線に滑り落ちていく一塊りの黒いものがある。今迄立っていた塩町が滑り落ちていくのだという実感が出なかった。塩町の身体が岩に当って停止した。一瞬の出来事であった。

背筋が寒くなった。膝《ひざ》ががくがくした。守屋は尾根の道を迂《う》回《かい》して現場へ近づきながら、

「生きていてくれ塩町、生きていてくれ」

口の中でそう叫びつづけていた。塩町の身体は八合目の小屋の下のちょっとしたた

るみの岩に引懸ったまま仰向けに倒れていた。

「塩町君！　塩町君！」

塩町は守屋の声を聞いてちょっと手を動かした。生きていてくれたことが涙の出るように嬉《うれ》しかった。塩町の顔はひどい擦過傷をうけて血によごれていた。防寒帽はかぶっているし、皮のジャンパーの上のウィンドヤッケは破れてはいたが身についている。ズボンは二枚穿いている。アイゼンの片方と手袋の片方がなかった。

「どこをやられた？」

守屋は塩町の身体に見掛け上は大した異常がないのに安心した。驚きのあまりに放心の状態になっているのかも知れない。

「しっかりしろっ！」

守屋は塩町を抱き起そうとした。俵にでも抱きついたような感じだった。手も足もつうんと突張っていた。眼尻《めじり》から流れ出る血を拭《ふ》いてやると塩町は苦痛にゆがんだ顔をわずかに動かして、

「ピッケルは……」

そのピッケルは彼とそう遠くないところの氷に突きささっていた。おそらく彼の身体が岩に当って止った時、彼の手から離れて宙にはね上って落ちた瞬間にそうなった

のであろう。

全身に打撲傷《だぼくしょう》を負っていた。守屋は二重に重ねていた手袋の厚い方を脱いで塩町の手にはめてもんでやった。じっとしていると痛い程の寒さが全身を攻めてくる。守屋は塩町の身体を背負って十米ばかり上の八合目の小屋に収容しようと思った。塩町の身体全体が棒のように突張っていた。何か言うと彼は返事だけはするが、自分で身体を動かしたり、手で守屋の肩につかまろうとする気力はなかった。

守屋は重い塩町の身体をどうにか背中に背負って二、三米も動いた。右手にピッケル、左手は背中に廻《まわ》して塩町を押える。風が吹くと両足がぶるぶる震えて、どうにも動きが取れなくなった。背中の塩町をゆすり上げようとすると突風が二人を横に押し倒した。二人は塩町の止っていた位置から更に十米も流されて岩に引懸った。守屋はとてもひとりで塩町を救助することは困難だと思って、彼の身体を岩のかげの風のない処《ところ》に置いて、両方の手を上衣《うわぎ》の中にはさみこむようにしてやった。

「動くな、すぐ助けに来るから」

塩町はわずかに頷《うなず》く。交替員は七合目の小屋に近づいていた。守屋は両手をはげしく振って危険を知らせながら近づいて行った。

塩町の遭難を知った交替員のうち二名は、守屋と共に現地に急行することにした。

七合八勺《しゃく》に避難所があって、そこに寝具が置いてある。そこから毛布を持って行くことに決めたが、雪に埋もった小屋の入口は仲々開かなかった。

陽《ひ》が落ちると急に寒さが増して来る。それに風も二十米を越えていた。急に氷がかたくなってアイゼンの歯が立たなくなった。一行が毛布を持って現場に到着しない間に暗くなった。氷片を交えた風の吹きすさぶ中で守屋は塩町の名を呼んだ。塩町は動くなと言って置いた場所から更に十米も下に滑り落ちていた。

「塩町君、しっかりしろ、みんなが来たぞっ！」

守屋は塩町の耳もとで叫んでやった。

「すみません……」

小さいがはっきり塩町は答える。毛布で塩町の身体をぐるぐる巻きにしてやった。足も手も棒のように延びていた。或《あ》るいはもう凍傷にかかっているのではないかという不安があった。一刻も早く小屋まで連れていく以外に方法はなかった。守屋は毛布に包んだ塩町をザイルで背負って、交替員に助けられながら歩いてみた。どうやら今度は歩けそうだった。眼が廻りそうに苦しかったが、滑ったら、今度こそ二人とも助からないと思った。

「さむい、……さむい……」

塩町は時折そんなことを言った。

「頑張《がんば》れ、小屋に行ったら、火を焚《た》いてやるから」

交替員の後の組が小屋についたらしい。提電灯の合図が見える。火もたきつけたらしい。小屋の窓が赤い。

「スイスの山は美しいね……ふたりで歩いている道が……でもね……矢張り現実にまさるものはない……もう一度見たいような映画ですね……」

背中の塩町がわけのわからないことを言い出した。誰かと話しでもしているような調子であった。楽しそうな言葉にさえ聞える。正気に返ると寒い、寒いを繰返す。そしてすぐうわごとをいう。

塩町が誰と話し合っているかを守屋は考えてみた。言葉つきの非常にていねいなのと、うわごとでありながらも、感激を以《も》って語られていることから想像すると塩町の混乱した頭の中で語っている相手が女性ではないかと思われた。すぐ理子の顔が浮んだ。そう言えば今度の登頂の前に山岳映画が封切られていた。理子に誘われていたが、まだ見ていない。ひょっとすると塩町が理子と共に見たのかも知れない。

小屋の入口は雪の中から掘りおこされて一行の到着を待っていた。入口の一坪ばかりの広さに、守屋は塩町を下ろして、直ぐ彼の耳に口をつけて言った。

「小屋へ着いたぞ。しっかりしろ塩町君、みんな居るぞ！」

塩町は顔にさしたあかりで意識を盛り返したのか、眼を開いて守屋を見て、

「手紙は……」

とはっきり言ったが、言った相手が守屋であったことを察すると、瞬間厭《いや》な顔をした。そして守屋をさけるように横を向いた。

守屋は塩町の肩を抱いて小屋に引きずり込もうとした。差出された提電灯が血が凝っている塩町の顔を照らした。塩町の眼はあらぬところを見詰めたまま動かなくなっていた。かわるがわる、誰が声を掛けてももう彼は答えなかった。星一つない真暗闇《まっくらやみ》の中を風が轟々《ごうごう》と音を立てていた。

翌朝明けるのを待って、交替員は頂上を目ざして登っていった。守屋ひとりが不幸な友人の死骸《しがい》を守って七合八勺の小屋に残っていた。

窪沢と小宮が交替員との引継ぎを急いですませて、守屋と塩町の私物を持って下山して来たのは午《ひる》過ぎであった。小宮が塩町の死骸にすがって慟哭《どうこく》した。窪沢は流れ落ちる涙をふこうともせず、変り果てた塩町の姿を見詰めていた。

「手紙を読んでやったのか」

窪沢が言った。塩町の遭難の原因の一つは理子からの手紙を期待し過ぎての過失ではないかと睨《にら》んでいる窪沢の眼に守屋は答えられなかった。

「そのままポケットに入れてやってあります」

守屋は叱《しか》られている顔で答えた。

「塩町君はそれを一刻も早く読みたかったのではないのか」

「でも彼はひとりで読みたいんです。ひとには見せたくないでしょう」

守屋は塩町のために抗弁するつもりで、読んでみたいという自分の気持に嘘《うそ》をついていた。

「僕《ぼく》らには多かれ少なかれ責任があるんだ」

窪沢はそういって、ポケットから封筒を出して守屋の前に突出した。

十日前に登山者が持って来た塩町宛《あて》の理子の手紙だった。

「是非君が読まねばならないことが書いてあるに違いない」

封は鋏《はさみ》できれいに切ってあった。紙を開くと見馴《みな》れた理子の字が一杯に書いてある。

守屋は手紙と窪沢の顔を見較《みくら》べた。既に窪沢が読んだのか、読まなかったら一緒に読む気持があるかどうかを確かめた。

「僕はいいんだ、僕はあの女とは何等《なんら》の関係はない、君だけが読めばいい、そうすれば、君の気持はずっと楽になるに違いない……」

窪沢は横を向いた。

(重大なことをあなたにお知らせしなければならないのですが、そのことには今触れたくないの、というのは、もしそうした場合にあなたがどんなに悲しむか、私には、あなたと同じぐらい分るからです。……)

理子の手紙はこういう書き出しで、こまかい字をレターペーパーに三枚ぎっしり書き込んであった。結婚という言葉から上手に逃げながら、結婚をすることを相手に知らせる手紙であった。

(あなたにさよならを言うには堪えられない私ですけれども、さよならを言わねばならなくなったようです。ではお元気で)

最後はそれで終っていた。

なにかの理由で結婚せざるを得なくなった女が愛人に出す手紙だと受取っても差支えのないようなふしが、ところどころに見えていた。さよならをいうには堪えられないという一句だけでも、解釈の仕方では理子が塩町を愛していたことになり、別れを惜んでいることばになる。

「守屋君、君がこの月を最後として、気象観測から離れるつもりだったことも塩町君は知っていたんだよ……」

窪沢が言った。

「それは、……」

守屋は理子の手紙から眼を離した。

「かくしても、君のやることを見ていれば自然に分る。君は今度の山では一日一日をかみしめるように過していた。眼付でも、動作でもよく分る。僕にも、塩町君にも、この小宮君にも、君がやめるんだなということは分っていた」

すると塩町が、理子の結婚の相手が自分であると想像したのは無理もないことだと思った。

それにしても理子の手紙は婚約者がある女としては慎みのないもののように思われる。ああいう手紙を彼女の知っている男性たちにばらまくことによって、今尚《いまなお》理子は女王の地位についていたいのであろうか。

「どうだ守屋君、塩町君のポケットの手紙を彼のために読んでやらないか」

窪沢が言った。

「封を切らずに、そのままにしておきましょう、その方がいい」

守屋は顔に手拭《てぬぐい》を掛けたまま、永久に眠りから覚めようとしない塩町の方を見て言った。

守屋は机の上に汽車の時刻表を開き放しにして、その上に鉛筆をころがしたまま何か考え込んでいた。御殿場線のところが開いてあって、東京駅発午後六時二十分の御殿場廻り沼津行きにアンダーラインが引いてあった。

前の机で窪沢が計算器のハンドルをがらがら廻している。計算器から大きな桁《けた》の数字が割り出されると、窪沢の手は計算器から鉛筆にかかる、その瞬間、窪沢は机を隔てて守屋のテーブルの上に起りつつある変化と、計算器の数字の変化を同時に読み取ってしまう。そして読み取った数字をゆっくり紙に書く。守屋は時刻表を閉じてから休暇願の紙片にペンを走らせた。

窓をとおして気象観測露場《ろじょう》がひらけて見える。芝生の間に白い百葉箱《ひゃくようそう》がいくつも並んでいる。コンクリートの塀《へい》越しに、皇居の松の枝が見える。遠くで上げているアドバルーンが公孫樹《いちょう》の枝の間に浮いて見える。露場に陽炎《かげろう》がゆらめいて、春のような匂《にお》いが迷い込んだようにただよって来る。二月も中旬をすぎた午後の気象台は静かであった。

守屋がちょっと右足を引きずるようにしながら電話機に近づいていく。一月の塩町の遭難の折、右足のかかとに受けた凍傷がやっと治ったばかりである。守屋は受話器を上げてダイヤルを確実に廻した。信号が鳴って、相手が電話に出るまでの一分か二分の間、小刻みに足を動かしている守屋の顔に焦燥の色が濃くなっていく。相手が出たらしい。

「あの……」

守屋はそれだけ口に出して言った。彼の口元がふるえていた。と、急に守屋は何か聞いてはならないものを聞いたのか、耳にでも針を刺されたように、受話器を耳からはずすと、捨てるようにがちゃりっと掛けた。息使いが荒い。それを押えつけるまでのしばらく、電話機を見つめる守屋の眼にはなにか未練をこめたものが残っていた。窪沢を除いて誰《だれ》も守屋の動作を見ている者はない。電話が間違って掛ったぐらいにしか考えていない。

御殿場廻りの汽車は空《す》いていた。窓側の座席に坐《すわ》るとすぐ守屋は眼を閉じた。眠ってもいない、唯《ただ》、人の往来がたまらなくわずらわしかった。付近の座席が一杯になっていくのを感じながら一刻も早く発車することを願っていた。

汽車が動き出しても、守屋は眼を閉じたままでいた。国府津《こうづ》まではこの汽車が東海道線を走る、その同じ軌道の上を明日の夜は桐野理子と名前をかえた、理子を乗せた汽車が熱海に向って走ることを考えてみた。桐野信也と向い合って坐った理子の姿がどのような華やかさで車窓に映るか、それもありありと眼に浮ぶ。軽い咳《せき》ばらいが前の席でした。誰かが前に坐ってじっと自分を窺《うかが》いつづけているような気配がした。眼を開けると意外にも、前には窪沢が坐って本を開いていた。

「今夜はばかに冷えるねえ」

そう言う窪沢はちゃんと山登りの服装をしていた。網棚《あみだな》の上には守屋のルックザックと並べて彼の大きなザックが置いてある。他《ほか》から見ると二人は前から約束して山登りに出発する気の合った友人同士のように見える。

「ああ窪沢さん、あなたは……」

「うん、矢張りね」

窪沢が突然大声を上げて笑い出した。車中の人が振返って見る程彼の声は大きかった。矢張りね、とは色々の意味をこめて言った言葉のようでもあるし、何の意味もない言葉のようでもあった。

「矢張りねえ……」

守屋は低くそれを口の中で繰返した。この汽車に乗ることをどうして窪沢が知っているのか、しかも山登りの支度までして後を追って来た窪沢の立ち入りすぎた行動を見ると、決して平静な気持で迎えることは出来なかった。

守屋はぐっと首を曲げて窓の外を見た。汽車の速度が遅い。何か一言でも窪沢が話しかけたら、それが切っかけで、自分だけが途中下車することになるだろうと思いながら、咽喉《のど》の奥につまったものを一生懸命こらえ続けていた。

塩町が遭難したことについて守屋は深い責任を感じていた。誰もが認めているとおり、塩町の死は偶然が幾つも重なって起ったことであり、あの同じ場所で、同じような状態で滑った例は他にもある。塩町が脳底骨折で死んだのは結局運が悪かったのだという結論に対しても、それだけでは守屋は割り切れないものを持っていた。

守屋は固くなっていく塩町の死骸を抱いている時、ずっと脇《わき》の下から湧上《わきあが》って来る、宿命の恐怖のようなものを理子に対して感じ出していた。理子とつながりのある限り、誰かが犠牲にならねばならない事実が、次には自分に襲って来ることが、塩町の死骸と自分の肉体とを置き替えて、必然的に起ることのようにさえ思われる。

桐野の遭難を振出しに、杉中、塩町と、富士山頂に消えた二人の死から、理子を切離しては考えられなかった。固くなっていく塩町の死骸を通して、永久に溶けない氷で作った彫像のような冷酷な理子の半面が現われ、二重まぶたの双眸《そうぼう》も、深い笑窪《えくぼ》も、氷雪風の奥に、次の犠牲を狙《ねら》っている魔性の女の表情にさえ見えて来る。

守屋は理子に対するそのような自分の批判を卑怯《ひきょう》なものとして自分自身に激しい懲罰の鞭《むち》を当てた。けれども霧の中で理子を抱きしめたような強烈な情熱はどうしても湧いて来なかった。

約束通り理子と結婚しても、おそらく一生を通じて自分を責め続けるのは、吹雪の中でうわごとを言いつづける塩町の重さと、氷片を交えて唸《うな》りつづけていたあの暗黒の氷壁の遠さであるように思われた。

「何故《なぜ》急にそう変ったんだ」

守屋が椿泰三の銀座の事務所を尋ねて結婚の約束を破棄したいと申し出た時、泰三は奇妙な顔をしてそう言った。

「とうてい幸福にはなれないと思います、それだけです」

「理子と喧嘩《けんか》でもしたのかね」

「違います」

泰三の顔を見詰める守屋の眼は、充血していた。

一月に山を下って以来一度も理子と会わずに、一方的にそう宣言した守屋の態度に理子は激しく抗議した。理子は電話で、手紙で、守屋にその理由を求めた。しかし守屋は理子の手紙はそのまま返送し、電話には椿泰三に言ったことと同じことを繰返すだけだった。

守屋は転任を希望した。長い間の富士山頂勤務に終止符を打って、どこか遠くへ転任することを願い出た。

桐野信也に肩を叩《たた》かれたのは駿河台下《するがだいした》の交差点の信号が赤から青にかわる瞬間だった。守屋は一歩を踏み出したままで振返った。

「その辺でお茶でもいかがですか」

桐野はそれだけいうと、先に立ってさっさと歩き出した。包み紙に包んでピッケルを持っていた。近くの運動具店からの帰りかとも思われる様子だった。

「理子さんとの結婚を破棄したそうですね」

坐ると桐野はすぐそういった。破棄という言葉が妙に強く響いて不愉快だった。守屋は黙って桐野の顔を見詰めていた。

「確かにあなたは理子さんと結婚はしませんね、破棄の破棄はしないでしょうね」

「一体それがあなたとどういう関係があるんです、僕がそういうことをあなたに言わねばならぬ義務でもあるんですか」

守屋は前に出されたコーヒーには手を掛けずにいた。

「大いにあるんですよ守屋さん、あなたが理子さんとの婚約を破ったことが確かだったら、僕が改めて理子さんに結婚を申込むのです、だから、はっきりしたことをあなたの口から直接に訊《き》きたいのです」

「僕は理子さんとは結婚できません」

「愛してもいないのですか！」

その質問に守屋はむっとした。

「此処《ここ》が、喫茶店でなかったら、誰も居ない山の中だったら、おそらく僕はあなたをぶんなぐるでしょうね——」

守屋は立上った。

「怒るのはあなたの勝手だが、僕だって、なにもあなたを怒らせるために、あなたの帰りを待ち受けていたのではないんだ、僕は僕なりに真剣だし、それにもう一つ大事な用事が残っているんだ」

坐れと桐野は目で守屋に言ったが、守屋は坐らないで、桐野を見下ろして立っていた。

「これだ。これをあなたに渡してくれと理子さんに頼まれたのだ。シェンクだよ、シェンクのピッケルを君に進呈したいんだそうだ」

桐野は紙包みのピッケルを両手に持って守屋の前に差出した。

「なぜそれを僕にくれるんです」

「それは分らない、何故あなたが理子さんとの婚約を突然破棄するようになったのか分らないのと同じように分らない。……これは理子さんに返しますかね、君……」

君と言ったのがひどく挑戦《ちょうせん》的に聞えた。ピッケルを両手で支えながら、上眼使《うわめづか》いに見ている桐野の顔の中に、守屋が怒りだしたら、ピッケルを持った手をさっさと引込めようとする用意が見えていた。

「有難《ありがた》く頂戴《ちょうだい》いたしますと理子さんに伝えてくれ、じゃあ貰《もら》っとくぞ……」

守屋は右手でピッケルの中央を握って、くやしそうに見ている桐野に更につけ加えた。

「欲しいだろうこれ、僕が要らないといったら、君が貰うつもりだったろう、君も、杉中さんも、塩町君まで欲しがったシェンクのピッケルなんだ」

守屋は泣きそうな表情をして笑った。そして後を見ずに喫茶店を出て行った。

桐野信也と椿理子の結婚の話が持ち上ったのはそれから間もなくだった。椿泰三にしてみると、信也と理子との結婚は彼の会社の安定の上には最上の策であることを知っていた。守屋が引下ってからは、当然のように信也と理子との結婚問題が進展していった。必死にそれを食い止めるには理子は心の支柱を失いつつあった。その空虚の心に着せる花嫁の衣裳《いしょう》は用意され、桐野との結婚に向って駆り立てられていった。

大きな角封筒に入った、椿理子と桐野信也の結婚披露《ひろう》の案内状を手に取って、さすがに守屋は苦しそうな顔をした。一年前の二月の吹雪の夜、救助してやった桐野が、理子と結婚するまでの経過の途中、自分が道化役者として務めた所作が、みじめに思い出されてならなかった。守屋は角封筒を机の上においたまま二度と触れようとしなかった。

守屋の乗った汽車が国府津を過ぎた頃《ころ》、理子を乗せた自動車が守屋の下宿の前で止った。守屋が山へ登る支度をして出発したことを聞いた理子は、しばらく玄関に立って考えていた。狭い玄関に一時に牡丹《ぼたん》の一株が咲いたように理子の和服姿は美しかった。ちょっと守屋さんの部屋をと言う理子の言葉に下宿の老婆《ろうば》は、さあさあどうぞと、わけもなく承知して二階の八畳へ案内した。一歩部屋に入ると強い男の体臭がした。きちんと整理子は部屋のどこかに守屋がかくれているような気がしてならなかった。

理された机の上に理子と桐野の結婚披露の招待状が置いてあった。理子は封筒を開いてみた。椿理子と並んでいる桐野信也の名が今更のように重苦しい。招待状を破いて捨てずに、机の中央にそっと置いてあるのさえ、守屋の冷たい皮肉に思われた。窓際《まどぎわ》に本箱があった。その上に大きな熟し柿《じゅくがき》が並べてある。理子がそれに眼をやると、老婆が直《す》ぐ口を出した。

「富士山の強力《ごうりき》だって言う人がねえあなた、この柿を米櫃《こめびつ》のふたにずらっと並べて、わざわざ持って来なさったんですよ、つぶれるといけないってね」

理子は、多分その強力と言うのは小宮のことではないかと思った。老婆は一くさり喋《しゃべ》って下に降りると、理子は守屋の椅子《いす》に腰を掛けた。桐野との結婚式を明日に控えて、最後の瞬間を守屋に与えようとする決心を、うまく守屋に察知されて、肩すかしを喰《く》わされたようにせつない思いだった。

理子はちょっとためらったが、思い切って引出しを開けて紙を探して、鉛筆の走り書きで置手紙を残して立上った。置手紙と、結婚招待状が並んでいる。置手紙の方がふわふわ舞い出しそうで不安だった。彼女は手を延ばして、本箱の上の柿を取ってその上に置こうとした。ひやっとする冷たさだった。置手紙の上に乗せた熟し柿の薄い表皮が、破れて赤い汁《しる》が紙の上へしみた。理子にはそれが血のように見えた。彼女は置手紙を取るとまるめて袂《たもと》に入れた。そして急に何かの不安に責め立てられたように守屋の部屋を出て深い呼吸をした。足がすくんでしまいそうな孤独感の下から、安堵《あんど》の気持が湧いて来ることが、彼女にはむしろ意外でならなかった。

御殿場の駅を降りた二人が真直ぐ大通りを歩いていると、空《から》の荷車を牽《ひ》いた小宮に会った。

「おっ！　何かあったけえ」

小宮が何かに感動するときっと地方弁を丸出しにする癖がある。二人が予告なしに突然御殿場に現われたことがひどく意外だったらしい。

「今度は遊びだ、休暇を取って来たんだよ」

窪沢が小宮の肩を叩いて言った。

「遊びって、どちらへ？」

窪沢は守屋から行先を聞いていなかった。

東京駅で乗ったまま殆《ほとん》ど口はきいていない。窪沢は守屋の顔に向って行先はと無言で聞く。

「愛鷹山《あしたかやま》をやろうと思ってね」

守屋が答えた。

「へえ、愛鷹をね、……まあ天気がいいからいいが……明日ですか」

「うん」

「まだ足場が悪いから気をつけた方がいいですよ、案外危ないところがあるからねえ、へへへへへ。そうだと、これを片付けて、わたしが案内しましょう、その方がいい」

小宮は車の梶棒《かじぼう》をくぐって二人の前に出て言った。

「まあいいよ今度は……」

守屋は凍っている大地を見ながら低い声でことわった。小宮はちょっと悲しそうな顔をしたが、

「それじゃあ帰りにはきっと寄っておくれ、気をつけてねえ」

守屋は小宮の後ろ姿に悪いことをしたと思った。呼び戻《もど》して案内を頼もうかと窪沢の顔を見ると、彼の顔にも明らかに小宮を頼りにしようとする気持が見えた。それがかえって守屋に反撥《はんぱつ》を感じさせた。

守屋は、小宮がついこの間、米櫃のふたに柿を並べて東京まで彼を尋ねて来てくれたことを思い出した。山頂に居た頃、小宮が自分の家の柿を自慢した揚句、柿は熟し柿に限ると大いに強調するから、限るか限らないか食べてみないと分らないと言ったのがきっかけで、約束通り足柄《あしがら》村から持って来てくれたのだ。小宮は町角で一度振返

って手を上げた。

御殿場の宿の炬燵《こたつ》は熱かったが、背中が冷えてやり切れなかった。

「いやに寒いじゃないか」

窪沢が言うと、

「そうですね」

守屋は軽く答えて横を向いた。

富士山と愛鷹山塊に挟《はさ》まれた帯のような狭間《はざま》に十里木《じゅうりき》の部落は静かだった。どの草《くさ》葺《ぶき》屋根からも紫色の煙がしみ出るように昇り、わずかに開けた細長い耕地の上を流れていた。二人は黙って村の中央の道を歩いていた。時折家の中から顔が覗《のぞ》いたが、二人が振向くとあわてて顔を引込める。二人は一軒の家を目ざして入って行った。薄暗い板の間で二、三人が竹籠《たけかご》を作っていた。守屋はそこで地図を拡《ひろ》げて越前岳へ登る道を聞いた。

「越前岳から須山村へ出るのけえ」

「位牌岳《いはいだけ》まで行って須山村へ降りようと思っているんですが」

「へえ、位牌へね……」

筒袖《つつそで》を着た男は仕事の手を休めて言った。

「これからじゃあ、それは無理ずらよ」

窪沢はここではじめて守屋が予定しているコースが分った。汽車の中でも、御殿場の宿でも守屋がどういうコースを取るか聞いてなかった。守屋も別にそれを説明しようとしなかった。二人は始めて共通な目的を持った同行者として地図に見入った。

越前岳の頂上に雪の根元にかくれたまま道標が傾いて立っていた。呼子《よびこ》岳、位牌岳方面へ行く道と、直接須山村へ下る道とが分岐していた。午後になって急に張り出した雲で視界は狭かった。厚い、暗灰色の雲がじりじり重圧を下面に加えながら垂れ下って来た。風はそれ程でもなかったが、じっとしていると、じいんと寒さがにじり寄ってくる。間もなく雪になるだろうと二人は思っていた。

「須山村まで一里半か……」

窪沢は道標の文字のそこだけを声に出して読んだ。天気が悪くなるから、位牌岳行きはやめにして、おとなしく須山村へ下山した方がよいという誘いの言葉が彼の表情に動いていた。

守屋は立上って腕時計を見た。一時を過ぎていた。彼は尾根道にそって数歩を呼子岳に向けて踏み出してから振返った。坐ったまま守屋の後ろ姿をにらんでいた窪沢の眼とかちっと合った。窪沢は富士山頂から下って、髭《ひげ》を剃《そ》ると十も二十も若返って見える。彼はポケットから氷砂糖を取り出して口に入れた。カリッと嚙《か》んだ音が驚く程大きな音を立てた。窪沢は一かけらを守屋に差出して言った。

「やるか？」

窪沢の眼が大きく見張っていた。嵐《あらし》の中に防寒具をつけ、気象観測に出掛ける時のように光っていた。ごく近い所で守屋はその眼をはね返すように見詰めて言った。

「やるとも」

そして氷砂糖のかけらを彼の手から奪い取るように口へ持っていった。

尾根伝いに呼子岳までは平凡な道だった。割石峠を越して熊ヶ谷噴火口の垂直にそそり立つ絶壁に立った時、雪がちらちら降り始めて来た。何百尺とも底の知れない、暗い穴の中へ吸い込まれるように落ちていく雪を見ながら、守屋は窪沢が強《し》いて引止めてくれないかぎり、これからどうなるか自分の身について自信が持てないような気がした。

窪沢は極めて慎重な男だった。本来ならば、みすみす天候が悪化していくのを知りながら山歩きを続けるような男ではなかった。けれども今度のパーティーは守屋がリーダーとなるべき筋合いのものであった。それに今度は出発点からしてぎりぎりの行くところまで行きつかないかぎり、窪沢の力では守屋をどうすることも出来なかった。十里木へ引返そうと窪沢が言い出せば、理屈ではそれを承知しながらも、現実には守屋は首を振るに違いないと思われた。

左に大沢の渓谷《けいこく》、右に熊ヶ谷の噴火口、その間が刀の刃のような狭い尾根の様相を呈して来ると、先に立った守屋は足元に気を取るだけで一杯だった。愛鷹連峰中の最難所と言われる鋸岳《のこぎりだけ》は三枚の刃にたとえられていた。三つの岩場を越さない限り縦走は出来なかった。

急傾斜の風化した草つきの岩肌《いわはだ》にところどころ雪があった。一歩を踏み誤ればおそらく無事ではあり得ない。夏の間でもしばしば鋸の歯で生命《いのち》を失っていた。二人はアイゼンをつけて、ピッケルを握りしめた。草つきといっても枯れているから、手に握ることが出来ない。ピッケルで足場を切りながらやっと歯の片面を乗り越えると、下りは瘤《こぶ》の多い急傾斜の岩だった。守屋は一枚目を乗り越えた時には既に疲れていた。

かわって窪沢が先に立った。鋸の二枚目も同じような難場だったが、三枚目の殆ど垂直に近い岩壁はザイルなしではとても越せなかった。二人は引返して、岩の根元を大きく捲《ま》くことにした。大沢の渓谷から吹上げる風が足元をさらった。温度が急降下して、雪の表面が硬くなったことが二人には幸運であったが、壁にはりついたまま横《よこ》這《ば》いするような危険な動作は大きな精力の消耗を強いた。息のつまるような一歩一歩の足と手の連関動作には寸分の狂いもあってはならなかった。

雪が激しく降り出した。ピッケルと手袋の間に入った雪のために手が滑る。それに眼を襲う雪もやり切れなかった。三枚目を乗り切った時には薄暗かった。守屋は非常な疲労感と寒気に、時折意識がかすんでは、はっとして我にかえった。もう窪沢の援助なしには一歩も進めないような状態になっていた。子不知《こしらず》の難所を越えた時はすっかり暗くなっていた。

「守屋君、頑張《がんば》るんだ、位牌につけば小屋があるはずだ」

窪沢はそう言って守屋をはげまし続けていた。位牌岳の頂上には小屋の残骸《ざんがい》しかなかった。窪沢はその跡に立って、深い溜息《ためいき》をついた。小宮から愛鷹山の事はよく聞いていた。とにかく位牌岳の頂上に出さえすれば、一泊出来る小屋がある筈《はず》であった。心ない登山者の仕業はいつの間にか小屋を灰にしていた。雪の中に柱だけが無気味に立っていた。横なぐりの風がいよいよ激しくなって雪を吹きつけて来た。窪沢は地図を拡げて提電灯《ていでんとう》で方向を確かめようとした。地図によれば、尾根伝いに北東に道を取って須山村に出る以外に方法はなかった。提電灯で周囲を照らすと道標が見つかった。須山方面を示す矢印が書いてあったが、雪ですっかり道はかくれていた。窪沢は提電灯を守屋に向けた。守屋は雪の中に坐ったまま眠りかけていた。守屋はずっと不眠症に悩まされていた。昨夜御殿場の宿でも殆ど眠っていない。それに疲労と寒さが一度に加算されて歩く気力はもうないようだった。

「守屋君元気を出せ、須山村までたった一里半だぜ」

守屋は頷《うなず》いてふらふら立上った。東京駅を出発して以来、抵抗しつづけていた守屋が、一度、リーダーを窪沢にゆだねてからは別人のように忠実に従って来ようとしている変り方は奇妙だった。肉体も、それ以上に精神的にも、長い間煩悶《はんもん》していた守屋が既に自己を半分投げ出しかけている危険に対しては、窪沢はかつてなかった責任を感じた。窪沢は守屋に声をかけながら歩いた。二度に一度は守屋は返事をした。その返事も三度が一度となり、ついには雪の中に坐りこんだまま動こうとしない。

「しっかりしろ!」

窪沢は何回か守屋の手を取って引張り起してやった。守屋はピッケルさえ失っていた。主尾根から外れない限り、危険はなく、やがては須山村へ通ずる麓《ふもと》に出るものと見当はつけているものの、窪沢の頭には尾根を間違えて大沢の渓谷に踏み込むことをしきりに警戒していた。提電灯をたよりに歩きながら窪沢自身もひどく寒くてやり切れなかった。

モーニング姿の桐野がピッケルをステッキのようにくるくる振廻《ふりまわ》して近づいてくる。ピッケルの先が光っている。桐野の肩越しに箱根の芦《あし》の湖《こ》が見えるから富士山頂のどこかに違いない。遠くを理子がわき目も振らずに走っていく。彼女の頰《ほお》がなんと冷たい色をしていることだろう。髪がうしろになびいている。風が強いんだな……。

「どうです守屋さん、あなたも一緒に出かけませんか……」

「あまり気が進まないね」

「とにかくすばらしい船なんです。それに獲物はその場でテンプラに揚げて食べる……」

「今はなにも食べたくない」

「それはいけませんね、多分胃の病気ですよ、富士山の水は硬水だからいけないんだ」

「そうかも知れない」

「じゃあ病院に行こう、歩けますか」

「眠い。放って置いて貰《もら》おう、僕《ぼく》はここで眠る」

「眠る——冗談言うな、こんなところで眠ってみろ、死んでしまうぞ、おい！」

どんと肩を突かれて守屋は意識を取り戻した。雪の中に坐《すわ》り込んだ自分の肩を小突いているのは窪沢だった。

「さあ、もう少しの我慢だ、歩こう……氷砂糖でも食ってみないか」

窪沢は氷砂糖のかたまりを守屋の口に入れてやろうとした。守屋は口を開けてそれを受けようとして、窪沢の指にがぶりとかみついた。何か言おうとするが口がよく廻らない。そのまま首を垂れた。窪沢が守屋の身体《からだ》をゆすぶるのだが、一度首をうなだれると、もう叩《たた》いてもゆすっても何としても起きようとしなかった。

それ以上守屋を動かそうとすることは困難であった。吹き降りの雪が守屋の上に積っていく。窪沢は光度の弱った提電灯のあかりをたよりに守屋の坐っている周囲の雪を払ってやった。手や足が痛い程冷たかった。窪沢は守屋が凍傷になることを恐れた。

彼のルックザックを下ろして中を改めると、毛のセーターと白い厚い靴下《くつした》があった。窪沢は守屋の靴を脱がせて、靴下をはいている足の上に更にその白い靴下をはかせて、両足をしっかりセーターで包んで、ルックザックの中に入れて、口元の紐《ひも》をきゅっと結んだ。それからウィンドヤッケをまくって守屋の手を皮のジャンパーの下に押し込み、その上からすっぽりウィンドヤッケをかぶせて紐を結んだ。

窪沢は、もうホタルの光ぐらいに光度の弱った提電灯をたよりに、今度は自分の身の始末を考えた。朝まで待てば雪は止《や》むだろう。それまでの数時間が一生を賭《か》けての戦いだと思った。窪沢は自分のルックザックを下ろして中からカメラと水筒を引きずり出して木の枝にかけ、ルックザックを守屋と自分の尻《しり》の下に敷き、守屋を抱くようにして並んで腰をおろした。

「守屋君――」

声をかけたが返事がない。その顔に提電灯を向けたがもう光は消えていた。明るさを失ったことがひどく恐怖を助長した。

「まだマッチを持っている」

窪沢はポケットからマッチを出してすった。吹雪の中に寄り添ったまま埋まっていく二人の姿がまるで映画の一こまを見るように映し出された。さっき守屋に噛みつかれた指のふしがずきんずきんと痛み出した。それに呼応するように足の先が痛み出す。身体全体が氷の針金できりきりしめつけられていく。

冷たさと痛さがこんがらかって、漠《ばく》とした疲労が節々の緊張を解いていくと、どっと眠気が襲ってくる。眠っちゃいけないという呼び声の中から、少しぐらいは眠った方がかえって疲労の恢復《かいふく》に役立つという声がする。その反逆者の声を叩きつぶしていると、急に静かになる。広々とした野原の中にぽつんと残された自分が何か大きな力で景色もろともに遠くの、もやもやした方角へ引きずられていく——

何か物の落ちる音がした。小宮はがばっと起上った。ひどい寒さだった。物音は屋根から雪が滑り落ちたのかも知れない。暗い電灯の光に柱時計を見上げると三時を過ぎたところだった。小宮は便所に立って外を見た。雪が三尺も積っていた。

「おうっ……」

小宮はうめくように言うといろりに引返して火を焚《た》きつけた。

「どうしたえ、まだ三時だに……」

寝床から妻の声がした。

「ああ三時だよ、俺《おれ》はこれから飯をたいて出掛けるでな」

「えっ、どこへ？」

「須山村へさ、愛鷹山へ登った二人のことが心配だでなあ」

小宮の村は金時山の麓、足柄村にあった。そこから御殿場を経て須山村へ出るには、四里の道程は充分ある。小宮は家人の引止めるのも聞かずにまだ降っている雪の中を出発した。五時には御殿場へついて、一昨夜、窪沢達の泊った宿の戸を敲《たた》いた。そこから須山村へ電話をかけたが通じなかった。小宮はその足ですぐ須山へ向った。板妻《いたづま》を過ぎ、猪見塚あたりで夜が明けた。夜が明けると雪は止んだ。何年かぶりの大雪だった。道々小宮は、窪沢と守屋が愛鷹行きを中止して須山村あたりの宿にいてくれればよいがと願っていた。天候については二人はお手のものである。天気が悪くなることを知っていて、のこのこ御殿場あたりへ出て来たとすると少し変である。それに何となく小宮の心を不安にしたものは、前々夜御殿場の駅で逢《あ》った時の二人の態度だった。

須山村は起きたばかりだった。二人が居ないことを見極めると小宮の顔色が変った。走るように十里木までの一里半の道を新雪を蹴立《けた》てて急いだ。そこで二人の消息は摑《つか》めた。小宮は頭で勘定した。十里木、越前岳、鋸岳、位牌岳と二人が十里木を出発した時間から彼等《かれら》の歩く速度を考慮に入れていった。あの登山技術に達者な連中だから、鋸岳は明るい間に越えられるだろう。子不知《こしらず》の難所を越して位牌岳へ出る、そこから雪に会って道を迷ったに違いない。

小宮はそう判断した。小宮はその足で須山村へ取って返すとすぐ救助隊を集めた。

小宮はその人数を二組に分けて、一組は須山村から位牌岳へ出る尾根道、もう一組は向田部落から位牌岳へ向う尾根道を辿《たど》って遭難者を捜索して位牌岳の頂上で落合う手筈を決めた。

「日が落ちねえうちに探し出さねえと、あの人達の生命《いのち》があぶねえ……おねげえします」

そう言って皆に頭を下げる小宮は二人が生きていることを信じていた。動くことの不利を悟った二人が雪の中にうずくまったまま、じっと自分の来るのを待っているような気がした。小宮は向田部落から登る組の先頭に立った。もう十一時を過ぎていた。

小宮はひょっとすると二人は、位牌岳の頂上の小屋にいるのではないかと思った。以前に窪沢に語った道順からすると、当然そこまでは行っているに違いない。雪は意外に深く、道は意外に悪かった。ただでさえはっきりしない尾根道は雪のために消えていた。それに高度を増すごとに雪が深くなった。

「エイ、ホー……」

小宮は咽喉《のど》から血が出るような声を上げて叫んだ。そして耳を澄ませてじっと応答を待つ数分の間、彼は全身を耳にして、山の肌に逼《は》うように身をかがめていた。

午後になると風が出た。飛雪が位牌岳を白くしていた。風の中に捜索隊の叫ぶ声がちぎれて飛んでいた。あるとばかり思い込んでいた位牌岳の頂上の小屋は骨ばかりになって風を吹き通していた。二人が位牌まで来ている証拠を何とかして探そうとしたが、頂上の雪は吹き払われ、須山へ下る道に降り積った雪には足跡らしいものはない。

大嶽を越え、大沢の深い渓谷から雪を交えて吹き上げて来る風に男達は足ぶみをして寒さをこらえていた。どの顔を見てもこれ以上捜査に深入りすることを反対しているようだった。須山から尾根伝いに登った一行は間もなく到着した。手掛りはなかった。

日は傾きかけて、もう引き返さなければならない時間だった。捜索隊はめいめい風の陰を選んで、小宮がどのような事を言い出すか不安の眼で待っていた。小宮は怒ったような顔で、地面を嗅《か》ぎ廻るように、頂上の広場をぐるぐる廻っていた。シェンクのピッケルにつけた真田《さなだ》紐《ひも》の先が、三角点から二十米《メートル》も離れた雪の上に、枯れた葱《ねぎ》の葉のように風に吹かれて揺れていた。雪の中からピッケルを引張り出した小宮は皆にそれを振って見せた。三角点とピッケルの落ちていた点を結ぶと、小宮が考えていた通り、須山村へ下る尾根に向っていた。

位牌岳から北東に須山村の方向へ延びる主尾根を中心として、枝尾根の一つ一つの捜索が始められた。エイホー、エイホーの声が飛雪の中にしばらく呼び交わされたが、日が傾くと共に、おそろしい寒気が迫って来て、捜索の行手をはばんだ。

「そうだ、みんな帰ってくれ、俺一人で探す」

小宮は三時に起きて足柄村を出てから少なくとも八里の雪道を歩いていた。それでも彼の顔にはいささかの疲労の色も浮んで居なかった。小宮は、つけ焼きの餅《もち》を油紙で包んで、その上を幾重にも布で巻いて身体にじかに背負っていた。小宮は餅を取り出すと、立ったまま食べ出した。

「なあ小宮さん、日が山に隠れたらもう動きが取れねえ、こうなったら一時引返すより、どうしようもねえことは分っているずらに」

一人が飛雪の中に赤く沈んでいく夕陽《ゆうひ》を指していった。小宮はその男の顔を侮蔑《ぶべつ》と憤怒《ふんぬ》をこめた眼で見ながら言った。

「ふん、引返す、遭難者をほっておいてか……」

小宮はぷいと横を向いた。尾根の続きの窪《くぼ》みが既に黒々と大きな陰影を作り出して、夜のかまえは愛鷹山全山にひしひしと迫っていた。と、小宮の眼が突然、飛び出すように見開かれた。小宮の眼は蒙古人《もうこじん》のように赤褐色《せっかっしょく》の勝った眼であった。その眼が尾根続きの窪みの一点にぴたっと止って異様な輝きをした。

「おうっ!」

小宮は咆《ほ》えるように怒鳴ると、気が狂った猪《いのしし》のような勢いで灌木《かんぼく》の中へ躍り込んで行った。日の落ちる一瞬、数条の光線が斜面に投射していた。その一条の光の端にごく小さなものが捕えられて光っていた。枯木の枝に、落ちずにしがみついている烏瓜《からすうり》の赤い実とも思われる程、遠くてさだかには見えぬが、確かに光を反射しているものがある。

「みつかったぞう――」

小宮の声は山を震わせた。小宮は窪沢が枝に掛けておいた水筒に止った残光を見とめたのだった。その木の下に二人が坐って居た跡があった。それから下に向って、その枝尾根にそって二人の足跡が雪の中についていた。二人が如何《いか》に疲労しているか、或《ある》いは怪我《けが》をしていたか、雪に残された足跡は乱れ、二人で倒れた跡がところどころに残っていた。小宮はその跡を雪煙りを上げて追っていった。

枝尾根が急につきて、その下が崖《がけ》になっていた。守屋が崖から滑り落ちて、雪の吹き溜《だま》りに倒れていた。小宮が助け起してゆすぶると眼を開いた。ぼんやりした瞳《ひとみ》の中に小宮の姿を見たのか、かすかに頷いた。小宮は、守屋の身体を後から来た男達にまかせて、崖の下の吹き溜りから、もがき乍《なが》ら出て行った窪沢の足跡を追跡した。

そこから百米も行ったところで窪沢が坐ったまま、横倒しになっていた。両手を口に当てるような格好をしていた。守屋が先に倒れ、窪沢は捜索隊の声を聞いて二人の急を告げようとして前進したまままついに力が尽きたとも思われる姿であった。小宮は窪沢を引き起そうとして、あまりの重さにぞっとした。凍死、小宮は最悪の場合を想像した。

漁火《いさりび》のきらめきが、何か悔恨の火花のように理子の眼に映っていた。あわただしい結婚の様式が、何もかも強制的に押し流していって、今は桐野の妻として、ホテルの一室に坐っている理子の姿を硝子《ガラス》戸を透《とお》して冷たい星が見詰めていた。結婚、新婚旅行、熱海、平凡な筋道を通っただけだが、疲労と嫌悪《けんお》が積み重なって、長い手術の後の様に身を動かすのが嫌《いや》だった。ドアーをノックする音がした。理子は感情のない顔を向けた。

「奥様、夕刊を……」

女中が顔を出した。

「こっちへ頂戴《ちょうだい》」

奥様、なんと悲劇に満ちた言葉だろうと理子は思う。一昨日までは誰《だれ》も奥さまなどと呼びはしなかったのに、奥様という代名詞が新しく付いたのと同時に、理子のどこかに出来た疵《きず》でも探すように、女中の眼が鋭く身体中を見廻す。廊下ですれ違っても、背後からそそがれる視線は部屋に入るまで感じられる。

理子は新聞をこの二日ばかり読んでいなかった。三面にざっと眼を通した。

《気象台技師、愛鷹山で遭難か》

真先に眼についたのがその記事であった。窪沢と守屋が一昨日愛鷹山に登ったまま消息を断ったことが取り上げてあった。須山村から捜索隊が出発したが、その安否が気づかわれていると報じていた。理子は軽い眩暈《めまい》を感じた。憂《うれ》いを深く湛《たた》えた守屋のあの眼が、雪に埋もれた愛鷹山のどこかから、じっと自分を見詰めているような気がする。理子は卓上電話機を取って帳場を呼んで、すぐ御殿場へ行くから、自動車を呼んでくれるように言った。

「あのう、もし……あの……」

電話を受けた女が何か言い掛けるのを振切るように受話器を置いて、くずれるようにソファーに倒れてしまった。ホテルの女中頭がやって来た。

「何かお気にさわることでも……」

「そんなんじゃないの、一刻も早く御殿場へ行く自動車《くるま》を用意して頂戴」

「でも奥様、今朝の大雪で十国峠は……」

「通れないっていうの、それじゃあ汽車でいくわ、時間を調べて」

蒼白《そうはく》の理子の顔がものを言う度に泣くようにゆがんで見えた。桐野が湯上りの頭にポマードを光らせて入って来た。桐野の上気した顔を見ると、理子は溜っていた怒りを一度にぶちまけるように、夕刊を彼の鼻先に突きつけたまま、きっと唇《くちびる》をかんで見上げた。理子のつきつめた眼《め》の色と新聞の内容とどのようなつながりがあるかを知るまでは桐野は、きわめて鷹揚《おうよう》な態度で、眼を紙面に走らせていた。

「おっ――」

桐野は虚を突かれたように声を上げたが、すぐなにか、ごくありふれた言葉で、その場を切り抜けようとでもするように、わざと作った微笑の影が浮き上ってくる。理子の口元がピリッと動いた。

「あなたが、なにを考えて、何を今言い出そうとしているか私にはよく分っているの……何も言わないでね……私一人でこの宿を飛び出すようなことはさせないでね」

桐野は新聞を四つに畳んでその上に両手を降ろしたまま、しばらくじっと考えていた。そして電話機を取り上げると帳場を呼んだ。

「熱海中の自動車屋に交渉して見てくれ、タイヤにチェーンを巻いたら、十国峠を越せないことはあるまいってね」

予期した通り十国峠越えは出来なかった。熱海駅から下り列車に乗って三島に出た二人は、そこから自動車で下土狩《しもとがり》、裾野《すその》を経て、須山へ抜けるバス道を選んで自動車を出して見たが、結局途中で三島まで引返す破目となった。

翌日二人が須山の宿に自動車を乗りつけた時は、もう大分日が高くなっていた。宿というのは名ばかりの薄暗い二階屋だった。広いいろりが切ってある土間続きの板の間に、大きな図体《ずうたい》の小宮がどっかとあぐらをかいて火を焚いていた。

「あの……あなたは富士山観測所にいた小宮さんでしたわね、わたし、つ……」

椿《つばき》ですといいかけた理子は、もうそう言えない自分に気が付いて、小宮の表情がどう変るかをきっと見詰めた。長い間、山案内人をしている小宮の体験によると、山歩きをする人の歩き方、服装には必ず特徴があって、一度山で知り合った人とは何年経《た》って邂《あ》っても、その場所が山である限りはちゃんと覚えていた。ところが山を離れて平常の服に変ると、昨日山で会った人でも見違えてしまう。小宮はしばらくは二人の顔を思い出そうとつとめていた。

「ああ、あなた方は……よくまあ来てくれたね」

小宮は守屋を中心として、富士山頂を尋ねた人々の記憶を追いながら、やっと辿りついた思い出の一点、あの時とこの人達とが同一人であることに驚きの眼を見張りながら、ひざをたたいて立上った。

「守屋さんが遭難したことを新聞で見たので、すぐやって来ましたが……」

桐野はその後が訊《き》けなかった。

「二人ともずっと眠りつづけていますよ、二階で……」

「おけがは？」

「医者の言うには、凍傷はひどいが生命にはまあ心配はねえって」

「ああ……」

理子は板の間に両膝《りょうひざ》を揃《そろ》えてついた。長いまつげの両端から、頰《ほお》を伝わって涙が流れている。

いろりのへりに白い毛糸の靴下《くつした》が乾かしてある。二年前に理子が頭文字を編み込んで贈ったものだった。理子はたまりかねたようにハンカチで顔を掩《おお》った。

「小宮さん、わたし守屋さんにお眼にかかれないかしら」

やがて理子は顔を上げて言った。今迄《いままで》照れ臭そうな顔で立っていた小宮の顔が急に緊張した。

「どうずらか、ちょっと見て来る」

小宮は土間へ降りて階段に片足を掛けたまま、理子と桐野の顔をもう一度振返って見た。

二階の雨戸は一枚だけ開けてあった。二人はよく眠っている。小宮は二人の枕元《まくらもと》に坐って理子達の来たことをそれとなく伝えれば自分の役目はすむと思った。窪沢は両足に受けた凍傷が疼《うず》くのか時折うめき声を上げていた。

富士山頂で協力者として常に守屋と共にあった窪沢は、守屋が自ら招こうとした無謀な愛鷹行のパーティーに加わり、窪沢以外、だれも理解しない守屋の悲しみに、すべて無言に通じていく友情を守り通したことに対する満足の色を浮べていた。窪沢の青みがかった髭《ひげ》の剃《そ》り跡は、黒々とたくましい芽を出して、富士山頂で何ものにも恐れずぶっつかっていく気象観測者の不屈な相貌《そうぼう》に変っていた。

守屋は額に汗をかいていた。夜着ぶとんが重すぎるかも知れない。小宮は上の一枚を剝《は》いでやった。守屋は眼を開いて小宮の顔を探るように見上げた。理子の来たことを言おうか、言うまいか、小宮の口元が妙な動き方をした。

「誰か来たか？」

守屋は静かに言った。疲労しきった守屋の頭の中で暴風雪がもの凄《すご》い轟音《ごうおん》をたてて、渦《うず》を巻いていた。その中に理子達の来た自動車の音も入っていた。

「ええ、あのお嬢さんが、そうだあの台風の前の日に来たあの女《ひと》が……守屋さんに会いたいといっているが……」

守屋はそれには答えずに眼を閉じた。

「どうしずか守屋さん……」

すると守屋は眼をつむったまま静かに答えた。

「あの錆《さ》びたピッケルはもう僕には要らなくなった。理子さんに返してくれ……」

「するとお嬢さんには……」

と小宮が乗り出して問いかけたのにかぶせるように守屋が言った。

「小宮君、富士山が見えるかね」

「ああ富士山かね」

小宮は気軽に立上って、雨戸を全部開けた。

一分《ぶ》の隙《すき》もなく白く塗り上げられたばかりの富士山が眼の前にあった。小宮は守屋の枕元の障子を開けてやった。

「さあ、見えますよ守屋さん……」

「うん……」

守屋は身体を動かそうとした。彼の意識では確かに身体を動かしたつもりでいた。守屋の閉じたまぶたがぴくりと動いた。彼は、赤い夕陽を背に負って暗紫色に色取られているすばらしい一瞬の富士山を見た。やがてそれは巨大な影となり、暗黒の中に溶け込んでいく経過をたどって、本当の夜が来るのだが、守屋のまぶたの底には、落陽を背に負った瞬間だけが、生涯《しょうがい》を通じての郷愁の色となって焼きついて残っていた。

富士山観測所は昭和七年から昭和十年にかけて、頂上の東賽河原《ひがしさいのかわら》にあった。この小説はその当時を背景にしたものである。(著者)

疲労凍死

1

雪橇《ゆきぞり》の跡はそこまでだった。

そこから先は道がせまくて雪橇は入っていけなかった。橇が向きをかえた跡が歴然としていた。その時、橇の片足が道路脇《わき》の土手に乗り上げて、雪を崩したらしく、赤土の肌《はだ》をむき出しにしていた。

足跡が入り乱れていた。幾人かの人がここで小休止したのだ。

岩畑武《いわばたたけし》は眼《め》を前にやった。黒い森が前をさえぎり、奥は霧にかくれて見えなかった。そこからは細い道だった。道だということは、踏み跡があるから分るけれど、もし、雪が降って踏み跡をかくしたら、入っていくのに躊躇《ちゅうちょ》するに違いないような道だった。

「ここから先はずっと山続きです」

案内して来た牧月平治《まきづきへいじ》がいった。ここから山だとすれば、今まで歩いたのは山ではなかったのかと岩畑武は聞きかえしたかった。中央線の茅野《ちの》駅におりて、八ヶ岳《やつたけ》農場まで自動車、そこからは人っ子一人いない雪の高原をずっと歩きつづけたのだ。森林はなかったが、岩畑武には、そこが充分山に思われた。この途方もなく広い高原が八ヶ岳を形成する山の一部であり、やがて、この高原がつきて森林地帯になり、そこに死んだ弟の岩畑不二夫が待っているのだと考えていた。だから岩畑武は、森林地帯を眼にしたとき、あまりに八ヶ岳の核心部に早く近づいたことに驚いた。おそらくここからそう遠くないところに行者《ぎょうじゃ》小屋があって、そこに弟の不二夫の死体は置かれてあるに違いない。

ばかな奴《やつ》だ、もうすぐ大学が終るというのに、こんなつまらぬ山で死ぬなんて、俺《おれ》はお前のために、ある意味では、青春を犠牲にしているのだ。三十にもなるのにまだ結婚もしていないのだぞ。

そんなことを心の中で言ってみても、不二夫のしょげた顔が眼に浮ぶと、怒りになりかけた感情はすぐ悲しみにおし流されていった。

牧月平治が先立って森の中の道へ踏みこんだ。かなりの人数が通った跡だったが、踏みかためられたという道ではなかった。先行者の足跡をたどって、後続者が次々と足を踏みこんでいったために、足跡が不定形にひろがってできた踏み跡であった。歩幅は初めてこの雪の道へ踏みこんで来た人によって決定づけられたもののようであった。

雪道にあけられた歩幅は岩畑武にはややひろ過ぎた。踏み跡の深さは時によると膝《ひざ》まで達するようなことがある、そういうところは、踏み跡へ雪が落ちこんで穴をふさいでいた。間違って、踏み跡でないところに足を突込むと、足を引き抜くのに一苦労した。スレート瓦《がわら》ほどの厚さの凍った雪の表皮を踏み抜くと、下は粉雪だった。足はそのまま、沈むだけ沈んだ。問題はそこから足を引き抜く時だった。足は踏みこんだ時と同じところを逆戻《ぎゃくもど》りしては来なかった。靴《くつ》が雪の表皮の内側につかえて外へ出ないのである。

雪の情況は上に行くほど悪くなっていった。積雪の深度は増加し、ところどころ吹きだまりができて、足跡を不鮮明にしていた。原生林は昼を過ぎて間もないというのに夜のように暗かった。

岩畑はその頃《ころ》になって、冬の八ヶ岳を改めて見直し、ここから先が山だといった牧月平治のことばの意味が理解できかかったような気がした。

岩畑は無口になった。昼食を摂《と》って一時間も歩いた頃、上から人の声が聞えた。地元の人らしく声高に話し合っていた。二つのグループは面と向って停止した。

「岩畑不二夫さんの御遺族ですか」

一番先に立っている男がいった。警察官と、検死のために登って来た医師とあとの二人は案内者だった。

「検死はすみましたか」

牧月が医師に向って言った。

「すみました」

「どうでした。なにかかわったことはありませんでしたか」

「かわったこと？」

医師は牧月の質問に戸惑ったようだった。かわったことという意味がよく分らないようだった。

「静かな死に顔でした……」

そう言ってから医師は、それだけでは納得できないといったような顔をしている牧月に、疲労凍死ですと、やや専門的なことばをつかった。

「死亡の原因は疲労凍死以外になにものも考えられませんでしたか」

牧月は更に一歩雪の中を医師に近づいて言った。医師は黙って、かぶっていた防風衣《ウインドヤッケ》の頭巾《ずきん》をうしろにはねた。山登りの服装の中から、顔だけが抜け出したようだった。医師は牧月の顔をじっと見た。医師らしい眼つきだった。医師が患者に投げかけるあの眼つきだった。

「僕《ぼく》は医者です」

医師はそれ以外に余計なことは言わなかった。彼はすっぽり頭巾をかぶると、彼の前に立っている警察官に眼で出発をうながした。

二つの群れは雪の道ですれ違った。

遠ざかっていく一行の後ろ姿に向って牧月が、僕は医者です、と、低い声で口真似《くちまね》をした。明らかに医師に対してなにか含むところがあるようだった。

「御苦労様のことだ、疲労凍死と診断するだけにこの雪の道を登って来るのだから。疲労凍死ぐらいのことは誰《だれ》だって分る。岩から墜落《ついらく》して死んだら脳底骨骨折、ばてて死んだら疲労凍死——山で死んだ場合はこの二つのうちどっちかだ。今まで、山で死んだ人間がどれだけいるか知れないが、これ以外の死因はあまり聞いたことがない。山で死んだ奴は、その原因がなんであっても、この二つのうちのどっちかになってしまうんだ。山での検死などというものはどっちみち、いい加減なものなんだ。たとえ、首をしめられて、岩から突きおとされても、検死の結果は脳底骨骨折だろうし、毒を飲まされて眠らされたとしても疲労凍死だ」

牧月平治は、医師と警察官の姿がとっくに見えなくなった樹林の道に向って、憎々しげな言葉を吐いた。

「弟の死因は疲労凍死ではなく、なにかほかの原因だったのでしょうか」

「それは分りません。ただ僕は山で人が死んだ場合は、一応その死を殺人と結びつけて考えたいんです。山では殺人は起らないという伝説のようなものに対して、抵抗しているのかも知れません」

「殺人ですって」

岩畑はびっくりした。こんなおとなしい顔をした牧月が、いきなりそんなことを言うとは思いもかけないことだった。

「いや岩畑不二夫君が殺されたと言っているのではありません、殺されたと考えることもできるといっているのです」

「すると一緒に行った蛭田《ひるた》義雄《よしお》君にですか」

岩畑は蛭田と不二夫の二人が、南八ヶ岳縦走をねらって山に入り、途中吹雪に会って、避難する途中、不二夫が疲労でまず倒れ、急を知らせに行者小屋へ走った蛭田は助かったが、救助隊が現場についた時には、彼は既に死んでいたという遭難のあらましを頭に思い浮べた。

岩畑武は蛭田義雄という男を知らなかった。頭の中では弟の不二夫と同じような快活な男だと想像していたが、牧月が殺人という言葉を口にした瞬間、想像の中の蛭田義雄の顔がやや輪郭づけられたような気がした。

「そうです、蛭田義雄に殺されたのだと一応は考えてみたいのです。岩畑不二夫が疲労困憊《こんぱい》して動けなくなったから、助けを求めに行者小屋に行った。救助隊が現場に行った時には、不二夫君はもう死んでいた。というのが現在までの情況です。ほんとうはどうだったか分りませんよ。例えば、足手まといになった不二夫君を棄《す》てて逃げたと考えたらどうでしょう。助けを求めに行者小屋に走ったのではない、自分の身が危うくなったから友人を置いて逃げたのだ。そう解釈すると立派な殺人になる。大体僕は、登山家には悪人はいないという説には反対なんです。比率からいうと、山をやる者の中にはむしろ悪人が多いのじゃあないかと思うんです。悪人といっても、強盗をやる、かっぱらいをやるという悪人ではない。いわば非情な人間が多いのじゃあないかと思う。自分自身に対しても、他人に対しても非情なんです。そうでなければ、山と戦って勝つことはできないのです。その非情が、場合によっては友人をも殺すのです」

牧月は一気にしゃべり立てると、彼の言ったことが、岩畑にどんな影響を与えるかを確かめるような顔で岩畑の顔を覗《のぞ》きこんだ。

「しかし牧月さん、相手を棄てたのか、救助をたのみに走ったのかどうして判断するのです」

岩畑は牧月の言い方が気に食わなかった。不二夫はたったひとりの弟だ。好きな山で好きなことをして静かに死んだのだと考えてやりたかった。そう思えばあきらめもつく。さっき途中で会った医者でさえも、静かな死に顔だと言ってくれた。

「たとえば、雪洞《せつどう》を掘って、その中に凍傷で動けない友人をかくまい、燃料と食糧を置いて、助けを求めに走ったという場合は、その善意を認める。今度の場合はそうではない。不二夫君は赤岳と中岳の鞍部《あんぶ》で死んでいた。あそこはかくれる岩かげもない、寒い吹きっさらしだ。どんな丈夫な男だって、あんなところに置かれたら、死んでしまう」

「そんなひどいところですか、可哀《かわい》そうに……」

岩畑は急に弟の不二夫の死が不憫《ふびん》に思われて来た。中岳という場所はどんなところか知らないが、吹きっさらしの尾根に、置き去りのかたちで不二夫が死んでいたとすれば、蛭田義雄に責任があるように思われた。

こまかい雪が連続的に降り出した。かなりの風も混《まじ》えていた。それが横なぐりに吹きつけて来ると眼を開いておられなかった。八ヶ岳は雪におおわれて見えなかったが、雲の奥にある八ヶ岳を静かな山として想像していた岩畑にとっては、山のはげしい気象のあり方について更に眼を開かされる思いがした。

彼はそういう体験をすべて弟の死と結びつけた。おそらく弟はもっと激しい暴風雨に襲われて倒れたのに違いない。彼の頭の中には、吹雪の尾根筋を這《は》うようにして、下山を急ぐ弟と、その友人の蛭田義雄の姿が見えた。蛭田義雄が弟の不二夫を殺したかも知れないと牧月平治が言ったけれど、そんなことはありそうにも思われなかった。あってはならない、弟は好きな山で力尽きて死んだのだ。牧月は友人の死に対していささか昂奮《こうふん》しすぎているのだ。そのように頭の中で結論づけて置きながらも、弟の死とは別に、山での殺人について考え始めていた。

雪の降り方が一層激しくなり、傾斜が急になった。いよいよ奥深い樹林の中へ踏みこんでいくようだった。一体こんなところに小屋があるのだろうか、そんな疑問が起きた時、道は樹林の間から出て、やや見とおしの利《き》くせまい谷間に出た。行者小屋はそこから遠くないところに、屋根に雪をいただいていた。

2

岩畑不二夫は白木の棺の中に入れられていた。前にリンゴ箱の空箱があり、その上に蠟燭《ろうそく》が一本灯明の炎を上げていた。

不二夫の棺をまもるように、数人の男と行者小屋の留守番の男が坐《すわ》っていた。

蠟燭の炎が男たちの顔をひどく陰惨な顔に映し出していた。

岩畑武は白木の棺のふたを取って不二夫の顔を見た。不二夫は眼をつむっていた。静かに眠っているといった顔でもないし、苦しんで死んだ顔でもなかった。そこにある弟はまぎれもなく死体であるという現実を知らされる顔だった。不二夫は着のみ着のまま、死んでいた時と同じ状態だった。顔のどこにも傷はなかったが、よごれた顔だった。

岩畑は棺の前を引きさがるとリンゴ箱の前に坐って、飯盒《はんごう》のふたに灰をつめた線香立てに何本かの線香を立てて、弟の棺に手を合わせた。

リンゴ箱の上には蠟燭と線香の他《ほか》には、三粒ばかりのキャラメルと、口のかけた茶飲み茶碗《ちゃわん》に水が汲《く》んであった。岩畑はその茶飲み茶碗に眼をとめた。この山の中の淋《さび》しいお通夜《つや》を経て、明日は茶毘《だび》に付さねばならない弟が可哀そうでならなかった。

「皆様いろいろとありがとうございました」

彼は焼香を終ると、床に手をついて、そこにいる男たちに挨拶《あいさつ》した。床には、すり切れた毛布が敷いてあったが、板の間に手をついたようにつめたかった。男たちは誰もなにも言わなかった。言わないで、誰かが言い出すのを待っているような気配が感じられた。一番うしろにいた小柄《こがら》な男が這うようにして前に出て来て、岩畑の前に手をついて言った。

「すみません、あなたの弟さんは僕が殺したのです」

そう言うと男は手の甲を眼に当てて泣き出した。すすり泣きではなく、大きな声で彼は泣いた。男が泣き出すと、座は更に暗くなった。小屋番の男が座をはずして、炉端の方へ薪《まき》をくべに行った。

蛭田義雄はなかなか泣き止《や》まなかった。泣きたくて我慢していたものを一度に吐き出している泣き方だった。見栄《みえ》も外聞もなく、同伴者を死なせた自己の責任と、亡《な》き友人に対する惜別の情を、亡き友人の兄の前で示しているようだった。そこにはいささかの虚飾らしいものは見えなかった。彼は時々、すみませんと言った。それは死者と、死者の兄と、自分に対しても言っているように思われた。

「弟がいろいろ御《ご》厄介《やっかい》になりました。結局弟には運がなかったのでしょう」

岩畑はやっとそれだけ言った。そして、その蛭田義雄という青年が決して弟を殺すような悪人ではないと思った。

(弟は自然の暴力の前で不可抗力の死を遂げたのだ)

彼はそう思いこもうとした。

暗くて、寒くて、そして陰湿な小屋だった。どこからか風が入って来るらしく、石油ランプの炎がゆらめいていた。時折誰かが立つと、黒い影が壁にゆれて動いた。

「大丈夫かな、こんなに降って」

ひとりが言った。

「いくら降ったってかまわないさ、燃料さえ揃《そろ》っていれば大丈夫だ」

茶毘のことについて話し合っていることは分っていたが、岩畑は別に深く聞きもしなかった。弟のことは、山男たちに任せて置けばいいのだ。彼等《かれら》はなにもかも、きれいさっぱりと片づけてくれるに違いない。

夜になると吹雪は一層はげしくなったようである。お通夜は八時までにして寝ようと相談している頃、小屋の外で人声がした。男たちが一斉《いっせい》に立上って、内側から戸をあけた。

雪だるまになった二人の人影が、ころげこむように土間に入った。

「早く、なにか暖かいものを飲ませてやってくれ」

雪だるまの男がそう言った。ものを言わないで、そこに立っているもう一人が、ひどく疲れ切っていることは、その様子でよく分った。男たちが、よってたかって、その人の防風衣を脱がせたり、ズボンについた雪を払いおとしてやったりしていた。雪だるまが、その皮を剝《は》ぐと、そこには女がいた。彼女は、板の間に腰をおろして、彼女の靴《くつ》が片方ずつ脱がされていくのを放心したような顔で見ていた。

「さあ、湯だ。そう熱くはない。ゆっくり飲むんだ」

湯を持って来た男が、彼女の口にコップを持っていこうとした。彼女はそれに対して首をふった。そして手袋をはめたままの手の平の上にコップを乗せて口に運んでいった。あぶなっかしい格好だったが、この場合、手袋を取ったとしても、ゆびがかじかんでいて、コップをつかめないから、こうしたのである。

彼女は言われたとおりゆっくり湯を飲んで、一呼吸《いき》深く息をついてから言った。

「不二夫さんは……」

そして彼女は床の上を這いながら棺に向って近づいていった。息苦しい光景だった。女が故人とかなり深い交際をしていたことは、誰にも読めた。

女は棺の前まで膝行《しっこう》していって、そこで手袋を取って、棺に向って合掌した。そして、なにかにせかれるように、棺のふたを取ろうとしたが、それができずに、ふたをおしのけた。木のふたが大きな音を立てて床に落ちた。

そこにいる男達の顔から一斉に血が引いたように見えた。女がなんか言い出すのをおそれているようでもあった。

女の表情は死者の顔と正対したまま動かなかった。死体にすがって泣き出すようすも見えなかった。感情をこらえている顔ではなかった。表情のうち彼女の眼だけは活《かっ》潑《ぱつ》に動いて、なにかを死者の顔から探し出そうとしているようだった。

男がランプを棺の前にさし出していた。その明るさが不足なのか、彼女は眼を上げて光を手前に招いた。

「ひどいわ、顔も拭《ふ》いて上げてないなんて……」

彼女が死体に言った言葉はそれが最初だった。そして彼女は、ややヒステリックの声で私のルックザックと叫んで、彼女のルックザックの中から小さい医療箱を取り出すと、ガーゼをアルコールで濡《ぬ》らして、死者の顔をぬぐってやろうとしたが、かじかんだ手にガーゼがうまく持てなかった。彼女はそれでもそのことを自分だけでやろうとした。ガーゼは彼女のこごえた両方の手にはさまれて、死者の顔の上を這った。よごれをぬぐったというよりもなで廻《まわ》したといった方が当っていた。死人の顔がアルコールに濡れて光った。

「いくらか綺《き》麗《れい》になったわね、でもこのくやしそうな顔……」

その言葉で岩畑はびくっと身体《からだ》を前に出した。苦しそうな顔と言ったのではなく、確かに女はくやしそうな顔と言ったのだと、自分の耳を確かめ直してから、女の表情の変化に眼をやった。女の顔が少しずつゆがんでいった。表情を崩すまいとしながらも迫ってくる感情に耐えられないようすだった。彼女の眼から泪《なみだ》が落ちた。泣いているのではない、怒っている顔から泪が落ちたのだ。しかし、彼女は泣かなかった。彼女はすぐもとの顔に戻って、棺にふたをしようとした。蛭田義雄が彼女を助けようとして、棺のふたに手を出した。

「いいのよ、自分でするから」

それは意外に激しい蛭田義雄を叱《しか》りつけるようなふるえ声だった。彼女は自らの手で棺にふたをすると、岩畑の前へ来て、ていねいにおくやみを言った。その時になって彼女は初めて女らしい顔をした。髪についていた雪が雫《しずく》となって、ぽたぽたと落ちた。

「味沢奈津子《あじさわなつこ》です」

女はそれだけ言って、故人との関係についてはひとことも言わなかった。彼女はものをいいながらも激しく息をついていた。それは吹雪の中を登って来たための呼吸の乱れではなく、岩畑不二夫の死に対する新たな感動のためであることは明らかだった。

奈津子と一緒に来た男は、線香を四本、等間隔に並べて合掌してから、岩畑に向って言った。

「私は岩畑君の友人の春海《はるみ》重郎です。なんとも申し上げようもございません。……しかし、あれほど山が好きだった不二夫君が山で死んだのだから、あきらめもつくと申すものでございましょう」

申すものでございましょうなどと、妙に馬鹿《ばか》ていねいなおかしな言葉を使ったのは、彼があがっていたからである。故人の兄の前で、なんとかうまく、不二夫の死を美化した言葉でおくやみを言おうとして、失敗したあとの気まずさなのか、彼は、頭に手をやりながら、

「いい男でした。岩畑不二夫君は」

その声はひどく大きかったが、その声に応じて来る者はいなかった。

妙な空気が、この山の中のお通夜に流れているなと岩畑は思った。その底流をなすものは、不二夫の死に対する一種の抵抗のようなものだった。

岩畑武はもう一度その座につらなる全員に眼を投げた。

味沢奈津子は牧月平治と並んでいた。ふたりとも黙っていた。

奈津子をつれて、吹雪の中を登って来た、人の好《よ》さそうな顔をした長身の男は、蛭田義雄に小さな声で、なにかなぐさめの言葉をかけているようだった。

小屋の空気はその二組を主軸にして、二分されていた。岩畑はその二つの気流の境界に坐っている自分を感じた。

風の音は一段と強くなったようだ。寒さは三枚穿《は》いている靴下をとおして足のゆび先にこたえた。

3

朝になると風は止んだが雪は相変らず降っていた。岩畑不二夫の荼毘の時間は午前十時と決められた。棺は柴橇《しばぞり》に載せられ、男たちによって雪の中を牽《ひ》かれていった。樹林の雪を二つに裁ち切ったように黒い川が流れていた。川の近くの窪《くぼ》みに背丈を遥《はる》かに越す薪のやぐらが組み立てられていた。その上に棺が置かれた。

「さあどうぞ」

石油がかけられてから、岩畑不二夫の所属していたエコー山岳会長が、岩畑武と蛭田義雄に一つずつマッチを渡した。二人は雪の中を並んで、やぐらに近づいていった。偶然のように二人の足の動きが合った。岩畑はやぐらの前で立止って不二夫の入っている棺を見上げた。白木の箱は、降る雪の下でひっそりしていた。山の中のいろいろの物音が一度に消えてしまったように静かだった。彼は火をつける前にもう一度だけ、弟の死に顔を見たいものだと思ったが、とてもそんなことはできないから、せめて、白木の棺に手を触れてやろうとした。手を延ばすと、やぐらについていた雪がぱらぱら落ちた。もう少しのところで手は届かなかった。

彼はあきらめたように、その場にしゃがみこむと、既にしゃがんでマッチを手にしている蛭田の顔を見た。眠れなかったのか、ひとりで泣いたのか、眼《ま》ぶたがはれていた。

火は大きな音を立てて燃え上って、忽《たちま》ちのうちに炎が白木の棺をおおった。

山の歌の合唱が一斉に始まった。赤岳鉱泉に泊って、合宿訓練をしている大学山岳部員が合唱に加わったので、その声は樹林の枝の雪を落すほどにも思われた。歌声の切れ間に霧の中から山彦《やまびこ》が聞えて来た。

岩畑武は合唱を背に受けたまま立っていた。まるで、自分が、この赤い炎に焼かれていくようだった。歌うべきだと思ったが彼は歌詞を知らなかった。彼は炎の熱気をさけるようなふうをして、少しずつ一団から離れて、その合唱の埒外《らちがい》に立った。

炎は時には火花を散らしてははげしい音を立てて燃え上り、時にはまた静かに煙を立てて燃えた。岩畑は、火勢と共にいよいよ声をふりしぼって合唱する若い人達の顔に眼をやった。ほとんど歌っていたが、その中で、牧月平治と味沢奈津子は歌わずに唇《くちびる》をきっと結んでいた。

ひととおりの合唱がすむと、学生達はリーダーに引率されて帰っていった。

「お帰りになってお休みになっていたら如何《いかが》でしょうか、その時になればお迎えにいきます」

山岳会長が岩畑に言った。なにもかも、とどこおりなく進められているのだなと思った。登って来る時、雪橇のあとがあったが、橇には棺箱や、石油をつけて来たに違いない。茶毘台を作るには、こういうことに馴《な》れた人が何人かかかってやらなければならない。山麓《さんろく》の村から応援人夫を幾人か求めたことも間違いなかった。そういうことを遭難が起きて、死体が発見されると同時にかけつけて来た山岳会の人たちが、さっさとやってのけるあたりが岩畑にはむしろ意外だった。遭難を処理した経験がないとできないことだった。たいして悲しみもせずに、事務的に処理していく彼等の中には山の葬儀屋がいるのだ。幾人かの友人を、山の中で煙にした経験を持っている男がいるに違いないのだ。

「いや、僕は最後までここにいる」

岩畑はなにか山の葬儀そのものにいかりを感じた。

「岩畑さん、一応は小屋に帰りましょう、遺品の整理もありますから」

牧月が誘うように言った。遺品の整理という名義でここから去らせようとしている牧月の気持の底には、岩畑がここに居て貰《もら》っては困るから、さっさと立退《たちの》いてくれという哀願がこめられていた。

「すっかり済むまでには、相当な時間がかかるのです」

牧月は小さい声でつけ加えた。岩畑には、それでどうやら、それからのことが想像された。茶毘に付すということは簡単ではないのだなと思った。

「今朝僕は奈津子さんと赤岳鉱泉まで行って、不二夫君を救助に向った連中に、その当時のことをくわしく聞いて来ました」

牧月は歩きながら言った。

「それで……」

「やはり不二夫君は中岳の尾根で置き去りにされて死んでいました。彼は吹きだまりに足を突込み、それからのがれ出ようとしているかのような格好で、前にのめって死んでいたのです。時間的に救助が間に合わなかったのです。蛭田が行者小屋に救いを求めに行き、行者小屋の番人が中山乗越《なかやまのっこし》を越えて、赤岳鉱泉に合宿していた大学山岳部に救援を頼みに行ったのです。問題は蛭田が、なぜもっと安全なところまで不二夫君をつれて来て置かなかったかということです。不二夫君の遭難場所から、中岳の頂上まではほんのひといきです。中岳の頂上までゆけば下り坂になり、阿弥陀岳《あみだだけ》との鞍部《あんぶ》を北に下れば行者小屋に出られるのです。蛭田はその道を間違わずに通って来たのだから、ここの地勢を知っている筈《はず》です。中岳の頂上まで引張り上げれば、行者小屋への下り口までは近い。そこまでつれて来るべきだったと思うのです。その日は南風の吹雪だったから、それをさけるためにも、そうすべきだった。それに、まだ時間はあったのだから、南風をさけて、尾根の北側に雪洞《せつどう》を掘ってビバークする方法だって残っていた筈です。それにですね……」

牧月は更に重大なことを聞きこんで来たようすだった。

「要するに弟は置去りにされて凍死したということを、あなたはおっしゃりたいのでしょう」

岩畑はむかっとしたようないいかたをした。

怒りを声に出してから岩畑は、なんの理由で怒らなければならないかを知った。置き去りにされたという言葉が不穏当なのだ。置き去りにされたというのは、いかにもだらしのない敗北に聞えた。雪の野原に置き去りにされて、凍死していく棄子《すてご》のようにあわれであった。岩畑は弟の死をもっと美しく考えたかった。やるだけやって万策尽きたのだと考えればあきらめもつくが、置き去りにされて死んだのでは寝覚めが悪かった。置き去りにされて死んだと考えるくらいなら、なんらかの方法によって殺されたと考えた方がよかった。

「そういう話はもうやめようじゃあないですか、弟はもう灰になりかけている」

岩畑は樹林の方へ眼《め》をやった。雪が一時こやみになって、視界がひろがり出していた。樹林のいただきに煙が一条立昇っていた。煙はそう高くは昇らず、樹林のいただきを越したあたりで、折れまがっていた。雪をいただいた樹林から延び上った煙は、生き物のようにゆれ動いていた。行者小屋の屋根から上る煙と、色においては差がなかったが、どこか、それとは違っていた。紫色の煙とひとことでいってしまえない煙だった。

岩畑はその煙をかぎりなく美しいもののように眺《なが》めていた。行者小屋の中は暗かったが、炉の周辺だけは妙に赤々と眼にうつった。

炉端には奈津子と春海重郎が坐っていた。番人は大鍋《おおなべ》でなにか煮るのにいそがしそうであった。長い箸《はし》で鍋の中をかき廻すと湯気が上った。

奈津子は真青な顔をしていた。病的な青さだった。眼は閉じたままでなにか考えている顔だった。ふたりが入っていっても、眼を開こうとはしなかった。

岩畑は炉端によるのをなんとなく遠慮した。小屋番から声がかからなかったならば、おそらく彼は、ゆうべまで、弟の不二夫の棺が置いてあったあたりに、黙って坐っていたに相違なかった。

「不二夫さんは、おそろしくこわい顔をして死んでいたそうです。くやしかったからなんですわ」

奈津子が言った。相手があって言ったのではなく、ただなんとなく言ったのである。小屋番がぎょっとしたような顔をして、いそいで、鍋のふたをした。鍋のふたにおされて、煮物のにおいが周囲にとび散った。ぜんまいのにおいだった。乾しぜんまいを煮ているのである。

「疲労凍死した人は、たいがい眠ったままの顔で死んでいる人が多いのです。それなのに不二夫さんは歯をくいしばって、眼は開いたままで、眼の中に雪が入っていたそうですわ。置き去りにされたくやしさから、そういう顔になったのですわ」

「止めて下さい。そういうことをあなたはなんのために言うのですか。僕は弟が、弟の好きな山で静かに死んでいったのだと考えたいのですよ」

「でも、不二夫さんは静かに死んだのではない、苦しみもだえながら死んでいったのです。死人の顔は嘘《うそ》をつきません、その時の苦悩をそのまま顔に残して死んでいくのです。私は看護婦だからよく知っています。苦しみ、もがきながら死んでいった患者の顔を幾人か見て知っています。息を引き取る時の心がそのまま死顔に残っているのです」

「分りました。もうそのことについては、なにもいわないでいただけませんか。これは故人の兄としてのお願いです。そういうことをお願いしてはいけないということはないと思います」

岩畑は奈津子に背を向けた。きのう灯明台のかわりを務めたリンゴ箱は、前あったところにそのままになっていた。その箱とならんで、ルックザックが背をこっちに向けていた。F・Iというイニシアルが岩畑の眼についた。

岩畑は弟の遺品かどうかを、小屋番に確かめてから、ルックザックの前に坐った。山のにおいがしみついたルックザックだった。雨にうたれ風に吹かれ、弟と苦難を共にしたルックザックだから、弟と一緒に焼いてやればよかったのにと思いながら、ルックザックの口を開いた。飯盒《はんごう》だの、携帯用石油焜炉《こんろ》だの、着がえの衣類だの、地図だの、ナイフだの、こまごました山道具が次々と出て来た。彼はそれを一つずつ床の上に並べていった。そうしていると、いらいらしていた気持が自然に落ちついていくようだった。

ノートが手に触れた、ビニールの表紙のかかった山日記だった。外部から折り畳むような力が加えられたとみえて、ノートは幾分ひんまがっていた。紙は湿っていた。おそらく、不二夫のポケットに雪と共にあったのを発見されたものであろう。

岩畑は日記の頁《ページ》をまくったが、暗くてよく見えないから、日記帳を持ったまま、囲炉裏端へ引返してだまって坐った。

山行記録がしるされていた。今年になって、第一回目の山行は丹沢山であり、第二の山行が、二月の八ヶ岳縦走であった。

二月七日晴。松原湖下車、駅で兄貴あての葉書を出す。

稲子小屋まで歩く。稲子小屋無人。

昼食。

本沢温泉泊り。炬燵《こたつ》でぐっすり寝る。

二月八日曇。六時本沢温泉出発、横岳で吹かれる。十六時石室小屋《いしむろごや》無人。雪一杯。

とても寒い。眠れない。

二月九日。六時。少々荒れ模様。赤岳をへて権現岳《ごんげんだけ》へ完全縦走を狙《ねら》って出発。

日記はそこで終っている。縦走を狙って出発したが、途中で吹雪になったので予定を変更して一度は石室小屋へ引返そうとしたものの、そこは無人だから、一気に行者小屋までおりようとしたのが誤りであった。

岩畑はそれから先なにも書いてない頁を繰っていった。弟が生きていたならば、この白紙はこの一年で埋めつくされるだろうと思った。白紙の頁はそれまで誰《だれ》にも開かれたことがないらしく、ぴったりくっつき合っていた。岩畑武は白紙の頁を一枚一枚はがすようにくりながら、これで俺《おれ》は天にも地にもひとりぼっちになったのだと思った。両親に先立たれ、戦争で兄を失い、たったひとりの弟をも失った悲しみは誰にも分らないのだ。

彼は次の頁をくった。

そこには字が書いてあった。字ではなく字らしいものが書いてあった。字を書こうとして、実際には字にはならずに終った記号だった。明らかにそれは常人の書いたものではない、鉛筆をなすりつけていった感じの筆痕《ふであと》だった。

「遺書だ」

と彼は思わず叫んだ。はじかれたように、囲炉裏端にいた牧月と奈津子が立上って背後からノートを覗《のぞ》きこんだ。誰にも読めない字だった。鉛筆の濃淡は鮮明だった。なにかを書こうとして鉛筆に力を入れていることだけは明らかだった。四人はその字を見詰めたままおし黙っていた。

「ひるたにだまされた……」

しばらくたって、その分らない字を奈津子が読んだ。

「そうだ。確かにそう書いたのだ。間違いない」

牧月が奈津子の判読に同調した。

岩畑はそう言われても、にわかにそれを肯定はできなかった。しかし、その文字にならない文字を、ひるたにだまされた、と書いたものだと思ってみると、そうも見えた。岩畑の背筋につめたいものが走った。死にひんして弟はなにを書き残そうとしたのだろうか、苦悶《くもん》の顔のままで雪の中に死んでいった弟の顔がはっきり見えた。

(とにかく、弟はなにか書き残そうとしたことだけは事実なんだ)

「いやそう読むのではないのじゃあないかな。僕には、ゆるしてくださいと読める。しかしそう読むと最後の一字が説明つかなくなる」

それまで黙っていた春海重郎が口を出した。不二夫が書き残した文字は全部ひらがなであった。はなはだ分りにくい字ではあるが、字と字の間はちゃんと開けてあった。彼は朦朧《もうろう》とした頭の中で、一字一字を確実に書くことだけを考えていたのに違いない。字の上に字を書かないように手は動いたが、その字は意味をなしていなかった。字は全部で九文字あった。そのうち、る、さ、た、の三文字だけははっきりしていたが、他の字は取りようによってはどうにでも読める、文字とも記号ともつかないものであった。

春海重郎は自分の懐中ノートを出して、不二夫の遺書のスケッチを始めた。時々首をひねっていたが、写し取った字と並べて二行の字を書いて、岩畑の前に黙って突き出した。

ゆ(る)してくだ(さ)い(た)
ひ(る)たにだま(さ)れ(た)

「僕にはどうしてもゆるして下さいと読めますが、最後のたがどうにもならない。誰か不二夫君の知っている人でたのつく人はいませんか、たとえば、田中さんとか高橋さんとか、不二夫君が、ゆるしを乞《こ》わねばならないような人はいないでしょうか」

春海は岩畑に援助を求めるように言った。

「僕の名は武《たけし》です。不二夫は、子供の時から僕のことをたけし兄さん、僕の死んだ兄貴のことは太郎兄さんと呼んでいました」

「許して下さいたけし兄さん……」

春海重郎は低い、やや感傷的な声でつぶやいてから、岩畑に向ってはっきり言った。

「これはあなたに残した遺書です。立派なものです。不二夫君は登山家はかくあるべきことを身を以《も》って示したのです」

春海重郎の言葉の最後が涙声になった。不二夫の遺書に感動しているというよりも、自らの判読に陶酔しているといったふうだった。

岩畑は不二夫の遺書が春海のいうとおりであって欲しかった。そうあって欲しいというつもりで、その字を読むと、ゆるしてくださいた、と読める。けれど、ひるたにだまされた、と読もうとすれば、そうにも読めた。

岩畑は遺書の書かれた山日記を持ったまま、ひとことも口をきかなかった。

「やはり、ひるたにだまされた、と書いたのだ。一字一字に不二夫君のいかりがあふれでている」

牧月が言った。

「いやちがう、この字はひではない。ゆを書こうとして鉛筆が浮いたからこういう字になったのだ、この字は……」

春海のゆびが不二夫の山日記の上にさし出されると、それに負けずに牧月のゆびが山日記の頁にふれた。二本のゆびは山日記の上で、八の字につき合ったまま譲らなかった。

岩畑は頭の中でなにかがぐるぐる廻り出したような気分になった。彼は台所に立った。

バケツに氷が張っていた。氷を柄杓《ひしゃく》で割って、その水を、そこにあるふちの欠けた茶碗《ちゃわん》に汲《く》んで飲んだ。その茶碗が、ゆうべ、不二夫の棺箱の前に置いてあったものだなと思った。氷の水は咽喉《のど》をとおり胃の腑《ふ》に痛くしみた。

4

岩畑武は、病院の庭で味沢奈津子を待っていた。五時半に、庭で会いましょうと彼女の方から決めたのである。庭のおもちゃのような噴水は止めてあるのか、それとも水圧が低くて出ないのか涸《か》れたままになっていた。

彼はその涸れ池を何回も廻った。一廻りする毎《ごと》に一度は病院の窓を見上げた。ひょっとすると、その辺の窓から奈津子が白衣のままの姿を見せるかも知れないと思ったのである。

「お待ちどお様でした」

岩畑は病院とは反対の方から声をかけられてびっくりした。奈津子は病院から出て来たのではなく、外から病院に入って来たのである。

「病院から出て来ると思っていたの、あなたも？」

奈津子は声を上げて笑った。いかにもうれしそうな笑い方だったが、後が急に沈んでぷつりと切れた。

「不二夫さんと初めて待ち合せた時も、そうだったわ。今あなたがなさっていたように、窓を見上げてきょろきょろしていたわ。私は今夜当直なのよ、九時までに出勤すればいいの」

彼女はオーバーのポケットに両手を突込んで、肩をつぼめるようにして先に立った。

岩畑は彼女の後ろ姿をあらためて見直した。奈津子の方から声をかけられたのだからいいようなものの、こちらからだったら、奈津子を一眼では見分けられなかったに違いないと思った。一月前に山で会った時の彼女と、今ここで見る彼女とは別人のように見えた。

「今度東京へ転勤になったのですって、一月遅いわ。一月前にあなたが東京へ帰って来ていたら、不二夫さんはあんな死に方はしなかったのに……」

奈津子は早口な、少々ぞんざいに聞える口の利《き》き方をした。岩畑は歩きながら、一カ月前の八ヶ岳遭難の折のことのお礼を言ってから、あの時は、のぼせ上っていて、どうにもしようがなかったし、勤務が大阪だったので、不二夫の友人に対して、失礼をしていたようだから、あらためて、不二夫が山で使っていた道具をかたみとして贈りたいと言った。

「そのことはもう牧月さんと、春海さんから聞いて知っておりました」

奈津子はそんなことにはたいして関心を持っていないようだった。そうかと言って迷惑そうな顔でもなく、こちょこちょしたはや足で電車通りを越すと、角の喫茶店へ入っていった。

「めんどうなことでしょう、かたみ分けなどということは。ほんとうのことをいいますと、山屋さんたちは、山で死んだ人のかたみはあまり欲しがらないのです。山屋さんの中には案外こまかい神経の人が多いんですよ」

奈津子は、牧月も春海も言わなかったことを、岩畑の前で平気でいった。

「それではかえって失礼なことになるのかな」

彼は懐中から遺品リストを出しながら言った。ピッケルの下には蛭田《ひるた》、携帯用石油焜炉《こんろ》の下には牧月、ザイルは春海の名がしるされてあった。

「かまいませんわ、彼等《かれら》は貰《もら》って置いて、一月もしたら知らん顔をして、誰かに売ってしまいますから……山屋って、そんなちゃっかり屋ばっかりなんですわ」

岩畑には奈津子の言うことのひとつひとつが予想外であった。一月もしたら他人に売払ってしまうものなら、わざわざかたみだなどと言って持ち歩く必要はない。

「それで私にはなにを下さるの」

「あなたも一月もすると、誰かに譲り渡してしまうのですか」

「いいえ私は違います。もしお許し頂けたら、そのリストに載っているもの、全部、それ以外のものでも、不二夫さんの山で使ったものなら、なにもかも戴《いただ》きたいと思っています……今となっては、そんなことより他に私には……」

奈津子は下を向いた。せまって来るものをこらえている顔だった。その奈津子の顔は神妙な顔だった。男のような言葉使いで、さっさっと決めつけていく彼女とは違った女がそこに来て坐《すわ》っているようだった。

「あなたが希望されるならば、このリストのものを全部さし上げてもかまいません、その方が僕《ぼく》にとってはあきらめもつく……」

「あきらめですって?」

奈津子が顔を上げて、

「あきらめてはいけませんわ。あなたが上京なさったのは、不二夫さんがどうして死んだかを明らかにするための目的も含まれているのだと思います。ひるたにだまされた、という遺書を残した不二夫さんを、いかなることがあっても見殺しにはできませんわ」

あのことは荼毘《だび》の煙と共に消えてしまった筈だが、と迷惑そうな顔をしかかる岩畑に、奈津子は身体を前に乗り出すようにして言った。

「この一月の間に、蛭田さんのことを牧月さんと手分けして調べたのよ」

身体を前に突き出すと、彼女の唇《くちびる》もいく分突き出し気味に赤く光った。いくらか受口の可愛《かわい》い唇だった。

「調べたというと蛭田さんの身元ですか」

「そう、身元というよりも、私たちの場合は山のできごとですから、彼の山歴について調べてみたのです。彼とつき合っている山屋に片端から当ってみたのです」

片端からと彼女は言ったが、奈津子が上げた名前は数人に過ぎなかった。

「結局、彼の山歴についてはなにも分りませんでした。山歴については分らないけれど、彼が、山にかけては相当な経験を持っていることは、誰でも認めています。彼は、おそらく彼の経験について、単独行から得たものだと答えるに違いありません。そのへんから、彼の過去は疑惑に包まれて来るのですわ」

奈津子が疑惑に包まれるといったところで、岩畑にはぴんと来なかった。奈津子は、不二夫を愛していたがために、不二夫を失った悲しみを、蛭田に対する怒りに転換しているのではないだろうか。

岩畑が黙っていると、奈津子はそれに気づいたのか、しばらく口を閉じていてから、話し出した。

蛭田を知ったのは、南アルプスの山旅であった。奈津子たち、女ばかり三人のうちの一人が、疲労して困っているところを通りかかった蛭田が、荷物を持ってくれたことから奈津子は蛭田を知った。岩畑不二夫と蛭田との出合いも山であり、牧月と春海が蛭田を知ったのも山であった。岩畑不二夫の場合は、道を迷って困っているところに蛭田が通りかかったのがきっかけで、牧月と春海のパーティーが蛭田を知ったのは、牧月と春海のパーティーが使っている石油焜炉に故障が起きたのを、隣のテントにいた蛭田が手取り早く修理したことによる。

「私たちは四人共、偶然の機会で蛭田さんを知って、蛭田さんの仲介で山友達になったのですけれど、私も、牧月さんも、春海さんでさえも蛭田さんとは気が合わなくなり、結局、私たち四人のうちで最後まで蛭田さんとつき合ったのは、不二夫さんだけになりました」

奈津子の話し方は、岩畑が口をさしはさむ余裕のないほどの早口だった。必死にしゃべっているという感じだった。

「なぜ、みんなは蛭田さんと気が合わなくなったんです」

「あの男は、団体行動をしたがらないのです。そういう計画を妙にさけたがるのです。おかしいでしょう。あの男には、なにかこう自分をかくすような、山で他人と会っても顔をそむけるようなところがあるのです。気が合わなくなったというよりも、しばらくするうちに自然に離れていったといった方がいいかも知れませんわ。それに私達四人が、去年の夏頃揃《ごろそろ》って、エコー山岳会へ入会したことも、あの男と縁が切れたことになったのです」

奈津子が蛭田さんと言わずに、あの男といい出してから、蛭田に対して、悪感情を抱きながらものをいっていることがはっきり見えだしていた。

「あなたが蛭田さんと疎遠《そえん》になった理由は……」

岩畑は奈津子の話に乗せられたように、ついそんな言葉を口に出した。

「私の方から彼を避けたのです。私は彼よりも不二夫さんを愛していたからです」

「すると蛭田さんも不二夫と同じように、あなたに好意を持っていたのですね」

蛭田と不二夫が、奈津子の愛を争っていたということは重大なことだった。

「はっきり申し上げましょう、私は不二夫さんとは結婚の約束をしたのです。今年の一月です。私はそのことを蛭田さんに話しました。その方が、彼にもあきらめがつくと考えたのです。その時の蛭田さんの顔を、今でも私ははっきり覚えています。おそろしい顔でした。心の中で憎悪《ぞうお》の火を燃やしている顔でした」

奈津子は、岩畑のネクタイのむすび目のあたりを凝視して言った。針金のようなきつい視線だった。

「あの男は不二夫さんを殺したのです。嫉妬《しっと》です。それ以外に動機は絶対ありません」

奈津子は他人のような声でそう言った。

「動機は嫉妬であったとしても、どういう方法で不二夫は殺されたのでしょう」

それに対して、女は不快な表情を露骨にして言った。

「分りませんわ、私はこれから、そのことを明らかにしようと思っているのです。いかなる方法を取っても私はそれをやります」

「いかなる方法？」

「その中には、あの男と山へ行くことも含まれています。危険ですけれど、それ以外に、この謎《なぞ》を解く方法はないと思います」

奈津子の顔が蒼白《そうはく》になった。この女は緊張するとこういう顔になるのだ。美人ではないが、美しい方に属する顔である。肌《はだ》の白さと、眼鼻だちのととのい方は確かに美しいけれど、特にこれといって特徴ある美しさを感じさせるものは持っていなかった。自意識の強い顔だった。自分が美しいことを、過度に表現しようとしている顔つきだった。

「そんなことまでしていただかなくとも、不二夫はもう死んでしまっている——」

「いいえ、私はそうしなければならないのです。そうすることは、不二夫さんに対する私の責任だと思うのです」

岩畑はそれ以上なにも言わなかった。不二夫がこの女と結婚の約束をしたかどうかあやしいものだと思った。奈津子ひとりがそう思いこんでいるのではなかろうか、本当に不二夫がこの女と結婚の約束をしたのならば、ひとことぐらい実兄に言って来た筈《はず》である。

岩畑は、八ヶ岳の行者小屋で、奈津子が、こごえ切った手を床について、這《は》いながら不二夫の棺へ近づいて行った時の、ぎらぎら光った眼を思い出していた。

5

不二夫の引出しの奥に奈津子の手紙の束があった。婦人用の小型なものではなく、誰でも使えるごくありふれた白い角封筒である。

岩畑武は手紙の束の厚みを計った。十数通はある感じだった。

彼は手紙を日付順にそろえて、日付の古い方の一通を開いた。山という字がいたるところに使われている平凡なラブレターであった。山と共に生き、山と共に死にたいなどという言葉や、誰もいない山の中で二人で一晩星を見詰めていたいなどという文句が書いてあった。

彼は更に、一番日付の新しい手紙を開いて読んだ。内容はたいしてかわってはいなかった。山と共に生き、山と共に死にたいという文句がまたあった。結婚の約束らしいものはないし、二人の関係が、それほど深入りしているものとは考えられなかった。

(やはり、奈津子の思い過しではなかろうか。あの女は不二夫が死んだということで、なにかやたらに昂奮《こうふん》してあんなことを言っているのではないだろうか)

岩畑はそれ以上奈津子の手紙を見る気はしなかった。全部そろえて、彼女に返送しようかと思いながら、もう一度手紙を並べ直していると、しまいの方にやや封筒のかたちが違ったのがあった。上書きの書体も違っている。裏を返して見ると蛭田義雄と書いてある。蛭田の手紙がなぜここにあったかについて考える前に、彼はまず封筒を開いた。

間違いだらけの下手な字が並んでいた。八ヶ岳山行に関しての用件だけが、ごたごた書いてあった。

(きのう、ケルンの社長にあった。社長の話では、赤岳石室小屋《いしむろごや》には番人がいるそうだ)

岩畑は、赤岳石室小屋には番人がいるそうだという文句にひっかかった。不二夫の山日記には、無人と書いてある。石室小屋に番人がいて、火の気があったら、なにも無理をして行者小屋までくだる必要はなかった筈だ。

岩畑は奈津子からの手紙の束をもう一度調べ直した。蛭田の手紙はそこにはそれだけだった。同じような角封筒の手紙だし、奈津子の手紙と同じ日に来て、そのまま机の奥にまぎれこんだものと考えられた。

蛭田の手紙はほかにも三通あった。柱の釘《くぎ》にかけた状さしの中に、他から来たどうでもいいような手紙に混《まじ》っていた。山行についての打合せしか書いてなかった。

岩畑はなにかにつき当ったような顔をしてしばらく立っていたが、急に思いついたように、不二夫の山のアルバムの中から蛭田義雄の写真を一枚ひきはがすと、階下におりて、家人にことわって外に出て行った。不二夫の下宿していた家は、遠い親戚《しんせき》に当っていた。不二夫が遭難した当時、既に岩畑の東京転任は決っていたから、不二夫の部屋はそのまま岩畑が借りることに決められていた。不二夫の居たころと少しも違ってはいなかった。

岩畑は牧月平治に電話をかけた。蛭田の手紙の内容について、一応調べてみる必要があると感じたからである。しかし、彼は、牧月が電話に出ると、急に気がかわった。このとおりのことを言えば、牧月はまた殺人という言葉を口にするに違いない。

「やっと不二夫の下宿に落ちつきました。どうぞ遊びに来て下さい」

「そうですか、あなたが、東京へ来て下さって助かりましたよ。八ヶ岳の一件は、このままほってはおけませんからね」

牧月がほっては置けないと言った気持が、岩畑のその時の気持だった。しかし彼は手紙のことに関してはすべて、彼ひとりで調べてみたかった。彼は電話を切ると、すぐ電話帳でケルンという店を探した。

その喫茶店は新宿駅からそう遠くないところにあった。ドアーを押して入ると、すぐそこに大きくふくらんだルックザックが置いてあった。壁には山の写真や山道具が掛けられ、山から帰って来たばかりのような男女が数組、大きな声で話し合っていた。

「ちょっとうかがいますが、社長さんいらっしゃいますか」

岩畑はレジの女に聞いた。

「社長？　あのマスターのことでしょうか」

岩畑はそれには答えられずに困ったような顔をしていると、女は彼をそこに待たして地下室へおりていって、直《す》ぐ蝶《ちょう》ネクタイをした小柄《こがら》な男をつれて上って来た。男は岩畑にていねいに頭をさげた。

「あなたが社長さんですか」

「私はこの店の経営者ですけれど、なにか」

男の顔に岩畑を穿鑿《せんさく》するような表情が浮んだ。

「あなたは今年になって、八ヶ岳へ行ったことがございますか」

「山ですか、いそがしくて近頃はさっぱり」

「でも、社長に八ヶ岳の赤岳石室小屋のことを聞いたという人が……」

といいかけると、この店の経営者はそれでよく分ったというように、にわかに相好《そうごう》を崩した。

「人違いですよ、社長というのはあだななんです。山の連中は、やたらにあだなをつけたがる癖がありましてね、それも長のつくあだなが多い。うちの店へ来る常連の中でも、社長、駅長、中隊長、次郎長、婦長、かわったのでは女子挺身《ていしん》隊長などというのがあります。社長なら、間もなく来ますよ、社長、駅長、中隊長みんないい人ばっかりです。水が大変お好きなお客さまたちです」

店の主人は笑いながら地下室へおりていった。蛭田の手紙には字の間違いが多かった。ケルンの社長と書いてあったが、ケルンで社長に会ったと書くつもりだったのだろう。岩畑は椅子《いす》に腰を落ちつけた。間もなく来ると言った社長という男は、岩畑を二時間も待たせて店に現われた。赤いチョッキを着た日焼けした顔の男だった。

「私になにか御用でしょうか」

社長という男はレジの女に教えられたらしく、自ら岩畑の前に来て坐った。坐りながら、持って来た水の入ったコップを前に置いた。

「あなたは、蛭田義雄という男を御存じですか」

「知りませんね」

男はコップの水をなめるように口に当てた。

「なにかお飲みになりますか」

「おごってくれるのですか、それは有難《ありがた》い。われわれはここでは水しか飲まないんです。コーヒーを飲みたくとも金がないからです。この一杯の水で三時間はねばりますかな」

男は白い歯を出して笑ってから、その蛭田義雄がどうしたかと聞いた。岩畑はふところから用意して来た写真を出した。弟が撮影した蛭田義雄の山姿の写真である。

「なあんだこいつか、佐村じゃあないか、佐村義雄ですよ。こいつならよく知っています」

「この人に二月の始めごろ、このケルンで会って八ヶ岳の赤岳石室小屋のことを、訊《たず》ねられたことはありませんでしたか」

「八ヶ岳の赤岳石室小屋に番人がいるかいないかということでしょう。確かそれは、新宿駅のプラットフォームで会ったとき訊《き》かれたから、正月過ぎたら居なくなる筈だと答えてやった。ここではないですよ。あいつは、あの事件以来、このケルンには寄りつかなくなった。寄りつけなくなったといった方がほんとうでしょう。ここは、山仲間の巣ですからね」

「あの事件以来？」

岩畑がきっとなると、男はまずいことを言ってしまったなというような顔をした。

「あの事件以来という意味は」

「あなたには関係ないことです」

その時になって男は岩畑を警戒しだしたらしかった。男の眼《め》は、獲物を狙《ねら》う猟師のようにするどかった。八ヶ岳で会った山男たちと共通する、よく光る眼だった。岩畑は自分の方のことを話さなければ、相手は決して蛭田のことは言わないだろうと思った。岩畑はしばらくためらった。こっちのことはなにもかくすことはないのだ。そんなふうに立場を明らかにすると、既に胸の中で蛭田を犯人視している自分を感じた。

6

その辺はひどくほこりっぽいところだった。団地族を狙って建てられたらしい商店が、麦畑や空地の中に数軒並んでいた。ものすごく道の悪いところであった。歩くと靴《くつ》がほこりの底に沈んだ。雨の日が思いやられる。団地はそれらの商店とはかなり離れたところに超然としていた。団地族の細君たちはそれらの店を軽蔑《けいべつ》したような眼で睨《にら》んで、町の方へ買物に行った。それでも幾人かの女は、そのあまり安くはなさそうな店で品物をあさっていた。

蛭田商店はその店の一つであった。トタンの雨戸がしめてあって、それに下手な字で、勝ってながら休ませていただきます、とマジックインクで書いた半紙がはりつけてあった。岩畑はその貼紙《はりがみ》の前で立止った。マジックインクの勝ってという字を鉛筆で消して、勝手と書いてある。鉛筆の字はマジックインクよりもっと下手な字であった。

裏に廻《まわ》って木戸を押して入ると、いかにも欲の皮が突張ったような顔のおやじが、前掛け姿で、空瓶《あきびん》の整理をやっていた。

「蛭田義雄さんはいらっしゃいますか」

岩畑の呼びかけで、主人の欲の顔が、嫌悪《けんお》の表情に変った。

「いませんよ、なんの用だね」

それが最初の挨拶《あいさつ》だった。岩畑は丁寧なことばで八ヶ岳で遭難した不二夫の兄であることを言うと、主人の顔は今度はこわばった。いませんよ、どこに行ったのかねと、彼は急に無関心を装うような態度を取った。

「待たせていただいてもよろしいでしょうか」

「それはあんたの勝手だが、あいつはいつ帰って来るか分りませんよ、山へ行ったんだから」

「それでは、お父さんのあなたに……」

そう言いかけると主人はくるっと向きをかえて、

「確かにあいつはおれの甥《おい》で養子に貰《もら》いましたが、あいつのしたことをなにからなにまで、おれが尻《しり》ぬぐいしなければならないという法律はないでしょう」

声は大きいが震えていた。それではお父さんのあなたにと岩畑が言ったのは、別にいいがかりをつけようとしたためではなく、伝言を頼もうとしたのである。それにもかかわらず蛭田義雄の義父の開き直り方は、岩畑に、社長というあだなの山男が言ったことを裏書きするのに充分だった。

佐村は続けて二度の遭難事故を起した。初めは、北アルプス、二度目は谷川岳《たにがわだけ》で、いずれの場合も、佐村と同行した男が疲労して動けなくなったのを置いて、佐村が救助を求めに山小屋へ走っている。岩畑不二夫の場合と全く同じように相手の死因は二人共疲労凍死だった。

谷川岳の場合は遺族の側から、佐村義雄が殺したのではないかという疑いがかけられて訴えられたので、一部の新聞がこれを取上げて問題にした。結局、証拠不充分で不起訴と決った。佐村義雄が蛭田義雄になったのは、その後である。

岩畑は黙って突立っていた。黙って突立って、蛭田商店のおやじの顔を見つめていると、おやじの顔に動揺が起きた。はったりが効《き》かない相手だと思ったのか、それとも、怒らせたら損になるという計算に達したのか、おやじは前掛けでばたばた手をはらうと、

「とにかくお上りになりませんか」

と言った。リヤカーの音がした。岩畑がふりかえると、山へ行っている筈の蛭田義雄がそこに立っていた。

「実は今度東京へ転任になりましたから、その挨拶と、不二夫のかたみ分けのことについて相談に参りました」

岩畑はとぼけた。今ごろかたみ分けはおかしいし、大体遭難者のかたみなぞ欲しがるものはないことは奈津子に聞いて知っていた。

「そうですか、それはそれはどうも」

おやじの方が返事をした。岩畑に対して警戒心を解きかけたようだった。

蛭田義雄の部屋は屋根裏にあった。部屋ではなく、寝間に少々格好つけたようなものであった。そこで、岩畑は蛭田と山の話をした。蛭田は八ヶ岳で会った時と同じように、常にひかえ目であった。話が不二夫の遭難にふれると、しゅんとした顔になる。自責の念にかられているようであった。

「赤岳石室小屋に番人がいる予定だったんじゃあないですか、不二夫の持物を調べていたら、あなたの手紙があった」

岩畑は用件にふれた。

「一月に私の友人が行った時には、確かに居たんです」

「その時にはいたが、不二夫と行った時には無人だったというわけですね。番人がいるかいないかはよく調べてはなかったのですか」

「われわれは、どっちでもいいような準備をしていきました」

蛭田の答え方がそこで曖昧《あいまい》になった。ここが違うのだぞ——岩畑は頭の中で赤岳石室小屋について、社長というあだなの山男のいったことと、蛭田が不二夫に宛《あ》てて書いた手紙のことと、今蛭田がここで言っていることを比較した。

〈小屋番は正月休みが過ぎれば下山する予定だということを、あいつによく言っておいた筈《はず》だ〉

社長という山男はこう言った。蛭田は小屋番のいないことを知っていたのだ。知っていながら、不二夫には、小屋番はいると言ってあるのだ。

屋根裏部屋の窓から夕焼け空の一部が見えた。せばまれた範囲の中に見る空は異様に赤かった。

「僕も、弟のように山へ行くようになるかも知れません」

岩畑は帰る時そんなことを言ったが、蛭田はなにも言わずにうなずいただけだった。

土曜日が来るまでに岩畑はすっかり準備をととのえていた。彼は弟が下宿に残して置いてくれた山靴を穿《は》いて、深夜の新宿駅からひと月前に牧月と一緒に乗った汽車に席を取った。列車は茅野《ちの》駅に未明に着いた。彼はそこで夜の明け放れるのを待ってバスに乗った。

バスは朝もやに包まれている八ヶ岳に向って、悪路を登っていった。バスからおりて、まだ凍っている道をかなり歩いたところに、赤岳石室小屋の持主の家があった。かやぶき屋根の大きな家だった。日はもう上っていた。

主人は庭で薪《まき》を割っていた。血色のいい男である。

「暮から正月にかけては登山者が多いから小屋はあけて置きました。そうですね、小屋をとじたのは一月十日でした。去年も今年もそうでした。来年あたりから、一年中番人がいるようにしようかと思っていますが、どうなるずらか」

主人は最後にこの地方の方言をつかって笑った。

「小屋に番人がいるかどうかの問合せは、たくさんあるでしょうね」

「それはあります。神風《かみかぜ》登山などと、悪口を言う人もいますが、なかなかどうして、近ごろのみなさんはしっかりしていましてね、やることだけはちゃんとやって登って来ますよ」

主人はそつがなく登山客を讃《ほ》めた。

「蛭田義雄という人から問合せはありませんでしたか、一月の終りごろか二月のはじめです」

多分ないだろうと思ったが念のために聞いた。主人は岩畑の顔をちょっと見たが、直ぐ家の中へ入って手紙の束を持って来た。

「これですね」

主人は一枚の葉書を出した。蛭田から二月上旬頃、赤岳石室小屋に泊りたいが番人がいるかいないかの問合せの手紙だった。

「勿論《もちろん》返事はお出しになったでしょうね」

「あたり前です」

主人が炬燵《こたつ》に当って、茶を飲んでいけというのをことわって、岩畑は外に出た。雪をいただいた八ヶ岳が見えた。なだらかな線をひく麓野《ろくや》の先は煙っていたが、この前帰る時に、そこに富士山を遠望したことを思い出していた。

日かげにはまだ雪が残っていた。

岩畑は外套《がいとう》の襟《えり》を立ててバスを待った。蛭田義雄は石室小屋が無人であることを手紙まで出して確かめていたのだ。無人小屋であることを知り切っていながら、弟には番人が居ると信じこませてつれていったのだ。登山歴の浅い弟の不二夫が、火の気一つない、雪に埋れた小屋を見たときどれだけがっかりしたことであろう。

おそらくその夜は寒くて眠れなかったに違いない。一夜で不二夫は精神的にも肉体的にも大きなショックを受けたに違いない。不二夫の疲労死への一歩はこの無人小屋の中から踏み出されたのだ。

（蛭田が弟を殺したのかも知れない。不二夫はその事実を遺書に残そうとして、ひるたにだまされたと書いたのだ）

岩畑は内ポケットから、不二夫の山日記を出して、遺書のところを開いた。

明るい日ざしがそれを照らした。ゆるしてくださいた、そう読めた。そんな筈はない。ひるたにだまされた、と不二夫は書いたのだと思っても、明るい太陽の、乾燥したつめたい大気の中で読む字は、ゆるしてくださいた、であった。

彼は気負いこんでふり上げたこぶしのやりばに困ったような顔で、山日記をふところに入れた。胸に抱くと、山日記の厚みが、彼の心臓の上をおした。心臓の動悸《どうき》が衝《つ》き上げるように感じられた。ひるたにだまされた。彼は山日記の遺書を心の中でそう読み直した。

茅野駅でバスをおりて車掌に高林医院と聞くとすぐ分った。そこの医師が、弟の検死に立会ったことを警察に手紙を出して確かめて来たのである。本日休診の木札がかかっていたが、案内をこうと、眼の大きな可愛《かわい》い男児が二人飛び出して来た。その後を追うように一月前に山で会った医師が現われた。子供をつれて、どこかへ出掛けようとしていたところらしかった。岩畑は来意を告げた。

「あなたが検死して下さった、弟の死に顔はどんなでした。あなたが前におっしゃったように静かな死に顔でしたか」

岩畑が東京からわざわざ来たと聞いて、医師は彼を診察室に通してから、

「静かな死に顔でしたよ、なぜそんなことをお聞きになりたいのです」

「弟が疲労のために眠るように死んでいったか、最後まで死と戦っていたかが問題なんです。最後まで戦って死んだなら、苦痛の表情をしていた筈だと思います」

「苦痛が表情に出るのは生きている証拠です。人間は死ねば表情はなくなります。いわゆる仏の顔になるのです。ただ、死の直前まで苦しんだ人にはやつれは残るでしょう。げっそり頰《ほお》がこけているとか、ひげが延びているとか、しかしそれは、いわゆる表情ではない。死んで何時間かたった人間の顔は静かな死に顔です」

医師はやや早口でそう答えた。

岩畑は、高林医院を出て腕時計を見た。十一時である。朝からなにも食べていないのに、不思議に食欲はなかった。彼はうなだれたまま駅の方へ歩いていった。

岩畑は茅野駅に立って上りの汽車を待っていた。ここでは調べることはすべて調べた。あとはただ実行するだけである。

岩畑は、社長というあだなの山男の言ったことばを頭に浮べた。

〈要するに、山で起きたことは山以外に誰《だれ》も知らないのです。あなたの弟さんの死が不可抗力のものだったか、蛭田義雄があなたの弟さんを殺すつもりで殺したか、ひどい目に会わせるつもりだったのか、それとも、途中で足手まといになって捨てて逃げたのか、誰も知ることのできないことだと思うんです。ただ、彼の山の前科を合わせて考えると、彼は山を二人だけで歩いていてある状態になった時、ふと相手を捨てて逃げようというような気になる性質の男かも知れません。もっと悪く考えると、相手を疲労凍死に追いこむ過程を楽しむ、憎むべき凶悪犯人ということにもなります。誰にも分らないことです。その真相を知ろうとするならば、自ら彼と共に山へ行かねばならない〉

岩畑は、プラットフォームを歩きながら、この言葉を何度も何度も反芻《はんすう》していた。

7

その運動具店はかなり名の知れた運動具店だったが、登山用品に対してはあまり熱意がないようだった。夏ごろまでは登山用品の売場だった二階はゴルフ用品の売場になっていた。

岩畑は、二階に登っては見たものの、部屋の隅《すみ》におしこめられた僅《わず》かばかりの山道具の陳列品を見ると買う気がしなくなった。彼はそのまま廻れ右をやった。二度とこの店に来るつもりはなかった。

階下ではありとあらゆる運動具を売っていた。その売場を通って外へ出ようとしていると肩を叩《たた》かれた。牧月平治が立っていた。

「しばらくでした。あれからそろそろ一年になりますね」

牧月は手にこの店で買ったらしい包み紙を持っていた。岩畑がそれに眼をやると牧月は、

「ゴルフの球です。課長の使いで買いに来ていたんですが、あなたを見かけたのでね」

牧月はボールの包みをポケットの中へねじこむと、

「今日ここで会わなくても、あなたと近日中に会わねばならないと思っていました」

牧月は腕時計を見た。

「上へ行って話しましょう、なるべく手っ取り早い方がいいですから」

牧月はエレベーターの乗り口をゆびさして言った。エレベーターに乗るとすぐ牧月は岩畑の耳もとで囁《ささや》くように、

「たいした張り切り方らしいですね、山はほとんど毎週でしょう。夏には八ヶ岳の完全縦走をやったそうですね」

牧月の顔には幾分の皮肉がないでもなかった。内緒で山をやっているつもりだろうが、おれはなにもかも知っているぞというふうな顔だった。

岩畑は肯定も否定もしなかった。ただ、牧月にここで会ったのは少々うるさいことだと思った。

ビルの屋上にはゴルフの練習用のネットが張ってあった。ゴルフの練習に来る客の為《ため》にテーブルと椅子《いす》が二つ三つ置いてあった。そこには誰も坐《すわ》ってはいなかった。男たちは順番が待てないのか、それとも、技を研究するのに熱心なのか、申し合せたように突立ったままで、腕を組んで他人が球をひっぱたくのを眺《なが》めていた。

「あなたが、なんのために山をやり出したかも、ちゃんと知ってるんです」

坐るとすぐ牧月が言った。

「別に目的なんかないですよ。八ヶ岳で死んだ弟の霊をなぐさめるために、去年の春、雪どけを待って、八ヶ岳へ登って以来山が好きになったまでのことです」

「いや、ご立派ですな」

牧月平治はつんとした顔をして、

「敵をいつわる前にまず味方をいつわれという寸法なんでしょう、それならそれでもいいですが、僕《ぼく》にはあなたが、なにをしようとしているかちゃんと分っています。不二夫君の遺品を山友達に分けるのをやめて、あなた自身山をやると言い出した時に、ははあなるほどと感づいていたのです」

「なにを感づいたのです」

「あなたは、不二夫君のかたきを山で討とうとしているのです」

岩畑は返事のしようがなかった。かたきを討つなどという言葉は、あまりに時代ばなれしていた。

「僕はあなたが、赤岳石室小屋の持主のところへ行ったことも、新宿のケルンで社長に会ったことも知っています。あなたが山を始めたにもかかわらず、不二夫君の旧友とは蛭田以外には交際せず、不二夫君の所属していたエコー山岳会にさえも入らず、全然別行動を取っていることを見ても、あなたがなにをたくらんでいるかが分るのです。あなたが、去年の春からあらゆる機会を利用して八ヶ岳へ行くようになったのは、山に憑《つ》かれたのではなくて、蛭田に対する復讐《ふくしゅう》に憑かれているのでしょう」

牧月はそう思いこんでいるようだった。岩畑が弁解したところで、牧月の考えをにわかにくつがえすことはできそうにもなかった。

「いや、立派なものですよ、あなたは。去年の春から、今までに、八ヶ岳には十回以上はでかけているでしょう。八ヶ岳にかけては僕等よりあなたの方がくわしいくらいだ。そして今年の冬になってからも、あなたは十二月初めと正月に一度、あの不二夫君の遭難したコースをやっている。あのコースを研究していると言った方がいいでしょうね」

牧月はそこで言葉を切って、眼を、ゴルフの練習所の方へやった。手を持ちそえるようにして、若い男が、頭髪の白い男に、球の打ち方を教えていた。

「今度は当るよ」

牧月はその老紳士が的に向ってかまえた時に言った。白い球は金網の中の空間を飛んで、的の下部に当った。

「どうです、当ったでしょう」

牧月はゆっくり立上って、上から、岩畑をおさえつけるように見て言った。

「岩畑さん、あなたは、この二月に、おそらく不二夫君の命日を期して、蛭田とふたりで、あのコースをやるつもりなんでしょう。どういう方法で、あなたが、不二夫君のかたきを討つかは聞かないことにしましょう。だが、僕があなたに注意したいことは返り討ちということもあり得るということです。なんといっても、蛭田の方があなたより山にかけては上手《うわて》です。あいつとふたりだけで冬山をやったら、死ぬのはあなたに決っています。不二夫君と同じように置き去りにされますよ、おやめになった方がいいでしょう。私も蛭田を殺してやりたいほど憎んでいます。だからあなたの気持はよく分りますが、やはり敵討《かたきうち》という思想は古い、あなたはきっと失敗して置き去りにされる。すなわち疲労凍死をするのです」

そこまで聞いていると、岩畑はさすがに腹が立って来た。岩畑はきつい眼で牧月を見返して言った。

「あなたがなにを想像しようがあなたの勝手だが、僕の前でそんなことを言って貰いたくないね、実に不愉快だ」

「不愉快でも、聞いていただかねばならないから言っているのです。御存知でしょうが、奈津子さんは全くあなたと同じ意図の下《もと》に蛭田に近づいて行って、見事に返り討ちに会っている」

牧月は岩畑の顔色をうかがいながら言った。

「返り討ちという意味は」

「ひとくちに言えば、彼女は今や蛭田のものになったと言えましょう。蛭田と彼女が同じ寝袋に入っているのを見たという奴《やつ》さえあるのです」

牧月は妙な笑いを浮べて、

「それでも彼女の場合は、生命《いのち》に別条はない。しかしあなたが返り討ちになるということは、あなたが死ぬということになるのですよ」

牧月は、コンクリートの床を靴底でけとばしながら言った。

8

春海重郎は約束どおり六時きっかりに、喫茶店ケルンに来た。

「近頃《ちかごろ》また山の遭難が多いですね」

春海重郎は席につくと、岩畑に、最近山で起きた遭難について話し出した。よく調べてあった。まるで捜索隊に参加したようにくわしいのである。岩畑は聞き手を務めていた。春海重郎のよく動く口元をながめながら、なんのために、この喫茶店へ呼び出されたのかを考えていた。

「結局遭難というものは、起るべくして起っているのですね。起る前から、起ることが予想できるのが山の遭難です」

春海がそう言った時、岩畑は大きく相槌《あいづち》を打って、微笑を浮べた。春海重郎の心のうちが読めたからである。

「あなたは、僕が八ヶ岳へ行くのをよせと言いたいんでしょう。そのために僕を呼び出したんじゃあないですか」

するとと春海はひどくあわてて、コップの水を照れかくしのように飲むと、

「そういうわけでもないのですが、牧月君から話も聞きましたので」

春海は、それまで話していた山の遭難の一般論とは打ってかわったように、しんみりと、声を落して、

「要するに山行に参加するパーティーの誰かの心の中に、ほんのちょっとした不純なものがあっても、それが山では大きく拡大されて遭難を起す原因となるというのが僕の持論なんです。あなたが、今度蛭田君と八ヶ岳へ行くについて、あなた方の心の中に、ほんのちょっとでも、しっくりしないものがあったら、遭難は起り得るのだということを、僕はあなたに忠告したいのです。僕はあなたが不二夫君の死因について未《いま》だに疑念を持っていて、それをなんとか解決しようとしている気持はよく分ります。そのことについて僕はあなたに是非おすすめしたいことがあります。不二夫君が山日記に書き残した遺書です。あれを、(ひるたにだまされた)と読むか、(ゆるしてください)と読むかを筆跡分析で決めるのです。その研究家に僕はある人の紹介で会って来たのです」

春海はひといきついた。

「まさか、あれは字ではない符号ですよ。まともの精神状態で書いたものじゃない。

筆跡というほどのものではない」

「そのことも話しました。私のノートにうつし取ってあるあの符号のような字を見せましたが、その大学教授は、多分分析できるだろうというのです。筆跡を比較判読するいわゆる筆跡鑑定ではなく、分析するのです。問題の字をいろいろの器械にかけて、運筆の角度、字の圧力などから、一字一字を分類していくのです。そうすれば必ず分るのだと言っていました。既に学界にも発表されていますし、外国でもこの研究に注目しています。ただ問題は不二夫君の書いた字が、どの程度あるかということです。日記の字、手紙の字、酔っぱらった時に書いた字などがあれば、都合がいいと言っていました」

「なるほど、科学的に分析すればあの符号のような文字でも分るというのですね。分析していただきましょう、不二夫の書いたものならかなりあります」

岩畑はすぐ奈津子のことを思い浮べた。あの女は不二夫の手紙を兄貴のおれよりも多く持っているかもしれない。

「いやこれでほっとしました。山男が殺人などということをする筈はありません。蛭田君は立派な山男です。遺書の筆跡分析で、そのことははっきりします。彼と山へ行くのはそれからにしたらいいでしょう。山へ行くには心の中にわだかまりを持っているのが、一番いけないことなのです」

春海は明るい顔をして言った。これでなにもかも円満におさまったというふうな天下泰平な顔だった。

それが、岩畑にこつんと来た。春海が不二夫の死を飽《あ》くまでも、彼の考えどおりに帰結しようとするところが不満だった。

「筆跡分析の結果は、あなたの考えどおりにはいかないかも知れませんよ。とにかく至急、山日記の遺書と不二夫の書いたものを集めて、あなたのところへ持っていきます。しかしそれとは別に、僕は八ヶ岳へ蛭田さんとでかけます。私には私の考え方がありますから」

岩畑は立上った。岩畑が立上ると、むこうのボックスにいた、黒い顔の男がこっちを向いて、やあと声をかけて来た。前にここで会った社長である。その時と同じように彼は水の入ったコップを前に置いていた。

社長は大きな背延びをしながら立上ると、岩畑の前にやって来て言った。

「あなたも、とうとう山屋になったそうですね」

社長が大きな声でそんなことを言って前へ坐ると、春海はすぐ席を立った。社長と軽い会釈《えしゃく》をかわしたところを見ると、ふたりは顔みしりのようであった。たがいに知ってはいても、タイプの違う山男である。

「この間、谷川でむすめ後家と歩いている蛭田のやつに会いましたよ。あなたにはむすめ後家と言っても分らないでしょうが、その女はあなたの弟さんの恋人だった味沢奈津子です」

社長はひょいと立上って、いままで彼の居たテーブルの上にある水のコップを持って来た。

「なにか取りましょうか」

岩畑が言った。

「有難《ありがた》いですね、じゃあウイスキーを一杯、すみませんな」

社長はウイスキーを一杯口にすると、味沢奈津子のむすめ後家という綽名《あだな》について説明を始めた。

「あの女は、山男にむやみと惚《ほ》れたがる女でしてね、山で知り合った鼻下長《びかちょう》野郎には直《す》ぐ手紙を出す。それだけならいいが、その相手が死にでもしたら、彼女はその死を全部自分に結びつけるんです。五竜《ごりゅう》で金崎が死んだら、金崎さんは私に失恋して死んだといいふらしたし、聖岳《ひじりだけ》で源ちゃんが死んだら、私は処女後家《むすめ》になったというんだ。歌の文句にあるでしょう、山男には惚れるなよ、山で吹かれりゃ若後家さんよ、をもじってむすめ後家と言ったわけなんだ」

社長はまだその先を言いそうだった。岩畑は弟の不二夫のことについては言って貰《もら》いたくはなかった。

「山男に夢中だということは、山に熱を入れ過ぎているってことでしょうか」

社長はちょっと黙った。

「その点はおれたちと同じなんだな、あの女も。おれたちと同じように、山のことを考えずには生きていけないんだ……」

社長はしんみりした顔をした。

「蛭田さんも、やはりそういった種類の山男なんですね」

岩畑はわざと話を蛭田に持っていった。

「いや違う、あいつはおれたちの仲間じゃあない。あれは山男ではない」

社長はきつい眼《め》で言った。

「理由はない。しかし、俺《おれ》は去年の今ごろあなたに話したとおり、あいつを信用していないのだ。あいつは陰性な男なんです」

社長は残りのウイスキーを飲み乾すと、不愉快をおしかくしたような顔をして、店を出ていった。

岩畑はなにかじっとしていられない気持だった。不二夫の死因についてその解答はすぐ眼の前まで来ているような気がした。いずれにしても、蛭田との八ヶ岳山行において決定づけられるもののように考えられる。その前にしなければならないことがまだ多く残っている。

岩畑は立上った。壁に八ヶ岳の写真がかかげられていた。写真の下に、すすけた背負子《しょいこ》が掛けてある。

彼はしばらくその写真を見詰めていたが、大股《おおまた》でカウンターに近づいて行って電話機に手をかけた。

奈津子が病院にいるとすれば夜勤である。居なければ、奈津子のアパートへ電話を掛ければいい。夜勤で病院にいるよりアパートに居ることの方が確率が高い。しかし岩畑は、奈津子が病院に居るような気がしてならなかった。

奈津子は病院にいた。

「まあしばらく、このごろあなたもすっかり山屋になったんですってね」

奈津子は社長と同じような口のきき方をした。

「至急あなたに会って、お願いしたいことがあるのです」

「なんでしょうか」

「弟の不二夫のことです」

それに対して奈津子の返事はなかった。受話器を耳に当てたまま、考えこんでいる奈津子の白い顔が分るような気がした。

「いそぐんです、いそいでいるのです」

岩畑はいつになく昂奮《こうふん》している自分を意識していた。奈津子に会いたいのだ。奈津子の変り方が知りたいのだ。不二夫の死因は、その辺にありそうにも思われてならなかった。

「三十分ぐらいなら、出られるわ」

奈津子は岩畑との会見を望んではいないようだった。

約束の時間より二十分もおくれて奈津子は、洋菓子屋の二階の喫茶室へやって来た。

彼女は岩畑を見ると、白い歯をちらっと見せて笑った。

「実はあなたにお願いがあるのです、不二夫の手紙を返していただきたいのです」

岩畑は驚いている奈津子にその理由を話した。奈津子の顔が、明るくなった。

「そうですか、なぜそれに早く気がつかなかったのでしょう。結果は分っていますわ。不二夫さんはゆるしてくださいた、と書いたに相違ありません」

「しかし、あなたは、あの遺書をひるたにだまされたと読んだでしょう」

岩畑はややきつい語調で言った。

「あの時はそう思っていました。でもその後、それは私の誤解だったことに気がつきました。蛭田さんに疑いをかけたのは、私のあさはかな考えからでした。あの人は立派な山男です。山で人を殺すような人ではありません」

彼女ははっきり言った。

「しかし、蛭田さんには前科がある。谷川の時には遺族から訴えられてさえいます。あなたは蛭田さんの前の名前を知っていますか」

岩畑はこんなことで奈津子と議論をしに来たのではなかったと思いながらも、予期しない方へ話がずれていくのを止めようもなかった。

「多分、あなたは、そのことを社長から聞いたのでしょう。前科って言葉はひどいですわ、なぜそんないやな言葉をお使いになるのです。パーティーを組んでいた友人が死んで生き残ったという例はいくらでもあるでしょう。生き残った人に前科者の汚名を着せるならば、あの社長だって前科三犯ですわ。あの社長の場合の方が、疑う段になると、蛭田さん以上にキナ臭い点があります。社長だって、穂高事件の時は家族に訴えられていますわ。社長が自分のことをたなに上げて、蛭田さんの悪口を言っていることには理由があります。あの二人は、同じ山屋でも色合が全然違うのです。社長は綽名《あだな》のとおり、ボス的山男だし、蛭田さんは、静かに山を愛するタイプのひとでしょう。もとからあの二人は気が合わないのです」

奈津子は、蛭田が懸り合った遭難事件について、いちいちこまかく説明を始めた。かなりよく調べていた。どの場合も友人を棄《す》てて逃げたのではなく、助けようとしたが間に合わずに死んだという結論だったが、言外に蛭田をかばおうとする意志ははっきりしていた。三十分という時間が一時間になった。閉店時間が近づいたらしく、店員たちが物を片づける音がうるさく聞える。

「岩畑さん、あなたが、今も尚《なお》蛭田さんを疑っていることは残念なことだと思います。今度あなたと蛭田さんが八ヶ岳に行くことについても、私は、非常に心配しているのです。はっきり言いましょうか。あなたが、蛭田さんにへんなことをしはしないかということなんです。私だけではありません、牧月さんも春海さんも同じように考えています。だから私たちはあなたがたふたりの援助支隊《サポーター》の資格で、行者小屋まで行っていようと相談しているところです」

岩畑は奈津子に言うべきことはなにもなかった。この女は蛭田に惚れているのだ。蛭田の完全な味方になり切ってしまったのだ。岩畑はそのことについて、奈津子の背信だとは思わなかった。奈津子の背後にいる蛭田が大きく浮び上った。蛭田はなにもかも計画的にやっていったのではなかろうか。弟を殺し、弟の死について疑問を持って近づいていく奈津子を、うまいこと手中におさめたのではなかろうか。

岩畑は不二夫の手紙のことをもう一度奈津子に念をおしてから腰を上げた。すべては、今度の八ヶ岳山行において解決するだろう。彼はその計画を頭に描きながら、凍《い》てついた街へ出て行った。

9

雪に埋もれている本沢温泉は地形的に言っても八ヶ岳の一部である。温泉と名はついているが、冬は番人がいるだけである。

「ずっと春までひとりですか」

岩畑は番人に言った。淋《さび》しいだろうとなぐさめるつもりだった。

「そうです。ひとりですが、馴《な》れていますから。それに近頃は登山者が多くなってね、たいてい一週間に一組や二組は泊りますから」

「毎年冬になると、ここへ来るのですか」

「そうです。夏は野良《のら》仕事、冬はここの番人、あなたがたのいうアルバイトというやつですかね」

「すると去年の今ごろ、蛭田さんと僕の弟がご厄介《やっかい》になった時も」

そういうと、番人は改めて岩畑の顔を見直してから、

「ああ、あなたは去年の冬遭難された方のお兄さんですか。そうでしたか、弟さんはお気の毒なことになりました」

「赤岳石室小屋が無人だったからなんです。人がいると思って行ったところが、居なかった。その誤算が冬山に馴れない弟を……」

岩畑はそう言いながら番人の顔色をうかがった。あるいは、この番人の口から石室小屋について、なにものかが、引出せるかも知れない。

「いや、赤岳石室小屋が無人だということは、私からおふたりによく話しておきました」

「で、弟はなんていっていましたか」

岩畑は番人の答えに大きな期待を持った。多分弟は赤岳石室小屋が無人だと聞いて、八ヶ岳縦走を止《や》めようと言ったのではなかろうか。

「別にどうも言ってはいませんでしたよ。やはり無人でしたかと、がっかりしたような顔をしていましたが……」

岩畑の予期していたものとは違っていたが、彼はそのことについて、まだ完全に納

得してはいなかった。弟が、やはり無人でしたかと言ったということは、人が居るかも知れないという、期待を持ってここへ来たのだ。蛭田は、弟にその期待を持ちつづけさせながら、ここへ引張って来たのかも知れない、一分の隙《すき》もなく、巧妙に。弟もここまで来たら引返すわけにもいかなくなることを勘定に入れた上で。

「文字どおり雪の風呂《ふろ》ですね、すっかりあたたまった。どうです岩畑さん」

蛭田が風呂から上って来て言った。

「いや、僕はやめよう。風邪を引いちゃあいけないからね」

岩畑は炬燵《こたつ》から出ると、寝支度にかかった。

本沢温泉から夏沢峠にかかると雪が急に深くなった。輪かんじきをはいたまま踏みこんだ足が膝《ひざ》まで入ることもあった。二日前に降った雪の表面はいまだに固着しておらず、新雪と旧雪の間に断層ができていることも歩きにくい原因の一つとなっていた。

夏沢峠にかかった時から岩畑は遅れ勝ちだった。前を行く蛭田の足跡に雪が落ちこんで消えてしまわないうちに、すぐ踏みこまねばならないのにそれができなかった。彼は時折、立止っては苦しそうに呼吸《いき》をついた。

「岩畑さん、荷物を持ちましょうか」

前を行く蛭田が岩畑が近づくのを待って言った。

「いいんだ、なんとかなる」

岩畑は荒々しい呼吸づかいをしながら言った。なんともならない顔だった。

「とにかく、僕がもう少しあなたの荷物を持ちましょう」

蛭田は約六貫目、岩畑が五貫目近くは背負っていた。蛭田は、雪をふみかためると、そこに荷物をおろして、岩畑の荷物から一貫目近くを蛭田の方へ移した。

「これでいくらか楽になるでしょう」

蛭田が言った。岩畑に同情している顔だった。雪になれない岩畑が、二日目にして、既に疲労の色を見せ始めているのをあわれんでいるようでもあった。

岩畑は軽くなった荷物を背負って雪の中に立った。五貫目の荷物が四貫目になったことは大変楽だった。しかし、彼は楽になったような顔も見せず、相変らず大儀そうに、蛭田から遅れてついていった。蛭田にすまないという気持はなかった。この日のために、おれは一年間、山歩きをやったのだと、岩畑は自分を説き伏せていた。精密に立てた計画どおりに動いているのだ。言語も動作もすべて、筋書きどおりやっているのだ。一度に大きな疲労を見せてはいけない、疲労の色を小出しにしていくのだ。一日より二日、二日より三日というふうに、疲労が加わっていって、そして終《つい》には倒れてしまうように見せかけるのだ。そこが中岳あたりであればいいが、そうでなくたっていい、弟の不二夫が、疲労困憊《こんぱい》して動けなくなったと同じような情況を作ればいいのだ。その芝居をおれはやろうとしているのだ。

岩畑は牧月が言ったように、敵討ちのお膳立《ぜんだ》てをしているのではなかった。彼はただ確かめたかったのである。

蛭田が不二夫を、疲労困憊におとしこんで棄てて逃げたか、それとも冬山に馴れない不二夫が力つきて倒れたのを助けるつもりで走ったが間に合わなかったのかは、その最後の場面を再現しない限り、どうにも説明がつかなかった。

岩畑は自らをその実験に供そうとしたのである。危険だったが、こうでもしないと、永久に弟の死の真相は解けないと考えられた。

夏沢峠から硫黄岳に向う途中で、ふたりは輪かんじきを、八本歯のアイゼンにはきかえた。尾根道にかかると、風が強く、雪は吹きとばされて少なかったが、ところどころにある氷盤はアイゼンの爪《つめ》が立たないように固かった。

西風は意外に強かった。ふたりが硫黄岳に出たころには歩くのがやっとのくらいの強風となっていた。天気はいいが西風が強いのは八ヶ岳の冬の特徴だった。西風をさけるために尾根道はいく分東側によっていた。雪は吹きとばされ、夏道がそのまま出ているところがあった。

強風に抵抗して、尾根道を歩くことは、精神的にも肉体的にも重労働であった。強風は体温を奪い去り、行動をにぶらせると共に、少しでも油断をしたら、ふたりを岩《がん》稜《りょう》から吹きとばそうとした。この場合は荷物の大きい方が風圧を余計に受けた。蛭田と岩畑の荷物の重さの比は七対四であった。風圧面積は必ずしも七対四ではなかったけれど、岩畑にくらべて蛭田はずっと多くの労力を、風に対して払わなければならないことは事実だった。

ふたりとも口が利《き》けなかった。

岩畑は疲労を擬装することなどもう考えてはいなかった。風の音と強さと方向と、風の呼吸《いき》に合わせて前進することだけでせいいっぱいだった。頭の中からは蛭田も不二夫も彼自身さえなくなっていた。彼は本能的に、ほとんど機械的に動いているに過ぎなかった。

ふたりは一刻も早く横岳の危険の場をへて、赤岳石室小屋へつくことを考えていた。

蛭田はさすがに岩畑より山に馴れていた。彼は風の呼吸をある程度心得ていて、風の呼吸の合間を縫って、たくみに前進していった。おくれ勝ちな岩畑に対しては、考慮を払っているようだった。岩畑がおくれると、一緒になるまで蛭田は待った。

横岳の主峰にかかる頃から、西風は眼を開いていられないほどの強さになった。彼《かれ》等《ら》は、岩稜を這《は》った。岩にしがみついていても、風が腹部に梃子《てこ》でも入れてこじ上げるように、身体《からだ》が浮き上っていくのを感じた。一寸きざみの前進だった。ゆび先が寒さにおかされて、痛み出し、やがて感覚が失われていった。

ふたりは、二十三夜峰の細長い岩塔の下を這いながら過ぎた。見上げると夕陽《ゆうひ》が、岩塔のいただきで光っていた。

赤岳石室小屋は無人だった。雪が吹きこんで入口を埋めていたが、中に入ると、最近幾組かの登山者が来たらしく、床の上の雪はのけてあった。ふたりは小屋にころがりこんだまましばらくはものが言えなかった。耳ががんがん鳴っていた。

岩畑はほんとうにぶちのめされていた。彼は自らを嗤《わら》ってやりたかった。冬の八ヶ岳では芝居はできなかった。山には生きるか死ぬかの自然との格闘だけがあるのだ。そんなことが頭に浮んで来ると、蛭田義雄に対する考え方も変って来る。一年前のこの日は吹雪だった。風ではなく、雪にふたりは困難していたのだ。雪と風に痛めつけられていたのである。そういう時に、相手を殺そうなどという気が起きること自体が、考えられそうもないことだった。

(では不二夫は、置き去りにされたのではなかったのか)

そういう心の疑問に対して、岩畑は答えられなかった。答えたくなかった。山には悪人はいないのだといいたいような気持になってくるのが、自分でもおかしかった。

岩畑は生きているのがやっとのような顔をして、その場に倒れていた。見せかけではなかった。彼は強風にやられて、へとへとになっていた。もう一時間も歩かされたら、ほんとうに動けなくなったかも知れないと思った。蛭田はしばらく休んで起上ると、床の上の雪をはらって、エアーマットを敷き、その上に寝袋を敷いて、岩畑に入るようにすすめた。蛭田が小屋の柱を利用してツェルトザックを張り、小屋の入口をシートで防ぐと、小屋の中は夜のように暗くなった。

蛭田もかなり疲労しているようだった。夜の準備ができて、携帯用石油焜炉《こんろ》にかけたコッフェルの湯が沸き、その中に餅《もち》が投げこまれ、調味料が加えられてから、蛭田は岩畑を呼んだ。

「さあ、疲れていても食べないといけないんです」

しかし、そういう蛭田の方はいくらも食べなかった。携帯用石油焜炉の火で見る彼の顔は土色をしていた。ふたりは別々に寝袋に入った。小屋といっても、野宿していると同じような寒さだった。

岩畑は数時間は眠ったような気がした。寒さで眼をさますと、隣にいる筈《はず》の蛭田が見えなかった。すぐ彼は懐中電灯をさげて外から帰って来たが、寒さでがたがたふるえていた。外で用をたして来たらしかった。岩畑は起き上って携帯用石油焜炉に火をつけた。蛭田はどうも腹の調子が悪いとひとこと言っただけだった。テントの中で携帯用石油焜炉をたくと幾分か寒さはしのげたが、とても眠れそうになかった。

翌朝も天気はよかった。風速はおとろえていた。ふたりは、予定通り権現岳へ向って縦走を試みることに意見が一致した。

「大丈夫ですか岩畑さん、もし、自信がないようでしたら、このまま行者小屋へおりましょう」

蛭田は一応岩畑の意見を聞いた。

「いや、大丈夫です、なんとか従《つ》いていけるでしょう。しかし、昨夕《ゆうべ》は寒かったですね、去年もこうでしたか」

去年もと岩畑が言った時、蛭田の顔に苦しそうな翳《かげ》が浮んだ。不二夫の死を思い出しているらしかった。岩畑はつづけて言った。

「たしか、あなたが不二夫にやった手紙には、この小屋には人がいると書いてありましたね」

蛭田は岩畑の突然の質問に意表を衝《つ》かれたようだった。彼は岩畑の激しい視線をさけるようにうつむいて言った。

「番人がいるとは書きませんでした。いるそうだと書きました。事実、一月初めにはこの小屋には番人がいましたから」

「いると書いても、いるそうだと書いても、読んで受ける感じは同じです。弟はこの小屋に番人がいることを前提として、冬期八ヶ岳縦走をやることに同意したのではないでしょうか」

岩畑は自分の言葉が質問ではなく、詰問《きつもん》にかわりつつあるのを感じていた。こんなところで、なぜこんなことを言い出したか彼自身ですら理解できなかった。彼はややあせっていた。この場で不二夫の死因を明らかにしないかぎり、もはやその機会は訪れないもののようにさえ思われるのである。

「僕《ぼく》は、社長という山男にも会いました、この石室小屋の持主のところまで調べに行って来たのですよ、そこであなたからの問合せの葉書も見ました。あなたは、この小屋が無人だということを知っていたのです。知っていて弟にかくして、弟を引張り出して来たのです」

岩畑は叫ぶように言った。

「すみません、なんと言われても、僕が悪いんです。しかし、不二夫君に、無人小屋だということをかくしていたなどということはありません。新宿で社長に聞いたら、正月には番人がいたが、正月過ぎれば下山するだろうと言っていました。社長って男は、山のことならなんでも知っているような顔はしていますけれど、本当は信用置けない男なんです。だから僕は不二夫君には小屋番はいるそうだと書いて置いて、直《す》ぐ、この小屋の持主に問合せの葉書を出したのです、返事が来たのは、僕が東京へ帰ってからです。郵便の遅配です」

岩畑は息を飲んだ。確かに去年の今頃《いまごろ》は郵便が遅配していた。不二夫が松原湖駅で出した葉書が岩畑の手に届いたのは、不二夫の遺骨を抱いて帰ったその翌日だった。

「しかし、蛭田さん、あなたが弟にやった手紙には、きのうケルンで社長にあった、と書いてあったでしょう、あなたが社長と会ったのは新宿駅だった筈だ、なぜそんな嘘《うそ》を書いたのです」

「社長という男は、いつも新宿のケルンでごろごろしています。ケルンの、社長といった方がとおりがいいからそう書いたのです。ケルンで、社長に会ったと書いたつもりはありません」

無人小屋に関する疑念は晴れた。だが岩畑はそれですべてが片づいたとは思っていなかった。不二夫の遺書がある。筆跡分析の結果、ひるたにだまされたと出たら、どういうことになるのだ。

「風が出たようですね」

蛭田が言った。

10

この朝も蛭田の方が多くの荷物を背負って外に出た。蛭田が岩畑の疲労をカバーしてくれていることは明らかであった。荷物を背負って小屋を出るとき、蛭田はちょっとよろめいた。疲労が未《いま》だに取れていないようすだった。

ふたりは八ヶ岳の最高峰赤岳に登った。朝はすっかり明け放たれ、視界をさえぎるものはなにもなかった。北アルプス、南アルプス、富士山、すべての山がよく見えた。

風が吹き出したのは、彼等が赤岳頂上と切戸《キレット》小屋の中間まで来た時であった。その吹き出しようが異常だった。ダムの水を一時に放水した時のような激しさであった。

蛭田はこの風の不意打を受けて倒れた。怪我《けが》はなかったが、あやうく岩稜から墜落するところであった。蛭田の風に対するもろさは彼の疲労によるもののようであった。

「帰りましょう、とてもこのまま縦走を続けることは無理です。今なら、行者小屋へ行くのに時間的に充分です」

蛭田が岩畑の耳もとで囁《ささや》いた。

岩畑はその声を、ひどく不吉なものに聞いた。一年前のこの日に、弟の不二夫は同じことを蛭田から、この場所で言われたのではないだろうか。そう思うと岩畑は、自分の打とうとしている芝居を蛭田が知っていて、その逆を来ているのではないかと考えた。しかし、その考えはほんの一瞬だけで風と共に飛んだ。

中岳への道は西風をまともに受けながらの下降であった。呼吸がつまって、前進することができないから、岩の陰を選んで歩こうとするのだが、道からはずれると、風に吹き飛ばされる危険があった。道といっても、消えかかった人の踏み跡である。ふたりは自らの身を自ら守るより方法がなかった。ピッケルがたよりだった。雪面に打ちこんだ、ピッケルに身を支えながら、風の方に背を向けて、うしろ向きに這うように少しずつ高度を下げていくような方法を取った。この方法は、この場合、正しい方法ではなかったが、気分的に安心感があった。時間がかかる仕事だった。寒さと疲労がきのうに増して急速にふたりを襲った。昼を過ぎたばかりなのに、夜を迎えつつあるような疲労を覚えた。

蛭田が、荷物と共にスリップしたのは、中岳の鞍部《あんぶ》に近いところで風は幾分弱くなったところであった。彼はかろうじて、ピッケルで身体を止めたが、起き上ることはできなかった。

「どうしました蛭田さん、大丈夫ですか」

蛭田は苦しそうな顔をしていたが、どこも怪我はなかった。それなのに蛭田は、仲々歩き出そうとしないのである。

「どうしたんです、さあ歩きましょう」

蛭田は少し歩いたが、すぐくずれるように雪の中へ坐《すわ》りこんだ。疲労が突然彼を訪れたのである。

「下痢さえしていなかったら、こんなことはなかった。それに昨夜は眠れなかった」

蛭田はいいわけのように小さい声で言った。とにかく中岳の頂上までいきましょう、そこから行者小屋までは下りだと言っても蛭田は動こうとしなかった。

「おい歩くんだ」

岩畑は蛭田をこづいた。蛭田は恨めしそうな眼で岩畑を睨《にら》んだがその焦点がぼやけていって、がくりと首を垂れた。ピッケルでひっぱたくと、彼はいくらか動いた。それも数メートルとは続かなかった。そして、とうとう彼は雪の中に坐りこんで動かなくなった。

蛭田の落伍《らくご》は、木の実が眼の前で落ちるように、突然だった。その変移が、岩畑にはおそろしい光景に見えた。人間がこれほど、あっけなく、生から死へ急行しようとは考えても見ないことだった。しかし、現実は、蛭田は死へ突進しつつあるのだ。

岩畑は動かなくなった蛭田をそのままにすると、中岳の頂上へ向って登り出した。最初は恐怖からのがれようとしていたが、すぐ岩畑は、行者小屋へ救助を求めに走っているのだと、自分の行為に理屈をつけた。行者小屋に人が幾人いて、その人たちが来れば、必ず蛭田を助けることができるかどうかなどということは考えていなかった。

中岳の頂上で彼は背負っているルックザックを捨てた。ふりかえると、雪の中に坐っている蛭田の姿はそのままだった。そのままほって置けば、救助隊の来るまでに凍《こご》えてしまうかも知れないという気が頭のどこかに持上った。しかし、それよりも強く、早く人に知らせたいという欲求が彼を走らせた。

行者小屋への道は何度も通った道だった。行者小屋には牧月平治と春海重郎と奈津子の三人がいた。

三人は異様な顔をして岩畑を迎えた。予期していない人が来たぞという顔であった。牧月平治と春海重郎が中岳鞍部に到着した時には、蛭田義雄は前の場所にはいなかった。彼はその場所を離れて、北の谷間深く滑り落ち、雪の中へ首を突込んで死んでいた。

蛭田義雄の検死に来た医師は低い声で疲労凍死だと言った。そして、帰りがけに送りに来た岩畑に向って、静かな死に顔ですねと言った。

蛭田義雄の荼毘《だび》の煙は、一条の細い線となって昇っていった。なにか山の異変でも起る前兆のように風のない日だった。

山の歌が参列者によって合唱された。岩畑は、うなだれたまま歌わずに立っていた。

牧月平治が岩畑の耳に囁くように言った。

「岩畑さん、不二夫君の敵を討って本望でしょう、しかし、あなたのやり方は残酷です。あなたは、蛭田に重い荷物を背負わせて、ばてさせたんですね、わかっています。ここにいる者はみんな知っています。けれど、証拠はなにもない。あなたは殺人罪で訴えられることはありませんよ」

岩畑はなにも言わなかった。蛭田を殺したという実感もなかった。突然に蛭田を訪れた疲労のあり方が、それこそ芝居のようだったと思っていた。牧月が岩畑のそばを離れると味沢奈津子が来て言った。

「蛭田さんはあなたに殺されたのです。不二夫さんと結婚の約束をしていた私が、不二夫さんの死後、蛭田さんを愛するようになったことをあなたは憎んで、蛭田さんを殺したのに違いありません。卑劣ですわ、なんていやらしい男なんでしょう、あなたというひとは」

奈津子は涙ひとつ流さずにそれを言った。

春海重郎は相変らず、感情を表わさない静かな顔で言った。

「あなたの処置が悪かったなどという人があっても、気にするもんじゃあありません。山では人を殺そうなどという気は起るものではないのです。これは不可抗力の遭難です。死んだ蛭田君だって、山で死んで本望だったに違いありません」

そう言ってから、彼は上衣《うわぎ》の内ポケットから一枚の紙片を出して岩畑に渡した。

筆跡分析結果

あなたの提出された資料について分析した結果、次のとおりになりましたからお知らせいたします。

記

くるしくないさよな

岩畑がその紙片から眼《め》を上げるのを待って春海が、彼のノートを岩畑の前につき出した。

ゆるしてくださいた
ひるたにだまされた
くるしくないさよな

「最後の字はたのように見えますが分析の結果はなと出たそうです。おそらく、不二夫君は死ぬ間《ま》際《ぎわ》に、苦しくない、さよならと書こうとしたのではないかと思います。この分析はかなり面倒だったそうです。教授は不二夫君が奈津子さんに宛《あ》てた手紙が大変役立ったと言っておりました。要するに不二夫君は山男らしく立派な死に方をしたのです」

岩畑は黙って聞いていた。不二夫が苦しくないと書いたところを見ると、それまでは苦しかったに違いない。苦しみから、無感覚な状態がおとずれ、死んでいったのだ。不二夫は疲労凍死の経過を忠実にたどったのだ。

(そうだ、不二夫も蛭田も疲労凍死したのだ。それだけ考えればいいことなのだ)

岩畑は春海のそばを離れて、ひとりで雪の原生林の中へ歩いていった。春海がうしろから声をかけたが、岩畑はけっしてふりむこうとはしなかった。

怪獣

1

寺牧重四郎《てらまきじゅうしろう》は横尾橋の中ほどで立止って橋の下を流れる梓川《あずさがわ》に眼《め》を投げていた。川は底に沈んでいる砂つぶのひとつひとつが見えるほどよく澄んでいた。川の中に点在するなめらかな白い石の下流におこる水のみだれもなにか実験室で作られた、流線のように典型化された美しさを持っていた。ここまで登って来ると上高地《かみこうち》付近に比較して川の流れは急である。それにもかかわらず、波立ちもせず泡立《あわだ》ちもせず、むしろ静かな表情をたたえているのは、川が深いせいばかりではなく梓川を形成するあらゆる機構がここでは静かになるように組立てられているに違いなかった。この川に沿って遡《そ》行《こう》すれば、やがて槍《やり》ヶ岳《たけ》のいただきに達するであろうという地理的知識をもって眺《なが》めても、この静かな川の表情から険阻《けんそ》な山岳とのつながりを想像することはできなかった。

「静かだな……」

彼は川に向っていった。すると、それまで静かだった彼の環境とは別な静かでないものが同時にいくつかとび出して来て、その静かなものと並べられた。

ついふたつきほど前に来た時、春先の梓川は雪解け水の泡沫《ほうまつ》を浮べて音を立てて流れていた。静かなものはどこを探してもなく、なにもかもうちくだき、おし流していく荒々しい川だった。落ちたら最後、どうにもならないほど冷酷な水が川幅いっぱいに流れていたのだ。

（静かなんかであるものか）

寺牧は明石雄平《あかしゆうへい》の否定の声を心の中に聞いた。この橋ができない、ずっとずっと前に、この梓川を春先にひとりで渡渉しようとして遭難した明石雄平の声である。こういうことは時にはあることだ、もうすっかり忘れ去っている山友だちの思い出が、なにかの折、きのうのことのようによみがえって来ても別におかしいことではない。寺牧は眼を川面《かわも》から上げて左向けをした。梓川と直角の方へ、橋を渡ると、そこからは横尾谷、穂高岳連峰への道だった。寺牧は風化した橋板を踏みしめながら、既にこの日の予定の半ばはすぎたのだと心にいいきかせていた。

寺牧のその日の予定は涸沢《からさわ》までだった。いくらゆっくり歩いても午後の三時頃《ごろ》までには小屋へつける。

寺牧は背負っているルックザックをゆすぶり上げるようにしながら橋を渡りおえた。ルックザックの内容はたいしたものではなかった。若干の山道具の他《ほか》に下着と、雨具と食糧が入っていた。

〈なぜあなたは案内人をつれて山へ行かないの、いい年をして、それが年よりの冷水っていうのよ〉

妻のあきがいったことばを思い出した。年よりの冷水といわれるほど年を取っていないのに、あきに、年よりといわれたのが気になっていた。彼は五十六歳という年齢にそれほどこだわってはいなかった。学生時代から山はひとりで歩くものと決めていた。そのほうが気楽でいい、年を取ったからといって、別にそのルールを変更する必要もなかった。

横尾の岩穴は登山路の右側に暗い表情をたたえたまま川原の方をむいていた。長い年月にわたって多くの登山者をとめたこの洞窟《どうくつ》の壁は黒いペンキでも塗ったようにすすけていた。

（この洞窟に泊った登山家のうち何パーセントかは遭難して死んでいる）

寺牧は洞窟の黒い壁を見ながらそんなことを考えて、すぐ、パーセンテイジの取り方がたいして意味のないことに気がついた。登山家と称される者は、たいていこの岩小屋に一度や二度は泊っている。山で遭難死した人たちの何パーセントがこの岩小屋に泊ったかという統計を取ればおそらく相当高い数字が現われるに違いない。

(つまり、山で死んだ人の大部分はこの岩小屋に入って、横尾本谷の白い川原を見詰めていたのだ)

そう思って見ると、洞窟はいよいよ暗く陰惨だった。入口が広く、奥行のせまい、その洞窟いっぱいに、山で死んだ人たちの、体臭が充満しているようにさえ思われる。

寺牧は道をはずして川原へおりた。

「どうも、いささか今日はどうかしているぞ」

川原ぞいにおりてしばらく登ってから、寺牧はつぶやいた。何回となく、横尾の岩小屋の前は通ったけれどこんな気持になったことははじめてだった。山開き前の暗い山の中をひとりで長いこと歩いたせいかも知れない。彼は空を見上げた。朝から曇ったままである。彼は屏風岩《びょうぶいわ》の方へ眼をやった。日本一の大絶壁を見上げながら食事をするのもいいなと思った。そうすれば、このしめりかけた気持が晴れるかも知れない。

彼はルックザックをそこにおろすと、水筒をさげて川ぷちまで水汲《みずく》みにいった。小型携帯用石油コンロに火をつけたり、コッフェルを用意したり、玉ネギをきざんだりそんなことをひとりでやっているのがまたとなく楽しかった。小さいアルミの鍋《なべ》の中から、肉と玉ネギのにおいがつきあげて来るようになってから、彼はゆっくり立上ってやぶの中へ入っていった。箸《はし》となる木を探すためだった。箸にするには生木はにおいがあるからよくなかった。生木でも熊笹《くまざさ》の太いのがあればいいが、その辺にはないから、彼は枯枝を探した。もっとも理想的な箸はこぶしの木の枯枝だった。これは固くて、香《こう》しいにおいがあったが、こぶしの木もその辺には見当らなかった。結局彼はブナの枯枝を探し出して、ナイフでけずって箸を作った。やや太かったが、ほぼ満足すべきでき具合いだった。

ひとりだけの饗宴《きょうえん》の用意は万端ととのった。彼は箸で鍋のふちをたたいてから、肉の一片をはさみ取って口に入れた。口の中に入れてから彼は、近くで彼のひとりだけの饗宴をじっと見守っている他人の眼を感じた。見廻《みまわ》したが誰《だれ》もいなかった。こんなところに誰もいる筈《はず》がないがどこかで誰かが彼を見守っているという感じはつきまとって離れなかった。彼は楽しかるべき昼の食事を、なんとなくせわしげに済ませると、食器を洗いに川へおりていった。横尾本谷を流れる水は雪渓《せっけい》から流れ出したばかりのようにつめたかった。おそらく前冬期の降雪の量と関係があるように思われるけれど、それにしても、六月のおわりにして、尚《なお》かつこのつめたさは納得できなかった。

「どうも、今日という日はおかしなことばかりあるな」

そうつぶやきながらまわれ右をすると、眼の前の石の上に小猫《こねこ》ぐらいの動物が腰をすえて彼を睨《にら》んでいた。小猫ではないことは一目で分ったが、人間を見詰めたまま逃げないところはどこか猫に似た図々《ずうずう》しさがあった。つんと立った耳の先がわずかに垂れていた。せいぜい二十センチほどもあろうかと思われる小さな身体《からだ》にくらべて立てた前足は太くてがんじょうに見えた。彼の方に向けている腹は雪のように白かった。鋭い眼をした動物だった。身体とは比較にならないほど眼に活力を持った動物だった。寺牧と睨めっこをしても互角の勝負ができることを確信している目つきだった。前足を立てたまま腰をおろした姿勢だから攻撃の意志はなかった。さりとて、寺牧に対しての警戒態勢も防禦《ぼうぎょ》態勢もなかった。逃げ出しそうにもなかった。しいて言えばその動物のかまえ方は傍観に似ていた。そこに現われた人間という動物を眺めてやっているという状態だった。声も出さないし、動こうともしない、まるで、稲荷《いなり》神社の前に供えられた瀬戸物のキツネのように、じっとしているその奇妙な動物に寺牧もまた釘《くぎ》づけにされたままだった。

「来いよ」

と彼は手を出した。そうでもしないとこの場のおさまりがつかないようだった。手を出して一歩二歩と近づいていってもこの動物は動かなかった。寺牧はしゃがんだ。しゃがみながら近よった方がその小動物と早く近づきになれると思った。しゃがんだ時、手に携《さ》げている食器が鳴った。寺牧がそっちの方へちょっと眼をそらした瞬間、動物の姿は消えていた。

「なんだろうなあいつは」

小動物が消えたあとは妙に空白だった。無気味なほど沈黙した山のたたずまいも天気のせいばかりではないような気さえした。

彼は川原歩きをやめて道に出た。なんとなくひっそりと陰鬱《いんうつ》なのは、間もなく雨がおとずれる前兆かも知れなかった。それならば、その前にいそいで涸沢小屋に逃げこまないといけない。

なるべく早く涸沢小屋につくという目的がはっきりすると、彼の足はよく延びた。暗い樅《もみ》の木の道をさっさと歩いて、時折、左手に見える屛風岩に眼をやりながら、横尾本谷の丸木橋にかかったときである。橋のたもとの石の上に、さっき川原で見かけた小動物が彼を待っていた。寺牧が小動物を発見した距離は川原で会った時よりもずっと遠かった。したがって、小動物の姿もそれほど明瞭《めいりょう》ではなかったが、眼だけは前にも増してきびしい輝きを持って彼を睨んでいた。

寺牧は足を止めた。川原でそれに初めて会った時の感じとは全然違っていた。そいつが先廻りをして待伏せしていたのだという疑念が彼の中に持ちあがると、あらためてその小動物の出現とその理由を考えねばならなかった。

寺牧の躊躇《ちゅうちょ》はその小動物にもまた変化を与えた。その小動物はぴょこんと岩のかげに姿をかくした。と同時に、それと一メートルとは離れていないところに全くおなじ顔をした別の小動物が顔を出したのである。それに眼を移すと、そいつもすぐ消えて、また別なところへ別の奴《やつ》が顔を出した。都合三匹が共同作戦を取りながら寺牧を迎えたのである。

それまで寺牧はその小動物に対し特に強い執着を持っていなかったが、先廻りをして待伏せていたことと、相手が三匹に増えたということで、いささか奇異な感じを受けた。もっとよく見定めてやろうと足を早めると、すぐ小動物の姿は消えた。すばしっこい退却だった。草の葉一つ揺れ動かすこともなく、小石一つころがすでもなく、煙のごとく消えたその動物の敏捷《びんしょう》さに感心しながら寺牧は、ふと三匹いたように見えたが実は一匹であって、その一匹のすばしっこい行動が、こっちには三匹に見えたのかも知れないと思った。

彼は丸木橋を渡った。渡りながら、彼の背後から、あの奇妙な小動物が尾行して来るような気がしてならなかった。丸木橋だからよそみをしたり、うしろをふりかえって見たりする余裕はなかったが、あの小動物が彼のあとを尾行して来るとすれば、それはいったいなんのためだろうと考えた。

〈それはおうさきだよ〉

もう十年も前に亡《な》くなった母のことばが心の中で聞えた。彼は秩父《ちちぶ》地方の山村に生れた。彼の子供の頃はまだおうさきの存在が信じられていた。おうさきは小猫ぐらいの大きさの動物で神通力を持っていた。どこからでも家へ入ってくるし、垂直の岩壁のいただきまで登ることもできる。おうさきは山の神様のお使いでもある。からだは小さいけれど、人間のように立って歩くこともできるし、人間の言葉を解するばかりでなく、人間が考えていることを知ることもできる。おうさきは鋭い眼で人間どもを監視し、なにかの欠点を見出《みいだ》すと、その家にたたりをなすと考えられていた。山でおうさきに会った話はいくつもあった。樵《きこり》が山でおうさきに会ったので弁当を置いて来た話や、炭焼が山でおうさきに会った直後道に迷ったので、谷川におりて身体をきよめて、神仏の加護を祈り、無事家へ帰った話もある。

〈おうさきは風といっしょに家の中へ入って来るんだよ〉

母は低い声でそんなことをいった。

小学校に入ったばかりの頃だった。ある夜彼は箸で茶碗《ちゃわん》のふちをたたいた。

〈なにをするんです。そんなことをするとおうさきが来る〉

そういう母の顔は恐怖にゆがんで見えた。

〈おうさきがおおぜいの眷属《けんぞく》をつれてやって来たらどうする。お蔵の米は全部持っていかれるぞ、それにな、もしお前におうさきが取りついたらどうするんだ〉

村の下のはずれに小屋があった。その小屋にごんという気狂いが幽閉されていた。そいつはいって見てもにごった眼をしてわけのわからないことをわめき散らしていた。そのごんは村一番の利巧者だったが、おうさきに取りつかれてそうなったのだと言われていた。

寺牧は横尾の岩小屋の前の川原で手製の箸で鍋をたたいたことを思い出した。その後に、あの奇妙な動物が出たのだ。だがその小動物が母のいうおうさきであるという証拠はなにもない。今ごろ、そんな迷信を信ずるつもりもなかった。が、母の思い出につながるおうさきと彼の見た小動物と切り離して考えることもできなかった。

寺牧はあたりを見廻していた。特に岩などには注意した。あの動物がずっと尾行をつづけているとは考えられなかったが、尾行していないと断定もできなかった。ひょいっと視角の隅《すみ》をなにかが通りすぎたように感ずることはしばしばあった。気のせいだ、気のせいだと思っても、岩のかげからじっと彼を見ている小動物の眼は彼につきまとって離れなかった。彼は足を早めた。苦しい登り坂を登りつめたところで、から の背負子《しょいこ》を肩にして山をおりて来る人に出会った。小屋開きを前にしての運搬に従事する人のようだった。土地の人らしく年齢も五十は過ぎている。

寺牧は小動物のことをその男に聞いた。

「それはおこじょですよ」

男はやや緊張した顔で、まあまあここまで無事にこられてよかったといった。おこじょを見たことがあるかと訊《き》くと、男は、まだ会ったことがないから知らないが、会った人の話とあなたの話が同じだからおこじょに違いないというのである。

おこじょは話はできないが、人の心が読めるし、また、間接的に人の意志を眼によって伝えることができる。どっちみちおこじょに会うとろくなことはないのだとつけ加えてその男は逃げるように山をおりていった。

屏風岩の裾《すそ》を大きく廻りこむと突然視界が開けた。北穂高岳、涸沢岳、奥穂高岳、前穂高岳の連峰に周囲をかこまれて、擂鉢《すりばち》型にひっそりとかまえる涸沢の台地に涸沢ヒュッテが見え出して来ると、寺牧の足はいっそう速くなった。残雪は山々の谷を埋めていた。ここまで来ると、冬はまだそのままに取り残されたようにさえ思われる。

2

寺牧はいささか飲みすぎたことを後悔していた。咽喉《のど》がかわいていたから、つい度を過して缶《かん》ビールを何本かほした。疲労に酔いが加わり、ふらつく足を踏みしめて二段ベッドの上段に登って足を延ばした。

「おこじょであろうが、おうさきであろうがでて来るがいい」

彼は天井に向って言った。なんの反響もなかった。最盛期には身動きもできないほどつめこまれる小屋にも、客は彼ひとりだけであった。彼はその通称蚕棚《かいこだな》と呼ばれる、起き上れば頭がつきそうなくらいに低い天井の傾斜に沿って眼を足もとの方へ延ばしていった。二十センチ角ぐらいの回転ガラス窓があり、その外に暗黒があった。外から小屋の中を覗《のぞ》こうと思えばその窓からいつでも覗くことができるし、あの奇妙な小動物が入って来るには格好な穴でもあった。

「いつでもどうぞ、窓はいっぱいある。それに山小屋は戸締りなんてことはしない」

彼はそれを寝言のように言った。そして、彼は積み重ねられた疲労と酔いのために眠りこんでしまったのである。

足元からしのびこんだ寒さで彼が眼を覚ますと月の光がベッドの奥までさしこんでいた。空はいつか晴れたのだ。彼はすぐ窓の外に眼をやった。月のあかるさはあったが、月がどこにあるかは見えず、灰色にそまった岩や残雪がひどくものさびしい夜景を作り出していた。彼はその夜の陰影の中にいくつかの岩石のかげを見た。あるものは直立した巨人のようにも見え、あるものはうずくまった熊《くま》のようにも見えた。そして、彼が昼間見かけたおこじょに似た影は無数に散らばっていた。すべては夜の中に暗く沈んではっきりはしないがために、その全部がおこじょであり、小屋はおこじょの大群によって包囲せられているようにも見えた。

彼は窓のごく近くに、きわめておこじょとよく似た影を見つけた。それは、彼が昼間見かけたのと同じような大きさであり、耳らしきものが二つ対称的に見えていた。それは黒い影を背負っているから表情はなかった。眼の光さえも夜にかくされてはいたが、おこじょだと思えば、おこじょに見えた。

「おい寺牧、今は君の絶頂だな。子供たちはみんな大学を出るし、きみの会社はいよいよ隆盛だ。そしてあきさんは……」

明石雄平の声が耳元で聞えた。奥さんと言わず、寺牧の妻の名前をそのまま呼んだ明石の声は三十年前と少しも違わない、ややかすれた声をしていた。気のせいだ酔っているせいだと寺牧は明石の声を否定しながらも、明石の遭難の原因があきに失恋したことにあったのではないかと言われた当時のことを思い出した。

(そうだとしても、おれとはなんの関係もないことなのだ……)

寺牧はいまさら三十年前のいいわけをするつもりはなかった。寺牧があきを奪ったからといって、それが卑劣だとは思っていなかった。当時あきを狙《ねら》っていたのは、少なくとも三人いた。あきはその三人に対して、はっきりした意思表示をしなかった。三人はあきの出方を待った。選択はあきにまかせることにして、抜駈《ぬけがけ》的行動はさしひかえようと申し合せていた。その申し合せ中に彼はあきを奪った。

(あきはそれを待っていたのだ。誰かがそうしないと結末がつかなかったのだ。したがって明石の失恋も、失恋が彼を山に追いこみ、終《つい》に梓川の濁流に消えうせたのもすべてそれは明石自身のしたことで、おれとはなんの関係もないことなのだ)

「ほんとうにそうだろうか、おれは死ぬ少し前にあきさんから手紙を貰《もら》ったのだ。それにはそうは書いてなかったぞ。あきさんは三人のうちでおれをもっとも愛していたのだ」

その声はずっと近くで聞えた。

「ばかな、そんなばかげたことがあるものか、それは貴様の嘘《うそ》だ、つくりごとだ、あきはおれを愛していたのだ」

すると、こんどは明石雄平の声がベッドの下の方に廻って来て、突き上げるような笑い声となった。

「そうかな、ほんとにそう思うか、あきさんはどうなんだ、あきさんはきみに向って一言でも愛するなんていったかね」

明石の笑い声は遠のきやがて消えた。

寺牧に奪われたあと、あきは長いこと泣いていた。それから三十年になるけれど、寺牧はあきから愛の確認を一度でも与えられたであろうか。たしかに夫婦ではあるが、ただそれだけのことで、ふたりは雄と雌の巣を形成しているにすぎないのではなかろうか。あきが夫婦の営みにおいてしばしば発する歓喜の声も、それは愛情とは別な生理現象であると言われたらそれを否定できなかった。

月が雲にかくれて灰色の夜景は消えた。

彼は起されるまでなにかぶつぶつ言っていた。揺り起されて、ベッドの上に起き上って眼を開いたとき、そこにいる人間が、彼のしゃべっている相手ではないと分った瞬間、彼の頭の中に充満していた密度の高い黒雲は霽《は》れていった。

「ゆうべ月がでましたかね」

食堂に出たとき彼は小屋のひとに聞いた。誰も知らなかった。月の光で見たことや聞いたことが現実であったことのようにも思われるし、すべて夢の中のできごとのようにも思えてならなかった。

「ゆうべはひどく酔っぱらっていましたか」

「そうですね、そうひどいってことはないでしょう、ちゃんとひとりでベッドに入りましたからね」

小屋のひとは彼の茶碗に番茶をついだ。

「だがよく、あの梯子《はしご》の途中からおっこちなかったものだな」

「梯子ですって、寺牧さんは下のベッドに寝たんですよ。もっとも寝るときには上のベッドへ寝ようかなどと言っておられましたがね、今朝私が起しに行ったときもちゃんと下のベッドに休んでいましたよ」

小屋の男は寺牧の顔をしげしげと見てから食堂を出ていった。

3

涸沢から穂高への道は急だった。もう何回となく歩いた道ではあったが、寺牧には一度も登ったことのない山のようにつらく感じられた。衰えて来た体力と、常日頃《つねひごろ》の運動不足とそれに昨夜の不眠が足を重くしているのだと分っていながらも、呼吸《いき》の乱れは直らなかった。彼はしばしば立止って荒い呼吸をついた。彼は水をかぶったように汗を搔《か》いていた。上衣《うわぎ》をナップザックに入れてシャツ一枚になっても汗は出た。しかし道がザイテングラートの半ばを過ぎるあたりになると、白出《しらだし》のコルを越えて吹きおりて来る風がつめたく、たちまち汗は引いていった。彼はザックに入れた上衣を着た、上衣を着るとまた汗が出る。

（これが山へ来るたのしみの一つなのだ）

こういう場合彼は、いつの場合にも、自分にそう言い聞かせて満足していた。だが、今度はいつもと違っていた。苦しいのが山へ来る楽しみだという回答がでないのだ。なにかの理由が——例えば腹痛が起きたとか、足をいためたとか、天気が悪くなりそうだとか、そういう理由があれば今すぐ涸沢小屋へくだってもいいし、そのまま上高地へ帰ってもよかった。要するに彼はこれ以上山へは登りたくはなくなったのである。苦しいばかりではなく、その日にかぎって気がすすまなくなったのである。危険な縦走路をやる前とか、岩壁登攀《とうはん》をやる前には、誰でも、ごく僅《わず》かな不安は持つものである。その不安が強くでた場合は虫が知らせたとしてその計画を中止する人もある。しかし彼のその日の予定は奥穂高までの往復であり、もし途中で天気でも悪くなったら、穂高小屋へ泊るという手がある。危険はどこにも見当らなかった。

寺牧は途中で何度か休み、そして引きかえすべき理由はなにひとつとして見つかる当てがないと分ると、すべてをあきらめたように頂上に向って歩き出した。

「いつもおひとりなんですか……」

穂高小屋の若い人が訊《たず》ねた。寺牧の年格好と服装とシーズン前にひとりでここまでやって来た点などからおして、相当山にくわしい人にちがいないと見測ったていねいな言葉づかいだった。

「その方が気楽だからね」

それが山男の鼻もちならぬ気取りだということを知っていながら、寺牧は行きがかり上そんなふうに答えざるを得なかった。答えた以上そのまま引きかえすわけにもいかなくなった。寺牧は、山小屋を訪れる山男たちがよくやるように、無口をおしとおした。きょろきょろもしなかった。もうこの小屋へは何度も来たような顔でひとやすみすると小屋の裏へ出た。そこに奥穂への道がある。彼はその石ころ道を見えない力に引張られて死の階段を一歩一歩踏みしめるような気持で登っていった。

おそらくこのいやな気持は奥穂までつづくだろう。しかし、奥穂の頂に立てば、そこで霧散してしまうにちがいない。要するに年齢なのだ。肉体的条件がこれ以上の前進を拒否しているのだと思えばなにもかも筋道が合った。

彼は彼の肉体に妥協を求めた。途中に梯子があったりして、ちょっといやなところもあるけれど、気をつけていきさえしたら危険はない。若い人の倍の時間をかければいい。

寺牧は赤ペンキの打ってある岩の道を奥穂に向って登り出した。いやな場所だった。危険はないといっても、この辺で浮き石に乗って倒れて後頭部に重傷を受けた登山者があった。梯子場も気をつけねばならない。一歩一歩に神経が集中して来ると、ついさっきまで、彼をおおっていた妙な倦怠感《けんたいかん》は消えていった。彼は額に汗のつぶを輝かせながら奥穂高岳の頂上に立った。

眺望《ちょうぼう》はあらゆるものを支配的に見くだしていた。白く走る梓川と大正池も、足下に白いすりばちの底を見せる涸沢、北穂高岳から槍ヶ岳への縦走路、彼はそれらの、かつて、彼が歩いた道をたんねんに眼で追いながら、最後に彼の足下から前穂高岳へ延びていく吊尾根《つりおね》を見た。奥穂から前穂への道は容易だった。途中に高山植物の群落もある。時間も一時間とはかからない、そして天気もいいではないか。

寺牧は涸沢を出てから穂高小屋へつくまでのあの長い憂鬱《ゆううつ》を回顧しておかしくなった。あの苦しみがあってこそ、このすばらしさが与えられるのだ。そんな分り切ったことがなぜ分っていなかったのだろうか。彼は腕時計を見てから吊尾根へ足を踏みいれていた。

前穂高岳のいただき付近には大小のケルンが散在していた。彼はそのケルン群の間に立っているうち、彼もまた、山のいただきにケルンを積み上げるという子供じみた遊びがしたくなったのである。

彼は石を集めた。ケルンを高く積み上げるこつは、丸い石を多く集めることだった。なるべく丸くて大きな石を土台にしてその上に積めばいい。

彼はしばらくの間、その仕事に夢中になった。ケルンがその形態をととのえて来てから、彼はその基礎の面積がややせま過ぎたことに気がついた。それに中段あたりにできた空隙《くうげき》も埋めないといけない。彼はそこに石をつめて補強しようとした。

ケルンが大きな音を立てて崩壊した。

彼は自ら作った音に驚いてあたりを見廻した。

そこに例の小動物がいたのである。

直《す》ぐ前のケルンのかげから、おこじょが頭だけ出して彼を見ていた。きのう川原で見たおこじょだったが、目つきがきのうとは違っていた。きのうは挑戦《ちょうせん》的な眼をしていたが、ここでは嘲笑《ちょうしょう》を眼に浮べていた。ずっと前から、彼のやるのを見ていて、その結果を笑っている眼だった。

恐怖は起きなかったが、腹が立った。

「畜生め」

と彼は言った。こんどの山行のすべてがこの小動物によって掻き廻されているのに腹が立って来た。畜生めと彼がいうと、おこじょは、直ぐ頭を引っこめ、その反対側から頭を出した。こいつめというと、今度はケルンの中ほどからひょいと頭を出すのである。

彼はおこじょの眼を見詰めながら手頃の石を拾って、ケルンに近づいていった。そのケルンはおおぜいの人の手によって作られたものらしく彼の背丈ほどもあった。その背後にはおこじょはいなかった。見廻すと、すぐとなりの崩れかけたケルンの上にちょこんと坐《すわ》っていた。彼を嘲笑している証拠のように尾を振っていた。尾の先が黒く光っていた。手を延ばせばつかまえられそうな距離にいながら、おこじょは一定間隔以上は彼を近よらせなかった。ケルンから離れて、岩の間をあっちこっちと飛び廻って寺牧を翻弄《ほんろう》してから岩の下の穴へかくれこんだ。寺牧はその入口をふさいだ。岩の周囲を調べても出口はない。

「ざまあみろとうとう、この畜生をとりこにしたぞ」

彼は大きな声で怒鳴ってから、あたりが急に暗くなって来たのに気がついた。あれほどよかった天気がいつ崩れたのか霧《ガス》が山のいただきにおしよせていた。

(すぐ帰らなければ)

彼はさっき彼が積んだケルンのところへ帰ろうとした。その時は既に霧が視界をとざしていた。数メートル先はもう見えなかった。こういう時にあわてててはならないのだと、彼はしばらくそこに腰をおろしていた。やがて霧が薄くなるか晴れる時がある。その時を見はからってケルン群のところへいけば、奥穂への帰途はわかるだろう。霧は待てば待つほどその濃度を増していくようだった。音もなく押しよせて来るこの霧のあり方は無気味でもあった。ひょっとすると、このまま二、三日霽《は》れないかも知れない。彼は東京を出るとき新聞で読んだもどり梅雨の傾向ということばを思い出した。

霧というよりも小雨の中に閉じこめられたと同じだった。ハンチングのひさしから露がぽたぽた落ちた。頰《ほお》も濡《ぬ》れた。首すじからつめたい水が身体の奥の方へ浸みこんでいくのも不愉快なものだった。やがて、風が出るにちがいない。そして夜になったら……彼のナップザックの中には昼食の残りと、水筒と、チョコレートぐらいしか入ってはいない。仮泊の用意はしていない。三千メートルの高所で一晩濡れて吹かれたならどうなるか彼はよく知っていた。

彼は一時間あまりもそこにじっとしていた。天候状態はいよいよ悪くなるばかりだった。まだ夜になる時刻ではないが、夜になる前に帰路を発見するか、少なくとも、かくれこむ場所を探さねばならない。胸の鼓動はさっきから高まっていた。

彼は霧の中へ、ケルンを求めて歩き出した。その時彼は人の声を聞いた。

（おれはまだ遭難なんかしていないんだ、幻聴が聞える筈がない）

そう思うと人の声は消えた。荒れ果てた露岩の上をある程度歩くと、突然足下に垂直にも思われるほどの絶壁やガレ場が出て来る。前穂高岳の頂上は南北に細長かった。東側へも西側へも容易におりることはできない。岩ばっかりで踏みあとが不明瞭《ふめいりょう》で、道らしきものに出会ったと思うとすぐなくなってしまう。彼の頭の中には前穂高岳頂上付近のおおよその地図があった。北西に延びる稜線《りょうせん》をくだれば奥穂へ行ける。北東の稜線をたどると北尾根、南へおりると明神《みょうじん》尾根である。上高地へおりるにはいわゆる下の道というのを西に向っておりねばならない。そのように、頭の中ではよく分っていても、彼が現在どこをどう歩いているかがさっぱり分らなかった。風が出て霧の動きが速くはなったけれど霽れそうな気配はなかった。既に濃霧に閉じこめられてから二時間あまりは経過している感じだった。腕時計を見ると二時二十分で止っていた。彼の人生の終末を暗示されたようでいやな気持だった。

笑い声が聞えた。ひとりではなくおおぜいの男の笑い声である。

幻聴だと思っても声は聞えるのである。彼はウィンドヤッケの頭巾《フード》をおろした。

（おうさきの笑い声かも知れない）

こどもの頃母から聞いた話の中に出て来るおうさきは人間と同じ笑い方をする。おうさきに取りまかれているのかも知れない。

笑い声がまたした。いくつもの笑い声の中からひとつだけを残して、話し声に変っていった。

「おい寺牧、きさまはおれがあきさんに失恋して山へ入って死んだのだと思っているようだが、大間違いだぞ。おれはそれほど甘くはない。甘いのはむしろ、セコハンをつかまされたきさまの方だ」

明石雄平の声はひどく自信あり気だった。

「きさまはあきさんを奪ったと思いこんでいる。ところが、その前におれはあきさんとちゃんと関係ができていたんだ。きさまがあきさんに手をつけた頃には、おれはあきさんを捨てて別な女と結婚する約束までしていたんだ」

明石はそういって笑うのである。

「証拠があるのか証拠が」

寺牧は明石の声に向って怒鳴った。

「あきさんがひとりで、きさまの下宿を訪問したのは、おれとの関係を告白して、きさまになんとか助けて貰《もら》おうと思ったのだ。あの時彼女は妊娠中だった」

明石の声がぷっつり切れた。

「なんだと、もう一度いって見ろ……」

しかし明石雄平の声は二度と聞えなかった。

寺牧はあの時のことを思いかえして見た。彼女はなにか思いつめたような顔をしていた。心の中にたまったものを言おう言おうとしながら結局言えないでいる彼女を、彼はほとんど暴力に近いやり方で奪ったのだ。彼女はそのあと長いこと泣いていた。あきの伯父が寺牧のところにやって来て正式な結婚を要求したのはそれから数日後である。あわただしく結婚式があげられ、そしてあきは長男の一郎を生んだ。

「一郎が明石雄平の子だって、ばかな」

しかし、そう思って見れば、眼つきや、歩き方など、明石雄平に似ているところがないではない。

「ひょっとするとほんとにおれは……」

明石雄平の笑い声がまた聞えた。寺牧はウィンドヤッケの上から耳をおさえて、笑い声から逃げた。

寺牧はあたりの暗さから五時半から六時と時間を見こんでいた。時計が止ったのが二時、あれから少なくとも三時間は彷徨《ほうこう》をつづけているような気がした。それだけの長い時間歩き廻《まわ》って帰路が発見されないし、帰路の目標となる、ケルンにも行き当らないのが不思議だった。

「やはりおれはおうさきに取りつかれているのかも知れない。おうさきとおこじょが同じものだとすれば、おれはとんでもないばかなことをしてしまったことになるのだ。岩の中に閉じこめられたおうさきが眷属《けんぞく》を呼んでしかえしをたくらむのは当然なことだ」

時々霧の中から聞えてくる笑い声も、明石雄平のささやきも、なにもかもおうさきのやったことかもしれない。

彼は母に聞いたたったひとつの例外を思い出した。むかし、源兵衛という勇者が村にいた。源兵衛は山の中でおうさきに喧嘩《けんか》をしかけられたが、ブナの棍棒《こんぼう》をふるってつぎつぎとおうさきをたたき伏せて無事村へ帰ったという話である。

寺牧はブナの棍棒のかわりにピッケルを握っていた。ここまで追いつめられたなら、むしろ、おうさきの声に向って決戦をいどむべきだとも思われる。

防風衣の頭巾をはね上げて耳をすませて聞くと、遠くからやはり人の声がした。彼はピッケルをかまえながら、声の方に近づいていった。まずケルンが霧の中に見え出し、そして人かげが見えた。五人の男が、岩の上に腰かけていた。

「やあ、こんにちは」

寺牧の姿を見かけて五人のひとりが呼びかけた。

「どうしたんです、なにかあったんですか」

男の二度目の声で寺牧はかまえていたピッケルをおろした。

「道を迷ったんですね」

ほかの男がいった。ひどい霧だからなという男もあった。五人とも若い男たちばかりだった。ザイルをかついでいるところを見ると、明神岳か北尾根から登って来たように思われる。

「いま何時ですか」

寺牧はやっとそれだけいった。

「二時五十分です」

二時五十分、そんなばかなことが、少なくとももう六時頃にはなっている筈だ。寺牧は念のために彼の腕時計を見た。彼の時計も二時五十分を指していた。時計は止ってはいなかったのである。

「ぼくらがこのケルンへついた頃、あなたはすぐそこの岩のところでなにか探し物をしていたでしょう」

別の男がいった。

寺牧はくずれるようにそこに腰をおろした。霧が出てから三十分か四十分しかたっていないのだ。その三十分か四十分を三時間にも四時間にも感じさせたのは彼自らが作り出した恐怖以外のなにものでもない。

「ぼくらはこれから涸沢へおりるんですが一緒にいきませんか」

リーダーらしき男がいった。寺牧はそこに坐りこんでただ頭をぺこぺこさげつづけていた。

寺牧重四郎は家へ帰って山靴《やまぐつ》を脱ぐと、そのまま玄関に腰かけていた。

「あなた、山靴の手入れはしないの」

バケツに水を汲《く》んで、靴ブラッシュや皮革油やボロなどの入った箱を持って来た妻のあきが怪訝《けげん》な顔でいった。

山から帰ると家へあがる前に、必ず自分の手で山靴の手入れをしてしまうのが彼の習慣になっていた。

「もう山はやめようかと思っているんだ」

寺牧は憮然《ぶぜん》とした顔でいった。玄関が開いて、長男の一郎が帰って来た。一郎は寺

牧の顔を見るとおかえりなさいとも言わずに、

「さっき電車の中で知らない老人に、あなたは寺牧重四郎さんの子供さんでしょうと言われちゃったよ、ぼくがお父さんの若いころとそっくりなんだって、その人お父さんの大学時代の同級生だそうですよ、谷本さんとか……」

「ああ谷本、知っているよ、だが老人は可哀《かわい》そうだな、あいつだっておれと同じ五十六だ」

「五十六なら立派な老人よ、思いついたら吉日ってことがあるでしょう、やはり山はやめるべきね。あなたにはもう無理なのよ」

妻のあきはきつい顔でそういうと、彼のよごれた山靴を手元に引きよせて、さっさと手入れに取りかかった。

神々の岩壁

1

南博人《みなみひろんど》は従順な子であり、いたずらっ子でもあった。先生に反抗らしい態度に出たことは一度もなかった。しかし彼は、そのとき、先生が言った最後の言葉に疑問を持った。ひとりで山へ入ったならば、自力で頂上へ出ることは困難であるということに嘘《うそ》を感じた。札幌《さっぽろ》の郊外にある藻岩山《もいわやま》は、彼が生れた時から馴《な》れた山だった。道をそれても、上へ上へと登っていけばやがては頂上へ出られる筈《はず》である。それは小学校五年生の理屈であった。

「おい、南どうした」

列が動き出しても頂上の方を見詰めたまま突立っている南に不審をいだいて隣の少年が話しかけた。

「おれは、山の中へ入る。先生に言うなよ、言ったら、げんこつくれてやるぞ」

南の受持ちの先生のあだなはげんこつ先生である。悪いことをすると、げんこつをくれるからである。南はげんこつ先生の真似《まね》をして、隣の少年をげんこつでおどかしてやぶの中へ飛びこんだ。やぶの中を頂上まで登る気はなかった。道をそれたら、頂上へ出られないという先生のことばが、ほんとうか嘘かたしかめたかったし、同時に彼は山の中がどんな構造になっているかも知りたかった。彼はクラスで走るのは一番速かったから、五分や十分の道草を食っていても、直《す》ぐ追いつける自信があった。それにげんこつを見せた以上、誰《だれ》かが先生に告げ口をするということはまず考えられなかった。彼は餓鬼大将だった。

彼はやぶへ入った。木が密生している間をかいくぐっていくと、木の芽の強い芳香が彼の鼻をくすぐった。彼は幾度かくしゃみをした。くしゃみが誰かに聞えはしないかと、耳を澄ませたが、もう少年たちの足音は聞えなかった。

彼はにっこり笑った。たいへん面白《おもしろ》い考えが浮んだからである。少年たちは六十名いた。彼等が先生に引率されて頂上に達するまでに、先廻《さきまわ》りをして頂上に行ってやろうという野望を起したのである。先廻りをした罪で、げんこつ先生に一つぐらいげんこつを頂戴《ちょうだい》してもかまわないと思った。

彼は森の中を頂上目がけて登り出したが、道のないところを登ることがいかに困難であるかを知ると、彼自身のやっていることが、かなり冒険であることに気がついた。彼はもと来た道へ引き返そうとして、そっちの方へ移動したが、道らしいものはなく、いよいよ樹木の深みにはまりこんでいった。彼はひどくあわてた。彼は幾度か叫ぼうとしたが、声は咽喉《のど》で止った。彼は眼《め》に泪《なみだ》をためた。先生のいうとおりだとすれば、さっき彼が建てた理屈がおかしくなる。頂上は一つだ、登っていけば必ず頂上に行き当る筈だ。

彼は気を取り直した。道を探すことはやめて、一途《いちず》に頂上を目ざして直登していった。必ず頂上があると思いこんでいれば、道に迷ったことも、朋輩《ほうばい》たちと別れたことも、先生に叱《しか》られることも、少しも怖くはなかった。

高い方へ高い方へと登っていくと、少しずつ明るさが増して来ることが彼に取って希望だった。明るさが増して来ることは、頂上に近づいていることだとは分らなかった。やがて彼は道とも踏み跡ともつかないものに行き当った。そこを登っていくと、ややはっきりした山道に出会い、そこから頂上までは楽な登りだった。

げんこつ先生は真青な顔をして待っていた。

ひょっこり裏山道から現われた南を見つけると、いきなり、首っ玉をひっつかまえた。南は反射的に首をすくめた。その頭に先生のげんこつが降った。

しかし、先生は、南のしたことについてはなにも言わず、彼を列外に立たせたままで、お話を始めた。三人の斥候《せっこう》が三つの川を越えて敵地に乗りこんでいく話だった。その頃《ころ》既に太平洋戦争は始まっていた。

列外に立たせられた南少年は、ほっとした顔で右手のゆびで鼻くそをほじり出した。先生の話は聞かずに、今登って来た山道の暗さを思い出していた。げんこつのあとは家へ帰っても痛かった。げんこつで朋輩をおどかした自分がげんこつを貰《もら》ってしまった結果がおかしかった。先生を憎んではいなかった。彼は家へ帰ってからも、こぶの所在を確かめるように時々頭に手をやった。

「頭をどうした」

父の留三郎が息子の頭の異常を見つけた。

「どうした、誰がお前にげんこつをくれたのだ」

留三郎は退役陸軍大尉《たいい》であったが、日華事変と共に再び軍務に服していた。

「げんこつじゃない、木に頭をぶっつけたんだ」

南は嘘を言った。留三郎は息子の顔をじっと見詰めていた。げんこつの跡であるかないかぐらい一目見れば分る。留三郎は嘘をついたことのない息子が、なぜ嘘をつくかに注目した。

「どこで頭を木にぶっつけたのだ」

南は父の怖い眼に会うと、その日のことを話し出した。先生の注意を無視して山の中へ入って、盲滅法の登山をして、途中山道にでっくわしてようやく頂上に出ることができたことを話したが、頭のこぶは木にぶちつけたのだとつけ加えることは忘れなかった。

「お前の通った道は登山家の通る道だぞ」

留三郎はたいへん驚いた顔でそう言った。

「登山家？」

「そうだ、登山家の通る道だ」

留三郎は登山家という意味を特に説明はしなかったが、南少年にはその意味が、おおよそ分るような気がした。登山家ということばが、金塊のような重さで南少年の心の底に居すわった。

南博人が山らしい山を知ったのは札幌商業一年生の秋だった。留三郎は彼の息子を山へつれ出す前に、まず地図を開いて、その無意根山《むいねやま》というおかしな名前の山について、地形的な説明をした。

「この地図を見ろ、この道をこう通っていくのだ。記号もよく見て置けよ、どこになにがあるかを頭の中によく覚えておくのだ」

留三郎は息子に地図の見方を教えた。南はその地図に書いてあるところを、明日は実感として見られるのがうれしくてなかなか眠れなかった。

ふたりは翌朝早く札幌を出て定山渓《じょうざんけい》行きの電車に乗った。登山姿の乗客はなかった。定山渓で下車すると、南は放たれた小犬のように、はしゃいだ。無闇《むやみ》と先を急いだり、がぶがぶ水筒の水を飲んだりした。しかし留三郎はそんなことにいちいち世話は焼かなかった。留三郎は同じ歩調で、ゆっくり山道を踏みしめていた。急ぎもせぬかわり休みもしなかった。ほとんど水は飲まなかった。南はいつの間にか、留三郎のペースに巻きこまれていた。そういう登り方をしないと高い山へは登れないのだという実地の教訓は南に取って貴重なものだった。

薄別《うすべつ》鉱泉から、トドマツ、エゾマツの森林地帯を登り、ダケカンバの白い肌《はだ》が見られるようになったところに無意根小屋があった。既に番人は引き上げていたが、戸は開けられるようになっていた。

無意根小屋を出ると間もなく木がなくなった。ダケカンバの白い幹はどこにも見えず、ハイマツが山の地肌をおおいかくしていた。

風が出た。それに、あれほどよく晴れていた空がいつの間にか曇っていた。ハイマツ地帯に出てから山はがらりと変った。取りとめもなく荒涼としている景観の中に、まとまりがあるとすれば、それは頂上へ続くひとすじの道だった。

頂上に近いところで、南の前を行く留三郎が立止って言った。

「先へ行け」

頂上には笹《ささ》が生えていた。そこが登りつめたところで、そこより高いところはなかった。南は父が追いついて来るまでのしばらくをひとりで楽しむように、その辺を歩き廻っていた。眼を遠くに投げたが、意外に視界は悪く、彼が立っているところを中心として僅《わず》かな距離しか見えなかった。

見えるかぎりの距離に、霧がおしよせていて、その波頭がハイマツをたたいていた。霧はハイマツの上をさらに乗り越えて頂上へ押しよせようとするいきおいを示しながらも、先頭からもろく、くずれて、その片々がハイマツの叢《むら》の間を漂っていた。全体的に見ると、霧は大きな呼吸をしていた。霧が引けば、それだけ広い面積のハイマツが姿をあらわし、霧がよせてくれば、ハイマツ地帯は見る間に乳色の気体の中に姿をかくした。霧の動きは孤島におしよせる波に似ていた。波のように騒々しい音ではなかったが、霧の去来と合わせるように笹が鳴った。南は霧とハイマツとのたわむれを異常な光景として眺《なが》めていた。

「そうだ、山の地形をよく見て置くのだ。下から上を見ることより、上から下を見ることの方が大事なのだ、一度雪におおわれたら、山はすっかり変る。しかし、形だけは変らない、ちょっとしたでっぱりでも、時によると生命の指導標になることがある」

留三郎は南の背後に立ってそう言った。そのことばは、スキーをやるものに取って重要なことであった。無意根山はスキーの山として開けていた。

留三郎は、かつてスキーの名手として謳《うた》われた男だった。いくつかの優勝牌《はい》や賞状を獲得したが、スキーの第一人者となるためには多くの障害があった。軍籍にある彼にとっては上官の許可なくして、スキーの競技会には出場できなかったし、練習も思うようにはいかなかった。

留三郎が彼の末子が中学一年生になるのを待って無意根山へつれて来たのは、息子の頭をスキーの方へ向けようとしたためだった。だが、留三郎はそれをはっきり口には出さなかった。スキーをやれと言わなくてもやがては分ってくれるだろうと思っていた。

その夜、親子は無意根小屋に泊った。

「寒くないか」

ろうそくの火を消したとき留三郎が言った。

「寒くなんかちっともない」

南はその時考えごとをしていた。おととしの春、藻岩山へ登って、先生に大きなげんこつを貰った時のことである。

「登山家って、こういう山へ登るんですか」

「そうだ。この山は登山家の登る山だ、こういう山が日本には数え切れないほどある」

留三郎は登山家とスキーヤーを息子がごっちゃにしているのだと思った、が、別に説明の要もなかった。留三郎は息子がやがてスキーに興味を持ってくることは疑いないものと思っていた。彼は間もなくいびきを立てて眠りこんだ。

南博人は昂奮《こうふん》でなかなか眠りつけなくなった。一日のできごとが一つ一つ整理されていって、やがて彼の頭の中には登山家という彼なりの定義が、はっきりした形態をととのえていった。

2

終戦の年、南博人は商業学校二年生だった。

終戦と共に南の父は失職し、出征していた兄は終戦間際《まぎわ》に戦死した。南一家は小さな菓子屋を開業することによって、かろうじて生計を立てた。

南が学友等と山へ行くようになったのは終戦の翌年からである。急激にアメリカナイズしていく巷《ちまた》の空気になじめない者たちの集まりだった。山岳会という組織もないし、リーダーもなかった。山の好きな者同士が集まって、勝手に山へ登っていた。

「道がある山なんかつまらない」

そういい出したのは、南と最も親しい斎藤《さいとう》だった。

「道がなけりゃあ山は登れないぞ」

南はそれに反対した。

「いや、道のない山に登るのが登山家だ」

斎藤は登山家という言葉をよくつかった。彼等は定山渓と銭函《ぜにばこ》の五万分の一の地図を持っていた。二枚の地図の中から道のない山を探し出すとざっと二十近くもあったが、それ等の山の多くは地図上の名称がなかった。名前のない山へ登るのは面白くないから、名前が地図に記入してあって、道のない山を探していると、天狗山《てんぐやま》という山があった。

彼等がこの山に眼をつけたのは、この山のいただきに三つの円形の岩記号があったからである。図上から判断すると、天狗山の頂上は三つの城壁によって守られている難攻不落の城に見えた。

「ひょっとすると、誰も登ったことのない山かも知れないぞ」

未登の山と想像しただけで南には楽しかった。天狗山が、未登の山かどうかを調べるにはどうしたらいいかも彼等は知らなかった。彼等はただ山へ登ればよかったのである。

南と斎藤は夏休みを利用して、天狗山へ出かけていった。定山渓で下車して、稲豊鉱山行きの道を小《こ》幌内《ほろない》川に沿って北上して、途中西に方向をかえて天狗山攻略を目ざした。林道は途中まであったが、道を離れて一歩原生林に入ってしまうと、方向がさっぱり分らなくなってしまう。地図にたよっていても、地図にない小さい沢があったり、尾根があったりして、見当がつかなくなった。彼等は二日間の食糧しか持っていなかった。彼等は撃退された。彼等は攻撃路をかえて、小幌内川と白井川の合流点近くのダム取入口から小天狗山をめざしてよじ登っていった。小天狗山から天狗山は尾根伝いであった。沢を入って失敗した彼等は今度は尾根道を選んだのである。

小天狗のいただきに立つと、きばのように突き出して天狗山の頂上がよく見えた。彼等は尾根伝いにどうやら天狗山の下まで出たが、そこには百メートル近い岩壁がそそり立っていた。

三度目に天狗山へでかけたのは秋であった。ふたりは岩壁にそって天狗山を廻った。どこかに、登攀口《とうはんぐち》を見つけようとしたがやぶが深くて、思うように奥へ進めなかった。彼等は食糧を食べつくし、山葡萄《やまぶどう》で飢えをしのいだ。山葡萄はいくらでもあった。一本の木にからんでいる葡萄蔓《ぶどうづる》をたぐると、ルックザックいっぱいぐらいは取れた。彼等は登攀をあきらめて山葡萄を背負って帰った。

翌年の春、雪解けを待って南と斎藤は四度天狗山にでかけていった。今度こそ、なんとかして登るつもりだったが、意気ごみだけで、たいした準備はしていなかった。ふたりは素手で盲滅法の岩登りを始めた。ものの二十メートルも登ったところで、行きつまった。やむなく、足に巻いていたゲートルをほどいてつなぎ合せ、それにつながって岩をおりようとした。ゲートルが切れて、斎藤が先に墜落し、斎藤の安否を確かめようとして、下山をあせった南がまた同じところで墜落した。ふたりは雪渓の上を滑って、木の根っ子の雪穴にはまって止った。斎藤は頭に負傷し、南は擦過傷《さっかしょう》を負った。

翌日、斎藤は頭に包帯を巻いて学校へ出た。その斎藤を取りかこんで、山の好きな学生が集まった。

「天狗山へは登る道がちゃんとあるぞ」

そう言ったのは、同じ学生だが、クラスの違う計良《けいら》という男だった。

計良は札幌山岳クラブのメンバーであった。計良が持って来たルート図によると、稲豊鉱山へ向う途中から沢伝いに尾根へ出て、裏天狗と本天狗の中間に出るルートがあった。

「それにあの岩壁はザイルがなけりゃあ、登れないぞ」

南は計良からザイルという言葉を初めて聞いた。ザイル、岩釘《ハーケン》、鉄環《カラビナ》などという山言葉を異様なものに聞いた。

計良を知ることによって南の登山の知識はひろまった。彼は計良から登山の本を借りた。知らないことだらけだった。天狗山をやるには、一応山道具をそろえなければ無理だし、そういう山道具の使い方だって覚えなければならない、なによりも問題なのは山道具を買う金の捻出《ねんしゅつ》であった。

彼等は二、三人より集まって、土曜日の午後になると札幌市内の工事場を廻った。日曜日のアルバイト探しである。

「小遣いをかせいでなににするのだ」

工事場の現場監督が南に訊《き》いた。

「山へ登るための道具を買うんです」

「山へ登るのか君たちは、ほう」

監督は、ひどく南の答え方に打たれたようだった。南等は土曜半日と日曜一日を、数カ月そこで働いた。山道具はひとつひとつととのえられていったけれど、ザイルだけは彼等が金を出し合ってもとうてい買えそうもなかった。

「天狗山攻撃は当分できそうもないな」

登山用具を並べて、考えこんでいる南に留三郎が言った。

「やるさ、そのうちきっとやる」

「やると言っても、キャハンや細引きではやれないだろう」

留三郎はひとりごとのように言い残して、その翌朝上京した。一週間後に留三郎は三十メートルの登山用ザイルを買って帰って来た。中古品だった。

留三郎は彼の息子がスキーヤーになるつもりは全然ないことを見てとると、レース用のスキーのかわりのつもりでザイルを買ってやったのである。苦しい家計の中から割り出した血のような支出だった。

その年の秋、南はとうとう天狗山の岩壁をよじ登って、ザイル、ハーケン、カラビナの偉力をたしかめた。学校は旧制商業学校と新制商業高校との入り混った状態だった。南は札幌商業の四年に進学した。それから卒業するまでの、彼の山に対する熱の入れ方はむしろ、狂的だった。彼は斎藤や計良と共に札商山岳部を作った。彼等の目的はヒマラヤへ登ることだった。いつかは必ず、このメンバーでヒマラヤへ登ろうと固い約束をした。

ヒマラヤ登山に成功するかしないかは、登山技術ではなくして、体力である。或《あ》る新聞にそんなことが書いてあった。終戦後四年、となると世の中はやや安定して、ヒマラヤ登山のことが新聞紙上を賑《にぎ》わすようになった。

彼等は空沼岳《そらぬまだけ》をふり出しに、札幌岳、天狗山、白井山の縦走をやった。季節を無視して行動した。雪中ビバークに馴《な》れたし、冬期の天狗山岩壁登攀にも成功した。

山へ行く費用がなくなると、工事場で働いた。彼等は在学中に五万分の一の銭函と定山渓の二つの地図を五センチ角に区切り、このすべてを踏破しようという野望を立てた。そして、その大半を終了したところで、学校を卒業した。

札幌商業学校を卒業した南は職を求めて単身上京することにした。ヒマラヤ行きの希望をかなえるためには、まず東京へ行くべきだと考えた。

上京するについて、母は彼のために布団《ふとん》を用意したが、彼はそれを持ってはいかなかった。彼には登山用の寝袋一つあれば充分だった。

数人の山友達が山の歌を歌って彼を送った。彼はヒマラヤへ行くつもりで札幌を後にした。

3

南博人は上京してすぐ赤坂の自動車部品店に就職した。十八歳の春である。

彼は店で寝起きした。机の上に寝袋を敷いて、それにもぐりこめば、寝具は要らないし、食事は好きなものを飯盒《はんごう》で炊《た》いて食べられた。

自動車部品店は社員十数人の小さな店だった。南は一カ月もたたないうちに、彼等の生活の中に溶けこんだ。

南はよく働いた。文句をいうよりまず実行という、山の気持をそのまま職場に持ちこんで来た彼を讃《ほ》めないものはなかった。しかし、この店には山に関心を持っている者はひとりもいなかった。南が寝具として使っている寝袋を見て顔をしかめる男はいても、その寝具が山においてどれだけ必要なものかを聞こうとするものはなかった。

会計係に新堀という男がいた。

南は初めて貰った月給の一割に当る五百五十円を貯金した通帳を、新堀にたのんで店の金庫に保管して貰った。

南の貯金は、月給日が来ると、五百五十円ずつきちんと増えていった。

「なんのために貯金するんだね」

南が店に来て、三カ月目に新堀が聞いた。

「ヒマラヤへ遠征する資金です」

南は悪びれもせずにそう答えた。

その店は一年でつぶれた。つぶれる二カ月前に新堀は中野の運送店へ移っていた。赤坂の自動車部品店はつぶれるまで南にちゃんと俸給《ほうきゅう》をくれたし、つぶれたときは俸給の他《ほか》に退職手当として二千円くれた。南はその翌日、山道具をかついで、新堀のところへ尋ねていった。店がつぶれたら俺《おれ》のところへ来いと、かねて新堀から誘いがかかっていた。

南は運送店の二階に落ちついた。彼のほかに若い運転手が二、三人いた。南は赤坂の自動車の部品店に働いているうちに自動車の運転免許は取っていたから、運送店へ就職した翌日から運転課へ廻された。

引越しが多かった。引越しトラックに乗りこんでいくと祝儀《しゅうぎ》がいくらかでることが普通だった。生活は、自動車の部品店にいた時より遥《はる》かに楽になった。楽になった金だけ、ヒマラヤ行きの貯金は増えた。

運送店では代休が効いた。週一回の休みを二週間ためて、二日続けて休暇を取ることができた。これは山に行く者に取ってはこの上もないことだった。

彼はまず富士山へ登った。昭和二十五年の春である。日本一の山としてあこがれていた山はただ高いだけで、意外につまらない山だった。奥多摩、奥秩父《おくちちぶ》、丹沢《たんざわ》と、彼は東京近郊の山をひととおり歩き廻った。そして彼はどの山も、北海道の山にくらべると、あらゆる点においてスケールの小さいことに失望した。こんな山へ登っていたのでは、とてもヒマラヤへは登れないと思った。

その秋、南は新宿で札幌時代の山仲間の多田順に会った。

多田は南と同じ頃東京に来て貿易商に勤めていた。

「どうだ、山をやっているか」

多田が南に言った。いいっぷりから見ると、多田は東京に来てからもかなり山に親しんでいるように思われたが、話し合って見ると、南と同じように東京周辺の山歩きの域を出てはいなかった。

「東京の近所と言ったらやはり丹沢だな、丹沢にはまだ登られていない滝が三つもあるぞ」

多田は山岳雑誌で読んだ知識を南の前に披瀝《ひれき》した。

「そいつをふたりでやろうじゃあないか」

未登の滝は中川川《なかかわがわ》流域悪沢《わるさわ》F_2（下から二番目の滝）下棚沢《しもんだなさわ》F_1（下から一番目の滝）及び玄倉《くろくら》本谷大杉沢F_1（下から一番目の滝）であった。彼等は次の休暇を利用してまず悪沢の未登攀の滝に出掛けていった。F_2は二十メートルの滝だった。岩壁の中央をちょろちょろ滝が流れ落ちていた。未登攀の証拠には、どこを探しても岩釘《ハーケン》が打ってなかった。

南はトップに立って、この壁に六本の岩釘を打って直登した。未登の滝の岩壁を登ったことについて大して感激はなかった。こういう岩は濡《ぬ》れていることを特別に考慮に入れないと、大失敗をするおそれがあるぞと自分をいましめた。

下棚沢のF_1の滝は前よりも楽だった。

第三番目の未登の滝大杉沢F_1は十一月に入って直ぐの休日を利用して出掛けていった。多田が古本屋で買った山岳雑誌によると、この滝はかなり手ごわいように書いてあるから、二十本のハーケンを用意していった。十一月上旬としては寒い、よく晴れた日だった。

彼等二人が大杉沢F_1の直下で二十メートルの大滝を見上げているのが、大杉沢のすぐ隣の同角沢《どうかくざわ》を登っていた吉野幸作の眼に止った。

吉野幸作は当時日本を代表する登攀家の一人として既に名が通っていた。彼は緑山岳会の幹部であったが、他の幹部と登攀技術理論で意見を異にして、そこを退会し、新しく山岳会を作ろうと計画していた。

吉野は大杉沢のF_1の直下に立って見上げている男たちに一度は眼を止めたものの、その男たちがまさか、F_1に挑戦《ちょうせん》しようとは思っていなかった。F_1は登攀困難の滝であった。吉野自身が本気でかかっても、容易に陥落する滝ではなかった。

吉野幸作は眼をもとに戻《もど》して、同角沢を登り出した。数歩登ってさっきの男たちが気になったから、そっちへ眼をやった。滝の下に立っていた男のひとりが、ハンマーで岩壁を叩《たた》いているのが見えた。一カ所ではなく、岩壁の下部全体をハンマーで叩き廻っている格好は、少々滑稽《こっけい》でもあった。

「このごろは、おかしな野郎が山へ来るようになったからな」

吉野はひとりごとを言って、予定のコースを登りだした。水に濡れた、いやな岩壁を斜めに横切って、岩棚《テラス》に立つと、そこから、大杉沢のF_1が眼の下に見えた。

岩をハンマーで叩いていた男はF_1の岩壁に岩釘《ハーケン》を打ちこみ、それにザイルをつけ、ザイルの端を腰に結んで、岩壁の下部を、時計の振子のように、左右に飛び歩いていた。そういうことは珍しいことではなく、登攀家が、登攀前に、その岩に馴れるためによくやることであるが、吉野に注意を喚起させたのは、その男のやり方にあった。

その男は岩にじゃれついていた。

「あいつはやるぞ」

吉野はその場に腰をおろして一服つけた。

岩とたわむれていた男は、岩から離れると、登攀の準備にかかった。ハーケンやカラビナを腰につけたほかに、登山用あぶみをルックザックから出した。吉野はちょっと妙な顔をした。あぶみを使って登るつもりだとすれば、相当な経験者に違いない。男は岩に取りついた。ほんのあるかなしかの岩のでっぱりやへこみを利用してのバランス登攀はうまいものだった。男は行きつまったところで一発目のハーケンを打った。岩に打ちこまれていくハーケンの音を聞いた時、吉野は思わず身体《からだ》を前に乗り出した。

「あいつはほんものだ」

岩に打ちこまれていく、ハーケンの余韻を持った響きのことを登攀家たちは、ハーケンが歌うと言っている。そのハーケンの歌い方が尋常一様ではなかったからである。

男はそのハーケンに自分の身体を自己確保してから、更に次のハーケンを打った。ハーケンにあぶみがかけられた。彼は下の男に合図した。ザイルが引っぱられ彼の身体はいくらか上昇した。

男はハーケンを惜しむことなく打った。そのハーケンの打ち方の早いことと、ザイルやあぶみの使い方、身のこなし方は、まれに見る非凡な登攀家に思われた。二番の男ともよく呼吸が合っていた。今まで日本であまり行われていない人工登攀法をやっているようにも見えた。吉野はえらい奴等《やつら》にぶつかったものだと思った。おそらく名のある山岳会のメンバーに違いない、吉野は頭の中に、数人のベテラン登攀家を描いて見た。そのいずれでもなかった。その数を十人に増した。その中にもトップを登っているその男はなかった。結局吉野は、彼等がどこの山岳会に属しているかを嗅《か》ぎ出すことができなかった。

「大体あんな新しい登攀法をやっている山岳会なんかありゃしない、しかし……」

吉野は眼をこらした。彼は更に感心した。トップの男は決して冒険はしていなかった。いかなるアクシデントも考慮に入れて、自己確保のハーケンを二重に用意していくことだった。一本が誤って抜けても、必ずもう一本が彼の墜落を食い止めるという、理論どおりの着実さに感心したのである。

「まるで、ハーケンを打ちに生れて来たような男だ」

吉野はトップの男に讃辞《さんじ》を送った。

二時間半で、彼等は大杉沢F_1の滝、二十メートルを直登した。彼の打ちこんだハーケンの列と数十五本のハーケンが未登の岩壁に打ちこまれた。彼の打ちこんだハーケンの列と数メートル離れて平行に、ささやかな水量の白滝が岩壁を垂下していた。

トップの男は未登攀の滝を直登したのにもかかわらず、たいして感激もないようだった。疲労も見せなかった。彼は滝の上に立つと、ちょっと下を見おろしてから、なあんだという顔で、右手のゆびを鼻の穴に突込んで鼻糞《はなくそ》でもほじくっている様子だった。自然と男の顔が同角沢の方に向いた。

吉野は立上った。彼は感動をこめて手をふった。どこの山岳会であろうとも、輝かしい初登攀に対して敬意を表するべきだと思った。滝の上に立った男は右手を上げてそれに応じた。

吉野は玄倉のバス停留所で長いこと男を待った。大杉沢を登ったからには、きっと、ここに出て来るに違いないと思った。

吉野には一つの目的があった。彼は緑山岳会を退会して、彼の理想のもとに、新しい山岳会を組織しようと思っていた。そのことについて、彼が尊敬する山岳会の元老の羽賀正太郎のところに相談に行ったことがある。

「結局、いい会員を持つことがいい会を作ることだ」

羽賀正太郎はそれ以上、余計のことは言わなかった、吉野はその時のことを思い浮べていた。

(あの男がもしどこの山岳会にも属していないとしたならば……)

そんなことがある筈《はず》はなかった。あれだけの技術を持った男が、ひとりでいる筈がない。どこかの会にいるには違いないが、場合によっては、吉野の山岳会設立の趣旨に賛成して入会してくれるかも知れない。そんな気持で吉野は玄倉のバスの停留所で待っていた。

南博人は快い疲労を全身に感じながら多田とふたりで山をおりて来た。山へ登るたのしみはこういう時にもあるのだ。彼はバスの停留所に立った。知らない男が手を上げた。

「おめでとう、とうとう大杉沢F_1をやりましたね」

吉野はふたりの業績をほめてから、もと、緑山岳会にいた吉野幸作であると自己紹介した。

吉野はかなり自分を意識していった。吉野幸作と名乗って知らない顔をする奴は山男ではない。しかし、ふたりはたいして驚いた顔をしなかった。むしろ反応のない顔で、

「ああそうですか、ぼくは南博人っていうんです」

トップをやった男はけろりとして答えた。吉野幸作と言ったのに、ああそうですかと言ったのは明らかに登山家としての吉野を無視しての答え方だった。吉野は改めて南を見直した。眼の丸い、まだ少年の面影《おもかげ》が残っている男だった。

「どこの山岳会ですか」

吉野はややとがった声で言った。

「山岳会なんかに入ってはいませんよ、北海道に居たころから山が好きでしてね、僕《ぼく》等《ら》は……」

南は多田と顔を見合せてにやりとした。

「それにしてはたいしたものだ、勿論《もちろん》谷川岳や穂高へはなんべんも行ったでしょうね」

「いいえ、名前は聞いていますが、行ったことはありません」

吉野はそう答えている南の顔を睨《にら》んだ。とぼけているなと思った。あれだけのことをやらかす男が山岳会にも属さない。谷川岳も穂高も知らない筈はない。

「あなたはさっき、一風かわったザイルテクニックをやりましたね、あれは……」

「ああれですか、アルプスへの挑戦という外国映画を三べん見て、覚えたんです」

南のいうことが吉野にはぺろりと舌を出されたように聞えた。

「丹沢には、まだ他に未登攀の滝が残っていますかねえ」

南は黙っている吉野にそんなことを聞いた。

「あるよ、下棚《しもんだな》のF_1、中川川の悪沢のF_2が未登攀の筈だ」

「その滝ですか、それは二つとも先週と先々週に登りましたよ、つまらない滝ですねあの滝は」

吉野は怒りを顔に出した。どこまで人を馬鹿《ばか》にしているのだ。なぜ、そんな芝居を打つ必要があるのだ。そう言おうとしたが止《や》めた。ひょっとするとどこかの山岳会が、なにかの意図があってこの男をわざと、吉野の眼前へさし向けたのかも知れない。

「きみはどこに勤めているのかね」

吉野は訊問《じんもん》の口調で言った。

「私は中野の運送店に勤めています。毎日これですよ」

南はハンドルを握る真似《まね》をして大声で笑った。

4

吉野幸作は東京へ帰ると真先に鵬翔《ほうしょう》山岳会の知人に連絡を取って南のことを聞いた。

「そんな奴知らないね。うちの山岳会では、今のところ誰《だれ》も丹沢には入っていないぜ」

独標山岳会に聞いてみても、南博人という男を知っている者はいなかった。昭和山岳会にも山岳同志会にも、ベルニナ山岳会にもいなかった。岩壁登攀で名の通ったどの山岳会に聞いてみても、南博人という男について知っている者はなかった。

「夢でも見たんだろう。大体、大杉沢のF_1を二時間半で登れるわけがないじゃあないか」

そう言う男もいた。吉野幸作は、最後に羽賀正太郎にありのままを報告した。

「ひょっとするとたいへんな男だぜ、そいつは。百年に一人か二人しか出ないような天才的クライマーかも知れない。例えば、ヘルマン・ブールみたいな男かも知れないぞ。おれはこんどの日曜日に、大杉沢F_1を見に行く。この眼《め》でそいつの登った跡を確かめて見たいんだ」

吉野幸作と羽賀正太郎は次の日曜日に丹沢へでかけていって、大杉沢F_1、下棚沢F_1、悪沢F_2の三つの滝を見た。羽賀正太郎は、三つの滝に打ちこんだハーケンの跡を双眼鏡で追いながら感嘆のうなり声を上げた。

「天才かそれとも馬鹿だ」

羽賀は吉野に言った。

「少なくとも正当な登攀技術を学んだ人だとは思われない。とにかく、帰ったら、直《す》ぐその南という男を探し出すんだ」

ふたりは東京へ帰ると、南が中野の運送店に勤めていると言ったことばをたよりに、中野にある運送店に片はしから電話をかけた。南は中野駅からそう遠くない運送店に勤務していた。

南は、羽賀正太郎の名も知らなかった。吉野幸作が羽賀の家へ南をつれていったわけも分らなかったが、羽賀正太郎の応接間の本棚にいっぱいつまっている、あらゆる国のあらゆる山岳に関する本を見てきもをつぶした。これだけの山の本を持っているからには、この男は日本の山岳界の大ものに違いないと思った。

南は聞かれるがままに、彼の山歴を話した。

「すると、やはりあの登攀術は映画を見て覚えたものなのか」

吉野はようやく納得できたようにひとりでうなずいた。

「登攀家《クライマー》になるつもりなんですか」

羽賀が聞いた。

「登攀家になってヒマラヤへ出かけたいんです。それがぼくの希望なんです」

南はその目的のために月給の一割を毎月貯金していることまで話してから、ちょっとはにかんで、頭を掻《か》いた。ゆびは節くれ立って長かった。運送業という仕事に、彼の若い身体は自然と馴らされていきつつあった。

「吉野君、君はすばらしい奴を見つけたな」

その翌日、羽賀は吉野に電話をかけた。

「あれこそ天才だ。あれこそほんものの登攀家になる要素を持っている男だぞ。ヒマラヤという目標のために貯金をしているというところにあの男のえらさがある。だいたい、登山家だとか登攀家だとか言っている連中で貯金通帳を持っている男は幾人いると思う。おそらくいないだろう。吉野君、君はどうかね、君もヒマラヤを狙《ねら》っている一人だが、貯金をしているかね……」

羽賀は電話に向ってまくし立てていながら、ふと空虚なものを感じた。電話は吉野の方で先に切っていた。

南博人と吉野幸作が、初めてザイルを組んだのは谷川岳一の倉であった。十一月の末だったが、谷川岳は既に冬のかまえをしていた。

吉野は多くを語らなかった。彼はものを言わないかわりに実行した。南が自己流に結んだザイルを、だまってほどいて、別な結び方をして、南に解いて見るように差出した。些細《ささい》な比較実験だったが、それで南は、彼のザイルの結び方が自己流であって、もっと理論的に究明されたザイルの結び方があることを知った。

二の沢に入ってから天候が悪化した。大滝上部のせまい岩棚《テラス》でビバークせざるを得なくなった時の、吉野の行動は、更に南を驚かした。吹雪に対するかまえと、墜落に対する準備、食事、睡眠等の一連の作業がいささかの混乱もなく、ほとんど身体を一個所《かしょ》に固定したままでやって見せた。

南の登攀技術は吉野と知り合うことによって大きく変貌《へんぼう》した。南は吉野から、正当な登山技術と登攀技術を次々と教えこまれていった。

南はすでにベテランだったが、それはあまりに野武士的であった。丹沢の滝の初登攀はできても、それ以上の岩壁を越えることはできなかった。

南はそれまで彼自身で得た技術を吉野から学んだ基本的技術に投入していった。吉野と南のふたりのパーティーが谷川岳に現われ、八ヶ岳に現われ、やがて穂高岳で見かけるようになった。

「おい南、リーダーになるにはそんなのろまでは駄目《だめ》だ」

吉野はそういう言葉をよく使った。寝袋の中に着かえの衣類を持ちこんで、チャックをしめて、そのせまい寝袋のなかで、冬期装備の下着いっさいを着かえるのに、三分以上かかってはならないと南に教えた。ふたりはしばしば競争をした。一度だけ南は吉野に勝った。勝ったぞと怒鳴って、寝袋から這《は》い出した南は、股間《こかん》にむなしいものを感じた。パンツを脱いだが穿《は》きかえるのを忘れていたのである。

吉野は南を一人前のリーダーとして仕上げると、かねての希望だった会を作って東京雲稜《うんりょう》山岳会と命名した。吉野、南のもとに会員が次々と増えていった。

昭和二十九年、南は中野の運送店を止めた。別に止める理由はなかったが、そのまま運送会社に勤めていること自体に彼は妙に抵抗を感じた。ヒマラヤに近づくためには、運送店よりも、山そのものと直接関係がありそうな職場にいた方が有利のように思われた。

彼は新宿の運動具店に職を変えた。運送店にいたころより収入は減ったが、店にいながら、山道具を買いに来る客を通じて山の消息を常に聞くことができた。

運動具店の主人は山に理解があったし、登攀家としての南の名に敬意を表していたから休暇の前借には特に便宜を払った。

この頃《ころ》から南博人の名前は山岳雑誌やスポーツ紙にちょいちょい見られるようになった。少々山のことを知っている者ならば、南博人の名を知らないものはなくなった。

南の名の背景には雲稜山岳会があり、会長には吉野幸作がひかえていた。南は次々と新しい岩壁に挑《いど》んでいった。

谷川岳幕岩Bフェース　第四登
谷川岳幕岩Aフェース　第四登
穂高岳滝谷ドーム西壁　第三登
冬季一の倉エボシ南稜　初登攀

八ヶ岳大同心正面壁　初登攀
槍岳《やりがたけ》東稜　初登攀
谷川岳幕岩Cフェース正面壁　初登攀

登攀不可能と思われる岩壁を神の存在と結びつけるのは洋の東西を問わない。未登攀の岩壁を神々の岩壁と呼ぶ登攀家がいた。

昭和三十二年までに南が残した足跡の主なるものの中に神々の岩壁が既に四つもあった。彼は名のある岩壁はほとんど登った。特に相手は選ばなかった。同じ山岳会の者で気心の知れている者ならば誰とでもザイルを組んだ。東京に来て八年間百回近い岩壁登攀をやって、一度の失敗もなかった。彼とザイルを組んだものにゆび一本怪我《けが》をさせたことはなかった。

南の登攀家としての実力は、日本における登攀家のベストテンに数えられるようになった。

戦後十年を過ぎると登山界は異様な活況を呈した。

若い登攀家たちは血眼になって、未登攀岩壁に挑戦していった。次々と神の座にはハーケンが打たれ、神々の岩壁として残るものは、ほんの二、三に過ぎなくなった。

そのうちの一つに谷川岳一の倉のコップ状岩壁があった。その岩を遠くから見ると、コップを縦に二つに割って、その一つを岩にはめこんだような格好をしていた。高さ二百三十メートルの垂直壁であった。

並みたいていの人工登攀術を以《も》ってしては、困難であろうと目されていた。

昭和三十三年、この岩壁に向って、六つの山岳会が挑戦していた。

5

雲稜山岳会会長吉野幸作はコップ状岩壁の攻撃のリーダーに南博人を送った。南の勤めている運動具店は木曜日が休日だったから、彼は水曜日の夜行で谷川にでかけていって、木曜日一日をコップ状岩壁の偵察《ていさつ》と試登に費やした。

南は鈴木敏之《すずきとしゆき》と組んで、四月末にコップ状岩壁の取つき点直上二十メートルの大オーバーハング（おおいかぶさっている大きな岩）を乗り越えた。そのことは三日後に現場に来た緑山岳会会員によって確認された。南はそこに、赤い色の登攀用あぶみを吊《つ》りさげたまま引返したのである。

赤いあぶみは、コップ状岩壁へ一番槍をつけたことを誇示する雲稜山岳会の会旗であった。

コップ状岩壁の第一のオーバーハングが雲稜山岳会の手に落ちたということは、コップ状岩壁を狙う他の山岳会に大きなショックを与えた。特に緑山岳会会長の寺田杵男《てらだきねお》にとっては、もと緑山岳会にいた吉野幸作の主宰する雲稜山岳会が、今や緑山岳会と同位にまでのし上って来ていることについて無関心ではおられなかった。

寺田は吉野に対して、コップ状岩壁攻撃の緒戦の成功を祝福した。それに対して吉野は、南が開いた、第一オーバーハングまでの登攀ルートを、緑山岳会が足場にしてのコップ状岩壁完全登攀をすすめた。寺田と吉野はもともと親しい山友達であった。二つの山岳会は、雲稜山岳会と緑山岳会とのコップ状岩壁の登攀競争が始まった。二つの山岳会は、会の全力をこの岩壁に注入した。

この年は早くから梅雨に入って、七月まで悪天候が続いた。この四カ月間、毎週二組のパーティーがコップ状岩壁にでかけていって、南が奪取した第一オーバーハングから上部に向って一本ずつハーケンを打ちこんでいった。登攀ルートは岩壁取つき点から、南が赤いあぶみをかけた点までは共通だったが、そこから雲稜山岳会ルートと緑山岳会ルートに分れて、頂上に向って延びていった。雨の中の遅々とした進撃だった。

南は四月から七月まで、毎週、コップ状岩壁に出かけていった。緑山岳会には負けたくなかった。七月の梅雨の後期に入り谷川岳の岩壁は滝のような雨に洗われた。登攀の競争は一時中止された。勝負は、天候にかかっていた。丸二日天気が続けばいいのだ。ハーケンと食糧をそろえて二日間攻撃すれば、不落を誇ったコップ状岩壁も陥落することは間違いないように思われた。ハーケンの道はそこまで延びていた。その日曜日は秋空のように澄んでいた。南は吉野の下宿の窓からその空を見上げた瞬間敗北感を味わった。おそらくこの日曜には、緑山岳会が総力を上げるだろうと思った。

彼の予想は当った。コップ状岩壁はその日に緑山岳会山本勉をリーダーとする攻撃隊に征服された。

南はそれから四日後の木曜日にコップ状岩壁を見にいった。彼は岩に手をかけたが、登ろうとはしなかった。第一オーバーハングはこの岩壁の城門だった。城門を奪取したのはおれと鈴木敏之だ。涙が出た。彼はコップ状岩壁を背にして引きかえして来る途中で、ふり向いた。自分でも未練がましいと思いながらも、四カ月間通いつめた、コップの黒い肌《はだ》をもう一度見たかった。岩は霧におおわれつつあった。頂上から、白い布をおろすように流れ落ちて来るガスはコップ状岩壁の黒い肌をかくしつつあった。それは、南と約束していながら南を裏切って、他の男に肌を許した女の懺悔《ざんげ》の姿にも見えた。

南は視線の方向を変えた。眼の前にでっかい岩壁が突立っていた。衝立《ついたて》岩正面岩壁である。この三百メートルの垂直岩壁も神々の岩壁だった。いかなる人工登攀術を以ってしても、この神の座へ登ることは困難とされていた。登攀の対象とはならない岩壁だった。

南は衝立岩を見上げた。この岩壁には誰も登っていないし、誰も登ろうとしていない。彼はそう思った途端身ぶるいした。そういうことを考えてはならない岩なのだ。コップ状岩壁を攻撃するため、何回となく、この岩壁の下を通ったが、ついぞ登ろうなどという気持になったことのない岩壁だった。

彼は衝立岩直下までいって、ハンマーで岩をたたいた。岩から応《こた》えがあった。登って来い南、彼は岩の答えをそう聞いた。

神々の岩壁に挑戦することはひとりやふたりでやれることではなかった。山岳会の総力を上げてかからなければならないし、登攀隊のリーダーたるべき者は並みたいていの心がまえではいけなかった。南はこの偉大なる垂直岩壁を完登するには、少なくとも、十日はかかると見た。問題は体力であった。

南は北海道にいたころよくやったマラソンを始めた。毎朝一時間ずつやっていると、山へ入ってからスタミナが利《き》いた。

南は中野区城山町六番地の三軒長屋の一つにいた。四畳半であった。雲稜山岳会会員の石橋俣男《いしばしまたお》が探し出した家だった。石橋がこの家のことを城山御殿と名をつけた。一日中日の当らない、形ばかりの家だった。山へ出かけて、一週間も留守をすると、部屋の隅《すみ》にキノコが生えるようなじめじめした家だった。

南は牛乳配達の車の音を目覚まし時計のかわりにして飛び起きると、マラソンにでかけていった。だいたい同じコースを走って、疲労度と時間の関係を日記帳に記入していた。

八月の朝であった。彼はいつものように、いつものコースを走っている時、突然犬に吠《ほ》えつかれた。犬が悪いのではなく、彼が突然生垣《いけがき》の角を曲ったために、そこにいた犬にぶつかりそうになったのである。

「だめよメリー、なんでもないのよ……」

鎖の先を持っていた娘が犬をたしなめてから、南に微笑を浮べながら挨拶《あいさつ》した。白いスーツがよく似合う小柄《こがら》な娘だった。南はなにかいった。なんといったか自分では気づかなかったが、かなり走ってから、なにもあわてて逃げるようにしなくてもよかったのにと反省した。その朝の白い顔の微笑が彼の頭に一日つきまとった。翌朝彼は、犬をつれた娘に会うことを期待してマラソンにでかけたが、会えなかった。その次の日の朝彼は再度娘に会った。犬は彼を覚えていて吠えた。

「ごめんなさい、きっとメリーはあなたを敵視しているんだわ。あなたが一度メリーの頭を撫《な》でてやって下されば、もう吠えつくようなことはありませんわ」

娘はそういって、犬をかかえこむようにしてしゃがんだ。南もそこにしゃがんで犬の頭を撫でてやった。

「たいへんですわね、競技にお出になるんですか」

「競技？　ちがいます、僕は山へ登るために走り廻《まわ》っているのです」

娘は妙な顔をした。

「岩登りをするためには、体力を作っておかねばならないんです」

それで娘はやっと分ったような顔をした。それっきり、娘には会えなかった。コースを変えて走っても、時間を変えて走っても、会えなかった。娘に会えなくなっても、白い顔の微笑は南の脳裏から離れなかった。

九月に入って間もなく、新宿の店で南はその娘に会った。ハイキング用の靴《くつ》を買いに来たのである。偶然の邂逅《かいこう》だった。南はその娘が彼を覚えていてくれたことで有頂天になった。靴の選択に応じていても、胸が鳴って、言葉につまずいた。未《いま》だかつてない気持だった。娘は空色の靴を選んだ。その靴を持って娘が店を出ると、もう娘とは永久に会えないような気がした。

「ハイキングなんかつまらないから、おやめになって僕等の山岳会に入ったらどうです」

南はおこったような顔でいった。娘は、南がなぜそんなことを突然いうのか、不思議な顔をして南の顔を見つめていた。

娘は眼をつぶった。つぶったように見えるほどゆっくりしたまばたきだった。つぶっている間に答えを考えているふうにも見えた。娘は美しい眼を開いて言った。

「入会の規則書でもございますの」

「規則書ですか、はい、規則はございますが、まだ印刷してはございません。早速うつしてお送り申上げます」

南はばかていねいな言葉を使った。

6

南は、犬をつれて散歩に出る仁保京子《にほきょうこ》を、ランニングシャツ一枚で待ち受ける必要はなくなった。京子が雲稜山岳会に入会したからである。南は雲稜山岳会の創立と同時に入会した十年会員であり、会の運営については会長の吉野に次ぐ実力者であった。

新会員に対する初歩教育に直接手を出すべきではなかったが、彼は京子が参加する山行には必ず同行した。京子の教育は他のリーダーたちに任せなかった。

南に対する非難が新会員の間から起った。南リーダーが京子にだけ親切にするというねたみであった。女性会員が二人続けて退会した。

「困るなあ、南君。だいたい新会員の教育なんかにきみが出るのがおかしいんだ」

吉野が南を責めた。南は頭を下げたまま会長の叱《しか》りを受けていた。

京子はカモシカのように敏捷《びんしょう》な女だった。バランスもいいし、女性会員に共通する男性会員に甘えるふうもなく、言われた通りに素直に動く会員だった。欠点が一つあった。それは山男たちの間に置くには美し過ぎるということだった。

京子に岩登りをすすめたのは南である。小柄で敏捷で、バランスのいい彼女を女性登攀家《クライマー》に仕立てあげたら、すばらしいだろうと思ったからである。

「そうねえ、考えて置くわ」

彼女はすぐには返事をしなかったが、次の日曜日に三ツ峠の岩場で行う筈の新人登攀訓練に参加することを申し出た。南は店を休んで、その訓練に自ら指導員として参加した。

岩に馴《な》れさすためのごく初歩の訓練だった。京子は頰《ほお》を輝かせて、岩を登ったりおりたりした。南の思ったとおり京子は女性会員の中ではずば抜けてうまかった。

午後になって南は新人会員たちにザイルを使って岩場を下降する技術を教えた。吊りさげられたザイルを身体《からだ》に巻きつけるようにして、両手をたくみに動かしてザイルを送り、足で岩を蹴《け》りながらバランスを取って下降する技術だった。傾斜のゆるいところから始めて、やがてその角度を増していくのである。

南は、京子がなにをやらせても他の会員よりもうまいことですっかり嬉《うれ》しくなっていた。南はしばしば京子を賞讃《しょうさん》し、そして、彼女にやや困難と思われる岩場の下降を第一番にやる栄誉を与えた。

南は功をあせりすぎていた。一日でそこまでやるべきではなかった。いつもの彼ならば、そんなことをする筈はなかったが、彼は京子を意識し過ぎてもいた。

京子は岩場の中途でバランスを崩して、足を岩からはなした。京子の身体は両手でザイルを握ったまま真直ぐに延びた。次の瞬間、京子の身体は足の方から先に十メートル下の雑木林の中に落下した。

京子は右足を骨折した。

南は東京に来てから何回となく山へ登った。ザイルを組んだ相手に一度も怪我をさせたこともないし、彼がリーダーとなった、登攀練習会で、たった一度の事故も起したことはなかった。彼の十年間の実績は眼の前で消えた。

南は傷ついた京子を背負って山道を歩いた。彼の背で苦痛をじっとこらえている京子と共に彼も苦しんだ。南は彼女にかけている自分の愛情の深さを知った。彼は三ツ峠から吉田市立病院まで一度も彼女の世話を他人にまかせなかった。

南はその次の日から吉田通いを始めた。新宿の店を十時にしまうとその足で新宿駅に駈《か》けつけて中央線の列車に乗った。大月《おおつき》で乗りかえて朝四時に吉田につくと、人っ子ひとりいない道を市立病院へ行って病院の待合室の片隅で七時まで仮眠を取ると、七時十分発の電車に乗って東京へ帰っていった。京子に会う時間は、ほんの二、三分しかなかった。

京子は、彼女の病室で南が仮眠を取るようにはからって貰《もら》いたいと母にたのんだ。

「だって、女の病室にあなた……」

母が反対しても、京子はなかなか承知しなかった。

「お母さん、朝四時の待合室がどんなに寒いか、自分でおためしになったらどう」

母は娘に負けた。つきそいのベッドを隅に引きよせて、南が寝袋を敷くだけの場所を空けてやらねばならなかった。

京子の母は、そこへ毎朝来てくれることを好まなかった。彼女は、娘をそそのかして、山へつれだして怪我をさせた張本人として彼を見ていた。

「おかげ様で、娘はもうだいぶよくなりましたから……」

彼女の母は一週間目に、はっきり南の来訪をことわった。南はしょんぼり肩を下げるとなんにも言わずに病室を出ていった。南の足音が廊下に消えると京子が泣き出した。京子の母はやむなく南の来訪を再許した。

南は二カ月間、定期を買った。医者に相談するとギプスの取れるまで二カ月はかかるだろうといわれたからである。十一月も終りに近づいていた。早朝の病院は寒かった。

京子は南を待っていた。朝四時には眼を覚まして、南の来訪を笑顔で迎えて、七時には彼を起して笑顔で送り出してやった。話をすることはなかった。ただ、ふたりは顔を見て別れるだけだった。

「お前、あんな男が好きなのかね、あの男はよく右手で鼻の穴を掘る……」

京子の母がそんなことをいった。

「たんなるくせよ、お母さん。あんな些細《ささい》なくせしか発見できないほど、彼はある意味において、すばらしいんだわ」

「なにがすばらしいものですか、だいたいあの男はなんのためにここへ来るのかしら」

京子の母は、時の経過をおそれていた。南のピストン的訪問に、娘の心がほんとうに動きでもしたらという心配があった。

「私は南さんが好きなのよ……」

京子は母の先廻りをした。いつかは、はっきりしたことを母に言わねばならないと思っていた。そのころ彼女の心はもう動かないものになっていた。

京子は年を越えて一月の半ばに退院することにきまった。その朝も彼は四時に彼女を病室に訪問し、七時に寝袋から這《は》い出した。京子は既にギプスを取っていた。彼女は病院の門まで彼を送った。

寒い朝だった。病院の門柱のわきの水たまりに氷が張っていた。南はそこまで来ると、突然ふりかえって京子の両腕を痛いほど強く握りしめて、プロポーズした。愛の告白をしたのだが、それははっきりとした言葉をなしていなかった。京子の前で、わけもなく、なにかつぶやいたような奇妙な結婚の申込みだった。

京子はそれで充分だった。南の大きな黒い眼を見ていると、彼がなにも言わなくても、彼の愛情は受諾できた。彼女は静かに答えた。

「あなたがもし、右手のゆびで鼻糞《はなくそ》を掘るくせをおやめになるならば、私はあなたと結婚してもいいわ」

京子はそういうと、例の意味ありげなまばたきと、微笑を残して、病院の中へ姿をかくした。

7

南は憂鬱《ゆううつ》な春を迎えた。京子との結婚に強硬な反対が起った。京子の親たちにしてみれば、生計の立ち得ない娘の結婚を、そうやすやすと許す訳にはいかなかった。南が運動具店から貰う俸給《ほうきゅう》は二人の生活を支えるにしては少な過ぎた。

仁保京子の父は鉄材商社の社長であり、彼女はそのひとり娘であった。彼女が恵まれた環境に育ち過ぎていたことも、彼女の結婚に対する周囲の反対理由となった。しかし、南にとって、最大な悪条件は彼が登山家であるということだった。京子の母は、登山家は死と最短距離につながるものと考えていた。理屈はなかった。京子の母にしてみれば可愛《かわい》い娘を歌の文句どおりの若後家にしたくなかった。

京子の父の栄一郎の考えはいくらか違っていた。好きな者同士が結婚するのは結構だが、ふたりだけでちゃんとやっていける、自立態勢をととのえて結婚すべきことを主張した。結局、栄一郎のいうことも、南が山をあきらめるということに通じていた。

「あのひとから山を取ったら、あの人の存在価値はないわよ」

京子は両親にはげしく抗議した。

南は京子の心を疑わなかった。京子もまた南と結婚できないなら一生独身で過すと言い張った。しかし、現実の問題として、結婚に踏みこむ手掛りとなるものはなにも発見できなかった。

「おい南、きさま山をあきらめろ、そうして京子さんと結婚しろ」

南と京子の間に立った吉野が言った。

「京子さんのおやじさんは君をかなり高く買っているぞ。君が十年間、毎月月給の一割とボーナスをヒマラヤ貯金に廻しているということだけで、君の人柄が分るような気がすると言っていた。問題は山だ。山をやめると言えば万事うまくおさまるのだ」

それを聞くと南はひどく悲しそうな顔をした。南はごく稀《まれ》にそういう眼をすることがある。黒目勝ちな大きな眼でまばたきもせず相手を見ていながら、突然うつむいてしまうのだ。

「俺《おれ》は、山をやめるわけにはいかない」

南が前穂高屛風岩《びょうぶいわ》の東壁の偵察《ていさつ》にでかけていったのは、四月になって直《す》ぐであった。下界では春だが穂高岳はまだ冬の領分だった。屛風岩東壁はコップ状岩壁が征服された後に、必然的にクローズアップされた三百メートルの未登の大垂直岩壁だった。

幾つかの山岳会がこの岩壁に挑戦《ちょうせん》したが、実質的にその岩壁の第一関門を突破して、そこに山岳会旗を掲げたのは鵬翔《ほうしょう》山岳会の荒井登だった。

三百メートルの岩壁のうち、基部から三十メートルは既にハーケンが打ちこまれてあることを確認して帰京した南は、会長の吉野にそのことを報告した。

屛風岩東壁の独力初登攀を狙《ねら》うとするならば、他の会の打ったハーケンにはたよらず、基部から自らの手によって攻撃を始めるべきであった。だがそうすれば、時間的に、鵬翔山岳会におくれを取ることは明らかである。

コップ状岩壁攻撃の場合とよく似たケースであった。吉野は二、三日考えてから、鵬翔山岳会へ連絡を取った。鵬翔山岳会は荒井登の開拓したルートを快く雲稜山岳会に提供した。二つの山岳会は、その点を出発点として余すところの二百七十メートルの岩壁へ、くつわを並べて突進した。

南は、コップ状岩壁の登攀競争で緑山岳会に負けを取った理由が、なんであるかをよく知っていた。緑山岳会は天候に恵まれ、雲稜山岳会は天候に見放されたのである。

南は梅雨期以前を狙った。あらゆる困難を排して雨期以前に攻撃をしなければ、この戦いには勝てないことを雲稜山岳会の月例会で力説した。南の意見が通った。

四月二十日、南は六日間の休暇を取って東京を出発した。攻撃隊は南博人、石橋侯男、大野久長の三名、南がリーダーだった。

支援隊《サポート》は屏風岩の下部と上部に配置されて、攻撃隊の物資補給に当った。

昭和三十四年四月二十一日、三人は六時に横尾岩小屋のテントを出た。第一ルンゼに入り雪渓《せっけい》をこえて、鵬翔山岳会登山ルートを登り切ったところで小規模な雪崩《なだれ》に会った。ここから上は冬だった。神々の岩壁二百七十メートルが頭上にそそりたっていた。支援隊によって運ばれて来た二十数貫の物資が、岩に打ちこんだハーケンに結びつけられていた。結び目が凍結していた。

それからの五日間、岩との死闘はリーダーの南にとっても、パーティーの石橋や大野にとっても、かつてない苛酷《かこく》な試練だった。

第一日目の午後、南は荷上げ作業中に、誤って、アイゼンを落した。アイゼンは三人分あったのに、彼のアイゼンだけ落ちたことは不吉を感じさせた。登攀を完了したとしても、アイゼンなしで、最後に残された雪田登行はできなかった。南は百メートルの垂直岩壁にそって、ことりとも音を立てず、重力の方向へ真直ぐ墜落していくアイゼンの行方を眼《め》で追った。アイゼンがやぶの中に消えると同時に彼は京子の声を聞いたような気がした。彼は首をふった。考えてはならないことなのだ。第二日目の夜から雨になった。彼等はせまい岩棚《テラス》で霙《みぞれ》まじりの雨に打たれながら一夜を過した。きびしい寒さだった。眠れないままに南は京子のことをずっと考えつづけていた。

「おれはヒマラヤへ行くぞ」

南は夜半に突然絶叫するような声で言った。

「そうだ南さん、おれたちと一緒にヒマラヤをやろう」

石橋がそれに答えた。石橋は南がヒマラヤをやろうと叫んだことは、京子との絶縁を宣言したもののように聞いた。ザイルで生命《いのち》と生命をつなぎ合っている、山男の感応だった。

三日目の午後雨は上り、同時に急激に温度が下降した。僅《わず》か三十分の間に黒い岩壁は氷の衣をまとった。天候は仮借なく南等をせめた。南は、不可能な氷壁に挑戦していった。大きなオーバーハングを乗りこえるとき、彼は数回にわたってあぶみから空中に投げ出された。ハーケンとボルトが彼の墜落を止めた。何度投げ出されても、彼は攻撃を中止しなかった。ついに彼は岩を越えた。

四日目は更に苦しい戦いを続けた。食糧も、弾丸に匹敵するハーケンもあったが、三人の体力はその限界に接近しつつあった。だが、そこで力を抜けば、岩壁の孤児になり、最大の悲劇となることは眼に見えていた。戦いは夜の十時まで続いた。その夜、南はおそくなって常念岳の上に昇る月を見た。静かな夜だった。基地に待機する雲稜山岳会の支援隊から二十分置きに、がんばれの光信号が送られていた。

三人が岩棚にそれぞれの身体を固定して、坐《すわ》ったままの姿勢で眠りにつく直前に、南は支援隊に懐中電灯の信号を送った。

「われら元気、われら完登の見込みあり、支援を感謝す。おやすみ」

光の点滅による交信だった。

基地の懐中電灯のあかりが消えた。南は眼をつぶった。京子のひどく悲しそうな顔が浮んだ。

五日目は天候に恵まれた。午前十時に、彼等はサポート隊の武藤と荻原《おぎわら》に迎えられて屛風岩の頂上に立った。

彼等はお互いに手を握り合った。

「とうとうおれたちは勝った」

石橋が下を見おろして言った。五日の苦闘にむくいられるにふさわしい石橋のひとりごとだった。その言葉が南の頭にささった。

(おれたちはほんとうに勝ったのだろうか)

南の頭の中にその疑問が湧《わ》いた。鵬翔山岳会が開いた三十メートルのルートを足場に、あとの二百七十メートルを登ったのだ、完登ではない。そういう叫び声がどこからか聞えて来る。登攀中は考えてもいなかったことだった。足掛りの三十メートルは鵬翔山岳会の了解を得ていることである。たとえ足掛りを他の山岳会から借りようとも、先に登ったほうに初登攀の栄誉は与えられるべきだと考えていたことに、改めて批判が加えられようとしていた。

あと味の悪い勝利感だった。三十メートルの足場を借りずになぜやらなかったかが、後悔されてならなかった。南は重い心を抱いて東京へ帰った。

一週間後に鵬翔山岳会の荒井登と安久一成によって前穂高屏風岩東壁の第二登がなされた。新聞記者が南にこのニュースをもたらして、南の意見を聞いた。

「屏風岩東壁第一登の栄誉は、むしろ鵬翔山岳会に与えられるべきでしょう」

南は簡単に答えた。謙虚《けんきょ》な山男の美談を新聞に書かせようとしたのではない。彼はほんとうにそう思ったのである。コップ状岩壁に敗れた時以上の敗北感に彼は打ちのめされた。

南は京子のところへ電話を掛けた。電話には必ず彼女の母が出た。そしていつも京子はいなかった。何度かけても同じ結果だった。

南の店へ京子から電話があったのはそれから二日ばかりたってからだった。京子はおどおどした調子だった。いつもなら、山のことを言うのに山のことは言わず、彼女は、彼女の身辺をあわただしく告げた。新しい縁談が起り、母がそれにきわめて熱心であることを告げかけたところで一方的に電話が切れた。南は京子の背後にいる母を感じた。

南は切れた受話器を持ったまま、しばらくその場に立っていた。行きつくべきところへ行きついたという感じだった。

南は吉野に会って、いきなり衝立岩正面攻撃のことを話し出した。いそいで衝立岩にかからないと、穂高屏風岩と同じような結果になることを力説した。当り前のことであり、吉野もそれを考えつつあったことであるが、吉野は、南の話にはすぐ乗らずに、もっぱら聞き役に廻っていた。

「来週から始めましょう、一週間もあればきっとやれます」

それでも吉野は黙っていた。衝立岩正面岩壁は神々の岩壁だ、容易に落ちるものではない。地味な偵察から入って、試登を何度かくり返して、それから本式にかからねばならない。会の総力を上げねば、ひとりやふたりではできない仕事である。

「吉野さん、あなたはやるんですか、やらないんですか。あなたがやらなけりゃ、僕《ぼく》はひとりでもやりますよ」

南が言った。怒った顔だった。眼が血走っていた。吉野は南のこんな顔も言葉使いも今までかつて経験したことのないことだった。吉野はすぐ南がいつもの南ではないことに気がついた。疲れた顔だった。幾日も眠れないで考えつづけたような顔だった。

「ほんとに僕はひとりだってやるつもりなんですよ」

南がそう言った時、吉野は、二つの重大な精神的負担につまずきかけている山男を、眼の前に見た。

(南は屛風岩を完登できなかったクライマーとしての悲しみと同時に、京子との問題に苦しんでいるのだ)

「南、きさま死にたいのか」

吉野は組んでいた腕をほどいていった。

「今のような状態で衝立岩正面岩壁に取りついてみろ、きさまは必ず死ぬぞ。山をやめろ、山を止《や》めて京子さんと結婚しろ。おれは命を賭《か》けても山へ登るなどという気狂いはきらいだ。そういう会員はおれの会には居て貰わなくてもいい。きみの今の状態で山をやったら、君はきっと死ぬ。おれはそういう奴《やつ》をこの眼で何人か見て知っている。山で死ぬのは、天気のせいでも、山のせいでもない、自分自身の心のせいなんだ。気持が乱れていたら、岩壁登攀《とうはん》は絶対に出来ない。な、南、ぼくは、青春を山に掛け過ぎていた。決して悔いてはいないが同じことをきみにはすすめたくない。山は男子一生をかけるほど偉大なものだと思うのは錯覚だ。山を捨てて京子さんと結婚しろ。そのつもりになればきっと結婚できる」

吉野はあまり話の上手な方ではなかった。彼はあまりしゃべらなかったが、一旦《いったん》しゃべり出すとなかなか雄弁だった。南が口をはさむことを許さなかった。南は蹴《け》っとばすような吉野の話を聞きながらじっとしていると、頭の隅がじんじん鳴った。

「衝立岩正面岩壁はきっと雲稜山岳会の手でやる。しかし、今の状態のままの君はいかなることがあろうとも参加させないぞ。現在の君にもっとも必要なものは京子さんだ。君は結婚すべきだ。その気になればできないことはない」

吉野は結論を下した。

「だが、山だけがわれわれの結婚の障害ではない」

われわれと南が言ったときに、彼は京子の顔を真近に見たような気がした。

「ヒマラヤの夢を捨てて、生活の設計図を作るのだ。それを持って京子さんの両親に当るのだ、岩壁に登るつもりでねばってみろ、きっと、成功する。俺が保証する」

生活の設計図という聞き馴れた言葉が、南には新鮮なものに聞えた。ヒマラヤの夢を捨てたとすると、そこに貯金通帳が残る、その総額は五十三万円に達していた。南はその金をヒマラヤ以外に使うことは考えてもないことだった。しかし、吉野のいうとおり生活の設計に使うとするならば、かなり有効に使われるような気がした。

南は初めて、生活を考えた。京子との将来を考えながら、街を歩いていると、今までになく風がやわらかに感じられた。彼は運動具店の前で足を止めた。店頭に、夏山のポスターと山道具が陳列してある。彼は雨具に眼をやった。

(くりかえし御使用に耐える登山用雨具)

と書いてあった。安物の雨合羽《あまがっぱ》である。まずい広告文だと思った。くりかえして使えると書いて置けば客はその雨具についてかえって疑念を抱くだろう。登山用雨具の新製品、軽くて、強い、と書くべきだと思った。南の顔に笑いが浮んだ。その瞬間、彼は、京子と結婚できたら山とスキーの運動具店を始めようと決心した。

彼はショーウィンドウから身を引いた。そこに撮《うつ》っている自分の姿が運動具店のおやじに見えた。彼は身震いをした。山を捨てたくなかった。ヒマラヤをあきらめたくなかったが、ヒマラヤ貯金が彼と京子との将来を決する設計図の下絵になることを考えると、ヒマラヤ以上に京子が恋しかった。

運動具店を開くとすれば、更に資本が要ることは分り切っていた。北海道の父の姿が浮び上った。お前がヒマラヤへ行くと言っても俺は金を出さないよ。だがお前が一本立ちになって商売でも始めるというのならば、なんとかしなくてはならないだろう。そう言った父の言葉が思い出された。

南は酒も煙草《たばこ》も飲まなかった。山に生命を賭けている彼の摂生だった。だから彼は新宿の店が十時にしまうと、その足で真直ぐ中野の城山町へ帰る場合が多かった。石橋俣男が命名した城山御殿には電灯がついていた。珍しいことではなかった。南は、誰《だれ》か山仲間が隣の小母さんにあずけた鍵《かぎ》で戸を開けて入りこんでいるものと思った。勢いよく戸を開けると、京子が坐っていた。おびえていた顔が南を見てほっとした表情に変った。

南はなんといっていいやら言葉に迷って入口に突立っていた。京子がひとりで彼の下宿に来たことは初めてだし、それも夜おそくである。京子がここへ来るについては重大な決心をしていることは明らかだった。

「私はもう、誰が迎えに来ても家へは帰らないわ……」

京子が低い声でいった。彼女が追手を警戒していることは明らかだったたし、その追手が間もなく、やって来ることも必然のように思われた。

城山御殿の壁には山道具がいっぱいに吊《つ》りさがっていたし、部屋の隅《すみ》には、よごれものがそのままほうり出してあった。すり切れた畳の上にきちんと膝《ひざ》をそろえて坐っている京子の頭上に、このうすぎたない部屋には不相応な蛍光灯《けいこうとう》が輝いていた。

「南さん、あなたは私に、出て行けとはおっしゃらないでしょうね」

その言葉で南の心は決った。

「いや僕はこれからあなたを送っていかねばならない。山をきっぱり思い切って、あなたと結婚することを、あなたの御両親のところへ行ってはっきりいいましょう。ただ、山と僕とが絶縁する時期をもう少々延ばして下さい。僕は今年の夏中に衝立岩正面岩壁をきっと登る。あの神々の岩壁こそ僕が山と訣別《けつべつ》するにふさわしいものだ」

京子の顔から翳《かげ》が消えた。彼女は南の言葉を飲みこむように、大きくひとつまばたきをした。長いまつげのすみに光るものがあった。

8

一の倉衝立岩正面岩壁へ雲稜山岳会が攻撃を始めたのは、七月に入ってからであった。幹部たちによる数回の偵察《ていさつ》と、若手クライマーたちの試登によって攻撃路は充分に研究された。

八月に入って、この岩壁の城門ともいうべき第一オーバーハングは石橋、藤等のパーティーの手に落ちた。石橋俣男は三メートルに近い庇《ひさし》状の岩壁の鼻先に、二本のボルトを打ちこむのに、数時間の苦闘をした。八月十五日雲稜山岳会は、会の総力を挙げて衝立岩攻撃にかかった。土合《どあい》山の家に攻撃本拠点を置き、吉野は無線電話によって、支援隊に次々と指令した。

攻撃隊は南博人と藤芳泰、支援隊は吉村豊、穂刈勲夫、高橋崇之、大野久長のほか四名だった。

登攀術にバランス登攀法と人工登攀法がある。バランス法は従来の登攀法で、一口に言えば人力を主とする登攀であった。この古典的登攀法は岩壁に対して非常に礼儀正しかった。彼等は岩壁に存在する割れ目にハーケンを打ちこむことはしたけれど、岩壁上のどこにも割れ目が発見できず手懸りを得られない場合は、その岩壁は登攀できない岩場として引きさがっていった。

人工登攀法は岩壁に対して挑戦的《ちょうせん》だった。岩壁に割れ目がなければ、その岩壁に洋式石鑿《ジャンピング》を用いて穴を穿《ほ》って、そこに特殊な埋めこみボルトを打ちこんでいった。打ちこめば、先端が開いて穿穴《ほりあな》の間隙《かんげき》にはまりこみ、容易に抜けない構造のものであった。

人工登攀法はいかなる岩をも遠慮しなかった。彼等はボルトの使用によって、基点を確保し、そこに登山用あぶみをかけ、たくみにザイル操作をすることによって次々と岩壁を征服していった。しかし、彼等に取ってすら、不可能の文字はあった。垂直の連続と、その垂直を分離するオーバーハングであった。この岩の庇を乗りこえることは、技術ではなく、むしろ、地球重力に対する反抗であった。

一の倉衝立岩正面岩壁は垂直の壁に無数の岩の庇をさし出して、登攀家たちの挑戦をしりぞけていた。

南は垂直な岩壁にはりついていた、はりついていて岩から落ちないのは、彼の両足の登山靴《ぐつ》のつま先が、それぞれ三センチぐらいの岩のでっぱりを踏んでいるからであった。彼は左手の掌《てのひら》で眼よりやや高い岩場をおさえていた。彼の腰帯から下方に延びている紅白二本のザイルが、彼を岩から引き離しそうにも見えた。

彼は呼吸を整えた。彼の右手が腰に延びて、ハーケンの束から一本のハーケンをはずして、口にくわえ、同じ右手が腰に延びて、今度は鉄環《カラビナ》を取った。そのままの姿勢で彼の上体は静かに岩壁によっていた。それまで岩をおさえていた左手首を自由にするために、左肘《ひじ》がかわって岩をささえた。左手が口にくわえているハーケンを取って、あるかなしかの岩の割れ目に当てられた。右手のカラビナが口に移され、あいた右手が、首にひもで吊してあるハンマーを握った。

バランスを崩さない程度の打撃がハーケンに加えられ、ハーケンが手掛り点としての意味を持って来ると、更に強い打撃がハーケンに加えられていった。ハーケンにカラビナがかけられ、そのカラビナに左手がかかった。安定度は更に増した。南は力をこめて、ハンマーを打ちおろす。心よい音響とともにハーケンは歌い出しやがて固定された。

南は下から覗《のぞ》き上げている藤にちょっと笑いかけてから、赤ザイルを右手でたぐりよせて口にくわえて、首送りで、一メートルもたぐったところで、左手に持ちかえてカラビナにかけた。カラビナのかちんとしまる音と共に彼の身体《からだ》は、そのハーケンの抜けないかぎり安定した。

「赤引け」

南の声が岩壁にそって下へ飛んだ。赤いザイルがぴんと張る。彼は同じハーケンに更にカラビナをかけ、それにあぶみを掛けた。あぶみを登れるだけ登ったところで、彼はまた新しい手懸り点を探してハーケンを打った。

危険なそして静かな垂直の前進だった。ハーケンは無数に打たれ、岩の割れ目《リス》のないところにはボルトが打たれていった。垂直の前進は根気の連続だったが、オーバーハングにかかると、単純なザイル操作では、そこを越えることはできなかった。岩のひさしを越えるためには、まず、ひさしの下をわたらねばならなかった。多くのハーケンやボルトが、ひさしに打ちこまれた。ひさしの下には空間があった。空中に吊り下げられたかたちのままで、岩にハーケンを打つことは非常に苦しい、能率の上らない危険な仕事だった。

ハーケンとカラビナと食糧は支援隊によって運ばれて来るものを、南らの手でザイルによって、吊り上げられていった。

第一日目の夜は岩のひさしの下にハンモックを吊って、それにもぐりこんで寝た。

二日目の前半は藤のトップによって、第二のオーバーハングに挑戦し、後半は南がトップに立った。

五時を過ぎた頃《ころ》、あぶみをかけたハーケンが抜けて、藤が数メートルほども墜落した。宙吊りになった人間を引き上げるには、二本のザイルと二組のあぶみを交互に利用する。つまり、片方の空中梯子《くうちゅうばしご》を登りつめたら、隣の梯子に乗り移り、その梯子を登りつめたら、また前の梯子に乗り移るという方法である。理論は簡単だが、そのザイル操作はきわめてむずかしかった。空中にふらふらしている梯子を登ること自体が非常に困難なことだった。それにナイロン製の空中梯子に人が乗ると、それを吊り下げたザイル共々、かなり大幅に延びた。空中梯子による高位《ポテンシャル》のかせぎ高は過少だった。

藤は、数時間空中ぶらんこと戦って、南のいるせまい岩棚《テラス》についた。ふたりが、やっと腰かけられるだけのせまい岩棚だった。

天候は不思議に持続していた。濡《ぬ》れると、どうにも処置のない一の倉の岩場も乾いている時は快適だった。

登攀は三日目に入った。もはや、下部の支援隊の届くところではないし、頂上にいる筈《はず》の支援隊とも遠かった。三日目の午前中に攻撃隊の最後の一滴の水が尽きた。南も藤も、山のベテランだった。水の使い方はよく知っていたが、常識を超えた衝立岩正面岩壁はあまりにも多くのエネルギーを彼等に要求した。水がなくなると、彼等の攻撃速度は落ちた。彼等は雨をむしろ求めた。雨が降れば登攀は困難になるけれど、岩を流れ落ちる水が得られる筈だった。

南が頭上に洞窟《どうくつ》の入口と思われるものを見たのは午後になってからだった。それが洞窟だとすれば、彼等は、下から望遠鏡で観測したとおりのルートを登攀してきたことになった。その辺には洞窟以外には身を休めるところはなかった。

彼等は二時になって、岩にハーケンで身を固定したままおそい昼食を摂《と》った。南はジャムとバターを交互に挟《はさ》んだパンが好きだった。岩壁登攀にはいつもこれを用意した。ジャムとバターを充分につけておけば、水はなくとも、パンは咽喉《のど》に通っていった。

彼は水を求めていたが、腹も減っていた。これから洞窟までの垂直の死闘を前にして空腹のままでいるわけにはいかなかった。彼はパンを出してほおばった。いつもならば、唾液《だえき》が出て来て、うまく引き込んでくれるはずだったが、いくら嚙《か》んでいても唾液は出て来なかった。パンとジャムとバターは彼の口の中でこね合わされた。彼は思い切って飲んだ。食物は喉《のど》の入口で止った。彼はその全部を吐き出した。

彼はパンをあきらめて、飴玉《あめだま》を口にいれた。長いこと掛けたらとけるだろうと思った。石を口の中へ入れたのと同じだった。二十分たっても原形のままだった。

南はあきらめて、彼より十メートル下の岩壁にいる藤に眼をやった。藤は苦笑を浮べた顔で首をふった。藤も、昼食はあきらめているようだった。

水を断たれたことは南にとって、思いがけない災難だった。息が切れるし、足の延びが効かなかった。頭の上に懐炉を載せたように、熱かった。彼等はものを言わなかった。眼と手で合図しながらセンチメートルのオーダーで高位をかせいでいった。

南はハーケンを打つ右手に異常を感じた。手ごたえが甘かった。夢の中でハーケンを打っているようだった。そのわけはすぐ分った。掌《てのひら》の発汗作用がなくなったからであった。掌ににじみ出る汗を通じての、摩擦抵抗が感じられないからであった。

彼はあやうくハンマーを取り落そうとした。その瞬間、彼はバランスをくずして、空間に投げ出された。数メートルの墜落だった。ハーケンが彼の墜落を喰《く》い止めた。彼は再び正常な姿勢で岩壁に足場を探し出すと、岩壁に向って叫んだ。

「こんちくしょうめ」

それからの南の頭には、岩壁に対する、憎しみだけがあった。彼を突きおとして、痛い目に合わせた岩壁をいかなることがあろうとも征服せずには置かない闘志だけがあった。水のことは考えなかった。藤はトップの南の行動に異常を感じた。下から見ていると、気が狂ったかと思われるくらいの力み方だった。それについていく藤の立場も重大だった。口が渇《かわ》き切っていて声が思うように出せなかった。声のない呼応で、複雑なザイルの操作を間違わずにやることは困難だった。しかし藤はそれをうまくやった。時には、南と藤の間を岩のでっぱりが立ちはだかったけれど、南の繰り出すザイルには、いささかの乱れもなかった。藤はよく飼い馴《な》らした猿《さる》を扱うように、南につながっている紅白のザイルを延ばしたり、引いたりした。

落日間際《まぎわ》にその日の登攀は終った。ふたりは洞窟にさしこむ残光の中で握手を交わした。南がはげしく咳込《せきこ》んだ。泥《どろ》と砂の混った血をはいた。彼の口の中には、水分が完全に枯渇《こかつ》していた。上を向いての登攀行動中には異物が口中に入ることが多かった。

それらを吐き出す、唾《つば》さえも彼の肉体からはなくなっていた。

洞窟まで来れば八分の勝利は彼等に約束されていた。だが、水のないかぎり、それは無理のことだった。水なくしての戦いは考えられなかったし、退却すらも無理なことだった。雨がないとすれば、渇きのために洞窟で死を待つより仕方がないようにも考えられた。

洞窟は奇妙なかたちをしていた。天井があって床が抜けていた。が、それは入口だけで、奥へ入ると二人が寝られるだけの広さがあった。水のにおいがした。洞窟の奥の天井から、ぽつりぽつりと水が落下していた。ごく少量の水だったが、ビニールの風呂敷にためると、一時間にコップ一ぱいは得られた。ふたりはそれを分け合って飲んだ。

勝利はその瞬間約束された。

彼等はその翌日の午後一時に、衝立岩の頂上に待機していた支援隊に迎え入れられた。昭和三十四年八月十八日。神々はその座を若きクライマーに譲った。

三百メートルの未登の大岩壁は、その岩肌《いわはだ》に二百五十本のハーケンと、三十本の埋込みボルトを打たれて雲稜山岳会の前に降伏した。

九月になって間もなく、衝立岩正面岩壁初登攀祝賀会と南博人の送別会を兼ねての会が催された。

吉野幸作は、南が東京雲稜山岳会に尽した功績と、輝かしい彼の業績を讃《たた》え、あわせて彼の結婚を祝福した。

「南は用意のいい男だった。彼はいかなる場合も二本目のハーケンを打ちこんで置くことを忘れなかった。一本のハーケンが抜けても二本目のハーケンは彼を救った。それほど用意のいい南もついに遭難した。山ではない。京子さんという美人に遭難した」

会員の中から拍手が起った。

酒が廻《まわ》り出すと彼等はおとなしくはなかった。会員たちは酒を飲まない南のコップに、次々と来てジュースをついだ。

めったに酔った顔を見せたことのない石橋が酒に酔った。石橋は南の前に徳利を持って来て坐っていった。

「南さん、あなたはばかだ。あなたほどの山男が、女のために山を捨てるなんておれには信じられない」

石橋はそういっておいおい泣いた。彼とザイルを組んだ不世出のクライマーが、下界におりていく姿を見ているのに堪《た》えられないようだった。

南の運動具店は、渋谷の駅からほど近いトルコ風呂《ぶろ》の前に開くことにきまった。南がヒマラヤ貯金としてためた五十三万円と、北海道の父が百万円を出資することによって、開店の見込みはついた。

何年かぶりで上京した留三郎は、金のことで恐縮する彼の息子に向っていった。

「どうせ、うちの裏は空地だった。空地がお前の店に変るなら願ってもないことだ」

留三郎はその空地に花を作っていた。彼は老いの身の道楽がなくなることについてはひとことも触れずに、店にかけるべき看板のことをしきりに心配していた。

南は既に用意してあった看板の下書きを、留三郎に見せた。

「南運動具店か、これはいいが、この下の山とスキーの店はよくない。山よりもスキーをやる人口のほうがずっと多いから、スキーと山とすべきだ」

日本陸軍のスキーの開拓者のひとりである留三郎は、やはりスキーに郷愁を持っていた。南はその場で看板を訂正した。

店には南と親しい多くの山岳会から贈られた、陳列棚《だな》やケースがあった。特に目立って大きな姿見が、彼とコップ状岩壁の初登攀を争った緑山岳会から贈られた。

南運動具店はスキーと山の看板をかかげて開店した。南と京子の結婚式はその数日後に行われた。

山男たちは、新婚旅行へ出かける南と京子を東京駅に見送った。発車のベルが鳴ると、山男たちは山の歌を歌い出した。別に理由はなかった。列車プラットフォームから消えると、羽賀正太郎が重大な忘れものでもしたような顔で吉野幸作に言った。

「きみ、南君に初夜の作法を教えたかね」

すると吉野は、大先輩の前に気をつけの姿勢をととのえて言った。

「いやそれは教えてなかった」

吉野はかなり狼狽《ろうばい》したが、すぐそれが、羽賀の冗談だったことに気がついて渋い顔をした。

南は京子とふたりになると、ちょっと恥ずかしそうに横を向いて、窓外を走り去っていく景色に眼をやった。札幌を山の歌と共に出発したあの日のことを思い出した。ヒマラヤ行きを誓い合った計良《けいら》や斎藤たちのことが思い出された。そうだ札幌には藻《も》岩山《いわやま》があった。その山がげんこつ先生とつながった。

南はいつの間にか、右手のゆびを鼻の穴に突っこんでほじくっていた。

解説

福田宏年

スポーツの種類は数多くあるのに、こと山登りに関してだけ「山岳小説」というジャンルがあるのはどういうわけであろうか。「野球小説」とか「水泳小説」という言葉は聞いたことがない。このことは、数あるスポーツの中で特に登山についてだけ、どうして「なぜ山に登るのか」という問いが執拗《しつよう》に繰返されるのか、ということとも関《かか》わりがあることのように思う。つまり、「なぜ山に登るのか」について考えることは、「人生とは何か」について考えるのと、どこか相通じるところがある。亡《な》くなった深田《ふかだ》久弥《きゅうや》氏はかつて、スポーツの中でこれほど多くの書物や文献が書かれているのは登山だけだ、と言ったことがある。まさにその通りで、登山はそれだけ精神的領域が大きいということであろう。登山についてだけ特に「山岳小説」というジャンルがあるのも、同じ理由から出ているのであろう。

しかし、極端な言い方をすれば、山屋というのは小説の中に山が出て来さえすれば、それだけで喜ぶものである。山岳小説をそういう登山家や趣味的同好者のものとだけ考えず、文学として考えた場合、そこには数々の難かしい問題がひそんでいる。私はかつて深田久弥氏に、「なぜ山の小説を書かないのですか」と訊《たず》ねたことがある。深田氏は、「山にはドラマがないからなあ」と、ぽつりと一言答えて憮然《ぶぜん》たる面持《おももち》であった。深田氏の、山にはドラマがないという言葉には、二つの意味がこめられている。ひとつは、登山というスポーツは結局は麓《ふもと》から山頂を究《きわ》めるという、単純で直線的な行為であり、それがいかに英雄的で、悲劇的であろうと、そこに生ぐさい世俗のドラマが介入する余地は残されてはいない。この点では山岳小説は、所詮《しょせん》は一編の『エヴェレスト登頂』、一編の『八千メートルの上と下』などの記録に及ばない。もうひとつは、登山というものが常に多かれ少なかれ現実逃避的なロマンティシズムに貫かれていて、山岳小説を描いても、結局は汚濁の下界に対して山と登山を讃美《さんび》したロマンティックな詠嘆に終ってしまうということである。事実、そのような小説は私たちの周囲に数多い。決してそれがいけないと言うのではない。ロマンティシズムが登山を最も深いところで支えるものであり、山の本源的な魅力だということもまた、疑い得ない厳然たる事実である。

新田次郎氏の処女作であり、「直木賞」受賞作である『強力伝《ごうりきでん》』は、やはりこういう山岳讃歌を基調としたものである。これは、小宮正作という富士随一の定評のある強力が、白馬岳《しろうまだけ》の頂上に据《す》える風景指示盤用の、五十貫もある石を背負い上げるという、凄絶《せいぜつ》な物語である。富士の強力が白馬に乗り込むというのは、白馬の案内人にっては挑戦《ちょうせん》である。しかし白馬随一の案内人の鹿野は、小宮の憑《つ》かれたような姿を見て、いつか敵愾心《てきがいしん》も忘れて、小宮に協力するようになる。ここには、身をすり減らしてまで巨石を頂上に運ばせるものは何か、二人の敵同士をいつか一本のザイル仲間にまで結びつけるものは何か、というアルピニズムの永遠のテーマが美しく謳《うた》われている。

『強力伝』はたしかにその迫力と透明度において秀作の名に値する作品ではあるが、こういう山岳讃歌を繰返してみても同じだということは、誰《だれ》よりも新田氏自身が一番よく心得ていたことであろう。しかし、単調でロマンティックな詠嘆を脱して、山岳小説の世界に世俗の風を入れると言っても、登山家の世界にはそれを阻《はば》む抜き難《がた》い通念の如《ごと》きものがある。それは山を一種の聖域と見る、登山神聖論とも言うべき考え方である。それは「登山家善人説」に一番よく表われている。つまり、里ではどんな悪人でも、一度山に入ればすべて善人となり、邪悪な心は洗い落されてしまうという考え方である。山にはそれだけの浄化力があるというのである。山に登ったことのない人には荒唐無稽《こうとうむけい》と思われるこの考え方も、登山家の間では抜き難いものがあり、事実これが山の魅力を最も深いところで支えていると言っても過言ではない。新田氏はこの通念にまず疑いの眼《め》を向けることから始める。

その最初の作品は『先導者』である。これは、登山経験の浅い女たちと共に、未《いま》だ道の拓《ひら》かれていない山に行くという杜撰《ずさん》な計画を立てた男が、結局その山行に参加せず、ただ一人の男の同行者となったその友人が、女性四人の先導を勤めて縦走し、遂《つい》に全員遭難死する話である。死を目前にしてなおかつ激しく燃える女性の虚栄心や執念が描かれている。作者はなまぐさい、巷《ちまた》の匂《にお》いのたちこめる女同士の陰険な葛藤《かっとう》を、ほかならぬ山に持ちこんだわけだが、ここには既に登山家新田次郎ではなく、リアリスト新田次郎の皮肉な眼が光っており、一編を佳作たらしめている。

『先導者』以後も、新田氏はリアリストの皮肉な眼を駆使して、『縦走路』では二人の山男に一人の美人登山家をめぐって争わせる。ここでは、「女流登山家に美人はいない」という定説も、山男の友情という通念も、すべて改めてリアリズムの篩《ふるい》にかけられる。さらに『虚栄の岩場』では登山家の虚栄心にメスを入れ、『チンネの裁き』では遂に殺人を山に持ちこんで、山岳ミステリーを企てている。私はこれまで何度か、新田氏のこうした作品に言及したことがある。ひとつひとつの作品を必ずしも全面的に認めたわけではないが、私が新田氏の山岳小説におけるリアリスティックな試みについて触れた真意は、山岳小説が現実から眼をそむけていたずらに詠嘆に浸るだけではなく、真の意味の文学に脱皮成長するためには、一度は仮借《かしゃく》ないリアリズムの洗礼を受けなければならないと考えたからである。高貴な人間の高貴な山登りだからすばらしいのではない。それが私たちに本当の文学的感動を誘うのは、悪の尻尾《しっぽ》を引きずって、笑い、泣き、嘆き、憎み、悔み、悲しむ平凡な人間の行う高貴な行為だからである。そのためには、何はばからぬリアリズムの洗礼は、どうしても一度は通らねばならない関門の如きものである。

このように新田次郎氏の山岳小説を概観した上で、この巻に収録された作品に目を移すとき、特に印象深い作品は『疲労凍死』である。この作品はいわば、山岳小説におけるリアリズムという大きい円周運動を描いたのちに、再び山岳讃歌という出発点に回帰したという趣がある。そして、その大きい迂回路《うかいろ》が、そのまま作品の重みとなって背後に感じられると言えよう。

岩畑武《いわばたたけし》は、冬の八ヶ岳《やつたけ》で遭難した弟の遺体を引き取りに山に入ってくる。検死をすませた医者は簡単に、疲労凍死以外に原因は考えられないと言う。その医者の言葉に対して、牧月が岩畑武に向って、殺人という考えを吹きこむ。縦走の途中、同行の蛭《ひる》田義雄《たよしお》に置去りにされて死んだのかもしれないということである。

「大体僕《ぼく》は、登山家には悪人はいないという説には反対なんです。比率からいうと、山をやる者の中にはむしろ悪人が多いのじゃあないかと思うんです。悪人といっても、強盗をやる、かっぱらいをやるという悪人ではない。いわば非情な人間が多いのじゃあないかと思う。自分自身に対しても、他人に対しても非情なんです。そうでなければ、山と戦って勝つことはできないのです。その非情が、場合によっては友人をも殺すのです」

牧月のこの言葉は、作者自身のリアリスティックな登山観をある程度代弁しているものと見ていいであろう。ただ、たとえば『チンネの裁き』の殺人などに較《くら》べると、このアルピニスト観は、同じ登山家悪人説といっても、はるかにリアリスティックで、説得力に富んでいる。

牧月の言葉によって暗示にかけられたように、武は弟の不二夫の死の原因の究明に乗り出して行く。不二夫の恋人の味沢奈津子のように、頭から蛭田を犯人ときめつけている者もいる。あるいは春海重郎のように、疲労凍死という事実を素直にそのまま受け入れようとする者もいる。不二夫が山日記に残した遺書の文句も、「ひるたにだまされた」とも読めるし、「ゆるしてくださいた」とも読める。しかし武が種々調査を進めて行くにつれて、蛭田の二度の前科が明らかになり、不二夫を意図的に死に誘いこもうとした形跡も見えてくる。

この上は蛭田を誘って山に行き、同じ場面を再現するしかないと、武は考える。しかし、山の上で相手を置き去りにする立場に立たされたのは、蛭田ではなく、武であった。「そうだ、不二夫も蛭田も疲労凍死したのだ。それだけ考えればいいことなのだ」と、生き残った武は考える。

この結論には、新田氏がそれまで行なったリアリスティックな試みのすべてが、ある種の重みとなって翳《かげ》を落している。新田氏のさまざまな試みは、はじめてここで見るべき結実に至ったと言えよう。この結論は、一見山岳讃歌という出発点への単なる回帰としか見えないかもしれないが、両者の間には千里の距《へだた》りがあると言っても過言ではない。

『蒼氷《そうひょう》』は、新田氏の作品としては初期のものに属する。気象庁に勤務していた新田氏としては、いわば独壇場である富士山の気象観測所の所員を描いて、そこに恋愛をからませているが、この作品にも既に、リアリスト新田次郎の片鱗《へんりん》はうかがえる。職業上登山に親しまざるを得ない観測所員の守屋や強力の小宮に対して、もともと登山家である桐野《きりの》や、大学山岳部出身の所員である塩町が、いっこうに登山家らしくないのは、作者の皮肉な眼が働いているところである。また、山に椿理子《つばきりこ》という美人を連れてきて、その結果として台風が襲ってくるところなども、いかにもこの作者らしいところである。だが、そうした皮肉でリアリスティックな視点もさることながら、この小説での圧巻は、やはり台風の凄絶とも言うべき描写であろう。こぶしほどの石が風に飛ぶ中で、守屋と塩町が壁に身を寄せて耐えている場面は、息づまるほどの迫力が感じられる。これはやはり、気象の専門家としての知識がなくては不可能なことであろう。

『神々の岩壁』は、クライマー南博人《みなみひろんど》の半生を描いた実名小説である。動物的な勘を持った天才的クライマーを描きながら、岩壁登攀《とうはん》の一部始終を精細克明に描写し、同時に岩壁登攀技術の変遷《へんせん》と発達をも併《あわ》せ辿《たど》っているのがこの小説の面白《おもしろ》いところである。特に、谷川岳の一の倉衝立岩《ついたていわ》の登攀の途中、咽喉《のど》の渇《かわ》きで唾液《だえき》が涸《か》れ、パンが喉《のど》を通らないで吐き出すところ、また飴玉《あめだま》を口に入れても、二十分経《た》っても石のように解けないというところなど、極めて印象的である。因《ちな》みに、南運動具店は、小説の中に書かれている通り、いまも渋谷《しぶや》にある。

『怪獣』は、新田氏には珍しい幻想的な作品である。この作品には、読みながらも、思わずゾッとして周囲を見廻《みまわ》したくなるような不気味さが漂っている。

小説中に、主人公の寺牧が、穂高小屋の番人に、「いつもおひとりなんですか」と訊《たず》ねられて、「その方が気楽だからね」と答え、その後に「それが山男の鼻もちならぬ気取りだということを知っていながら、寺牧は行きがかり上そんなふうに答えざるを得なかった」という言葉が続く。考えてみると、ここに収められた四編を貫いているものは、「山男の鼻もちならぬ気取り」に対する嫌悪《けんお》と反撥《はんぱつ》ではないかという気がする。それは源をたぐってみれば、職業上の必要として山に登る筋金入りの山屋の、大学山岳部風な趣味的でクラブ的でロマンティックなハイブロウの登山家に対する反撥ではなかろうか。新田氏のこの姿勢は、『強力伝』以来かたくなに守られているものであり、氏の山岳小説におけるリアリズムも、結局はクラブ的登山のロマンティシズムに対する反骨精神に由来しているもののように思われる。この一見野暮で無骨な登山の姿勢は、もちろん新田次郎独自のダンディズムの表われなのであろう。

（昭和四十九年六月、文芸評論家）

「蒼氷」は講談社刊『蒼氷』(昭和三十二年八月)に、「疲労凍死」「神々の岩壁」は講談社刊『神々の岩壁』(昭和三十八年四月)に、「怪獣」は新潮社刊『岩壁の九十九時間』(昭和四十年十月)に、それぞれ収められた。

蒼氷《そうひょう》・神々《かみがみ》の岩壁《がんぺき》

新潮文庫　に－2－5

昭和四十九年八月三十日 発行
平成二十四年五月二十五日 四十三刷改版
令和二年三月五日 四十五刷

著者　新《にっ》田《た》次《じ》郎《ろう》
発行者　佐藤隆信
発行所　株式会社新潮社
郵便番号 一六二—八七一一
東京都新宿区矢来町七一
電話 編集部(〇三)三二六六—五四四〇
読者係(〇三)三二六六—五一一一
http://www.shinchosha.co.jp

価格はカバーに表示してあります。

乱丁・落丁本は、ご面倒ですが小社読者係宛ご送付ください。送料小社負担にてお取替えいたします。

印刷・錦明印刷株式会社　製本・株式会社植木製本所

ISBN978-4-10-112205-2 C0193